「반짝거려서 예쁘」

「그러네 요」

사쿠라와 린제가 올려다본

『성목』의 잎에서는 정화된 마소가 바람에 날려 반짝거렸다가 사라졌다.

정말 예쁘네

이세계는 스마트폰과 함께.19

결전 직전

영기를 충전하는 다과회

「나는 아무것도 안 해.

모두가 해 줄 테니까」

이세계는 스마트폰과 함께. 19

후유하라 파토라 illustration ■ 우사츠카 에이지

캐릭터 소개

모치즈키 토야

벨파스트 유미나 에르네아

에르제 실레스카

하느님의 실수로 이세계로 가게 된 고등학교 1학년(등장 당시). 기본적으로는 너무 소란을 피우지 않고 흐름에 몸을 내맡기는 스타일. 무의식적으로 분위기 파악을 하지 못한 채, 은근히 심한 짓을 한다.
무한한 마력에 모든 속성 마법을 가지고 있으며, 무속성 마법을 마음대로 사용하는 등, 하느님 효과로 여러 방면에서 초월적. 브륀힐드 공국 국왕.

벨파스트의 왕녀. 열두 살(등장 당시). 오른쪽이 파란색, 왼쪽이 녹색인 오드아이. 사람의 본질을 꿰뚫어 보는 마안의 소유자. 바람, 흙, 어둠이라는 세 속성을 지녔다. 활이 특기. 토야에게 한눈에 반한 반면, 무턱대고 강하게 다가갔다. 토야의 신부가 될 예정.

토야가 구해 준 쌍둥이 자매의 언니. 양손에 건틀릿을 장비하고 주먹으로 싸우는 무투사. 직설적인 성격으로 소탈하다. 신체를 강화하는 무속성 마법【부스트】를 사용할 줄 안다. 매운 것도 좋아한다. 토야의 신부가 될 예정.

린제 실레스카

코코노에 야에

루시아 레아 레굴루스

오르트린데 스우시 에르네아

쌍둥이 자매의 여동생. 불, 물, 빛이라는 세 속성을 지닌 마법사. 빛 속성은 별로 잘 사용하지 못한다.
굳이 따지자면 낯을 가리는 성격으로 말이 서툴지만 가끔 대담해진다. 단 음식을 좋아한다. 토야의 신부가 될 예정.

일본과 비슷한 먼 동쪽의 나라, 이센에서 온 무사 소녀. 존댓말을 사용하며 남들보다 훨씬 많이 먹는다. 진지한 성격이지만 어딘가 어긋나 있는 면도 본가에서는 검술을 도장으로 유파를 코코노에 진명류(真鳴流)라고 한다. 겉만 봐서는 잘 알기 어렵지만 의외로 거유. 토야의 신부가 될 예정.

애칭은 루. 레굴루스 제국의 제3 황녀. 유미나와 같은 나이. 제국 반란 사건 때에 자신을 도와 준 토야에게 한눈에 반했다. 쌍검을 사용한다. 유미나와 사이가 좋다. 요리 재능이 있다. 토야의 신부가 될 예정.

애칭은 스우. 열 살(등장 당시). 자객에게 습격당하고 있을 때 토야가 구해 주었다. 벨파스트 국왕의 조카, 유미나의 사촌. 천진난만하고 호기심이 왕성하다. 토야의 신부가 될 예정.

미나 레스티아 힐데가르드

린

사쿠라

폴라

애칭은 힐다. 레스티아 기사 왕국의 제1 왕녀. 검술에 능하며 '기사 공주'라고 불린다. 프레이즈에 습격당할 때 토야에게 도움을 받고 한눈에 반한다. 긴장하면 말을 더듬는 습관이 있다. 야에와 사이가 좋다. 토야의 신부가 될 예정.

전(前) 요정족 족장. 현재는 브륀힐드의 궁정마술사(잠정). 어려 보이지만 매우 오랜 세월을 살았다. 자칭 612세. 마법의 천재. 사람을 놀리기를 좋아한다. 어둠 속성 마법 이외의 여섯 가지 속성을 지녔다. 토야의 신부가 될 예정.

토야가 이센에서 주운 소녀. 기억을 잃었지만 되찾았다. 본명은 파르네제 포르네우스. 마왕국 제노아스의 마왕의 딸이다. 머리에 자유롭게 빼낼 수 있는 뿔이 나 있다. 감정을 겉으로 잘 드러내지 않지만, 노래를 잘하며 음악을 매우 좋아한다. 토야의 신부가 될 예정.

린이【프로그램】으로 만들어 낸 곰 인형으로. 마치 살아 있는 것처럼 움직인다. 200년 동안 계속 움직이고 있으며, 그사이에도 개량을 거듭했다. 그 움직임은 상급의 연기파 배우 수준. 폴라…… 무서운 아이!!

코하쿠

토야의 첫 번째 소환수. 백제라고 불리는 서쪽과 큰길의 수호자로 짐승의 왕. 신수(神獸) 평소엔 새끼 호랑이 크기로 다니며 눈에 띄지 않게끔 한다.

산고&코쿠요

토야의 두 번째 소환수. 두 마리가 한 세트. 현제라고 불리는 신수, 비늘의 왕. 물을 조종할 수 있다. 산고가 거북이, 코쿠요가 뱀.

코쿄쿠

토야의 세 번째 소환수. 염제라고 불리는 신수. 새의 왕. 침착한 성격이지만, 외모는 화려하다. 불꽃을 조종한다.

루리

토야의 네 번째 소환수. 창제라고 불리는 신수. 푸른 용으로, 용의 왕. 비꼬기를 잘하며, 코하쿠와는 사이가 나쁘다. 모든 용을 복종시킬 수 있다.

모치즈키 카렌

정체는 연애의 신. 토야의 누나를 자처하는 중. 천계에서 도망친 종속신을 포획해야 한다는 대의명분으로, 브륀힐드에 눌러앉았다. 느긋한 말투. 꽤 게으르다.

모치즈키 모로하

정체는 검의 신. 토야의 두 번째 누나를 자처한다. 브륀힐드 기사단의 검술 고문에 취임. 늠름한 성격이지만 조금 천연스럽다. 검을 쥐면 대적할 상대가 없다.

프란셰스카

바빌론의 유산 '정원'의 관리인. 애칭은 세스카. 메이드복을 착용. 기체 넘버 23. 입만 열면 야한 농담을 한다.

하이로제타

바빌론의 유산, '공방'의 관리인. 애칭은 로제타. 작업복을 착용. 기체 넘버 27. 바빌론 개발 청부인.

벨플로라

바빌론의 유산 '연금동'의 관리인. 애칭은 플로라. 간호사복을 착용. 기체 넘버 21. 목유 간호사.

프레드모니카

바빌론의 유산 '격납고'의 관리인. 애칭은 모니카. 위장복을 착용. 기체 넘버 28. 입이 거친 꼬마.

프레리오라

바빌론의 유산 '성벽'의 관리인. 애칭은 리오라. 블레이저를 착용. 기체 넘버 20. 바빌론 넘버즈 중 가장 연상. 바빌론 박사의 밤 시중도 담당했다. 남성은 미경험.

파메라노엘

바빌론의 유산, '탑의 관리인. 애칭은 노엘. 체육복을 착용. 기체 넘버 25. 계속 잔다. 먹고 자기만 한다. 기본적으로 게으르고 뭐든 귀찮아하는 성격.

이리스팜므

바빌론의 유산, '도서관'의 관리인. 애칭은 팜므. 세일러복을 착용. 기체 넘버 24. 활자 중독자. 독서를 방해하면 싫어한다.

리루루파르세

바빌론의 유산, '창고'의 관리인. 애칭은 파르세. 무녀 복장을 착용. 기체 넘버 26. 덜렁이. 게다가 자각이 없다. 깜빡하고 저지르는 실수가 잦다. 잘 넘어진다.

아틀란티카

바빌론의 유산, '연구소'의 관리인. 애칭은 티카. 흰옷을 착용. 기체 넘버 22. 바빌론 박사 및 넘버즈의 유지보수를 담당하는 어린 여자아이 취향.

레지나바빌론 박사

고대의 천재 박사이자 변태. 공중 요새 '바빌론'을 비롯한 다양한 아티팩트를 만들어 냈다. 모든 속성을 지녔다. 기체 넘버 29번의 몸에 뇌를 이식하여 5000년의 세월을 넘어 부활했다.

지금까지의 줄거리

하느님이 특별히 마련해 준 스마트폰을 들고 이세계에 오게 된 소년, 모치즈키 토야. 수많은 만남을 거쳐 소국 브륀힐드의 왕이 된 토야는 세계의 왕들과 힘을 합쳐 이세계의 침략자 프레이즈에 맞선다. 나라라는 울타리를 넘어 세계를 돌아다니던 토야는 어느 나라에서 고렘이라고 불리는 기계 장치 인형이 존재하는 다른 세계로 들어가게 된다. 거울을 보는 것처럼 좌우로 역전된 세계지도. 토야의 앞에 새로운 이세계의 문이 열렸다……

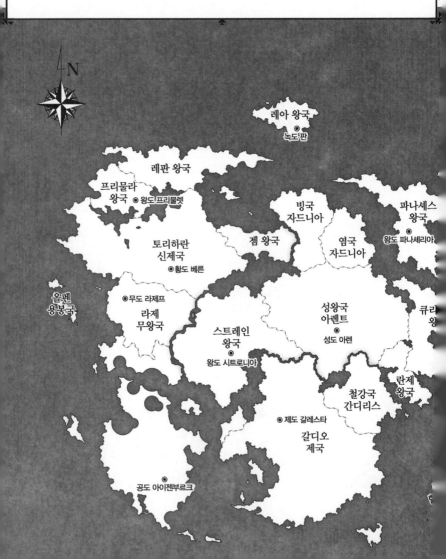

이세계는 스마트폰과 함께.
세 계 지 도

파레리우스 왕국

파르스
파르프
왕국

왕도 제노스칼 ←◎

마왕국 제노아스

릭니에
왕국 ◎ ← 왕도 니무에

왕도 슬라니엔 ←
엘프라우
왕국

노키아
왕국

하노크 왕국 ◎ ← 왕도 하노크스

선국 이센

유론 지방

왕도 베른
스

레굴루스 제국

벨파스트
황국 ◎ 제도 갈라리아

※ 왕도 아레피스

브륀힐드
공국

로드메어
연방

왕도 파르마
◎

호른 왕국

메이플렛 마을

미스미드
왕국

성도
이스라 ◎

라밋슈
교국

수도 파네라메아 ◎

펠젠 왕국

왕도
베르주

왕도 아트라일 ← ◎

왕도 레스틴 → ◎

대수해

라일
왕국

기사 왕국
레스티아

드래고니스섬 ← ◎

레트라반바 ← ◎

산드라 왕국

이그리트
왕국

왕도 큐레이 ◎

새로운 세계

표지 · 본문 일러스트
우사츠카 에이지

새로운 세계의 대륙 서쪽. 즉, 뒤쪽 세계였던 대륙인데, 이곳에는 문제를 안고 있는 나라가 두 군데 있었다.

염국 다우반과 빙국 자드니아다.

두 나라는 서로를 도둑이라고 부르는 견원지간이었다.

서방 대륙의 국왕들에게 물어보니 귀족이나 국왕처럼 높으신 분들이 주로 다툰다는 모양인데, 거기에 휘둘리는 국민도 참 민폐다.

두 나라는 서로 상대편이 자신들이 숭배하는 신에게 바치는 공물을 훔쳤다고 주장한다. 그 탓에 신들의 저주를 받아 자신들의 땅이 각각 작열하는 대지와 극한의 대지가 되었다는 것이다.

내 생각에 그건 신이 아닌 정령이 아닐까 싶다. 그리고 그 몇백 년 전에 무슨 일이 있었던 게 아닐까 한다.

"그래서 이야기를 들으러 온 건데……."

"그런 말을 해 봐야……."

"곤란하군요."

이공간 전이를 이용해 찾아온 정령계. 반짝거리는 유백색 안개가 떠도는 이 세계에서 나는 불꽃의 정령 및 얼음의 정령과 마주 보고 앉았다.

두 사람과 나를 사이에 둔 테이블에는 선물로 가지고 온 쿠키가 접시에 담겨 있었다.

불꽃의 정령은 대정령인 불의 정령의 뒤를 잇는 정령이다. 언니인 불의 정령과 마찬가지로 활발해 보이는 보이시한 빨강 머리 쇼트커트 소녀였다. 어딘가 불의 정령과 닮았다. 불의 정령의 여동생이라고 해도 믿을 정도다.

얼음의 정령도 대정령 바로 다음 지위이기 때문에 불의 정령과는 동격이다. 이셴의 왕인 시라히메의 어머니였던 눈의 정령의 언니 같은 존재라고 한다.

아이스블루의 롱헤어에 일자로 커트한 앞머리가 특징적인 소녀로, 감정을 그다지 겉으로 드러내지 않는 쿨한 인상이다. 역시 얼음의 정령이라서? 썰렁하네.

"우리는 500년 전에 한 번 부활했으니. 그런 점은 별로 기억이 안 나. 어렴풋이 화가 폭발했던 기억이 나는 듯 안 나는 듯한데……."

"저도요. 이 토지에 권속들이 자리 잡았으니 무슨 일은 있었겠지만 자세하게는……."

설마 본인들도 모르겠다니.

정령은 불멸의 존재다. 몇천 년 주기로 죽었다 부활하기를 반복한다. 그때마다 리셋되어 기억과 외모가 다른 존재로 다시 태어난다. 남자였다가 여자였다가 동물이었다가. 겉모습과 성별도 바뀐다고 한다.

염국 다우반과 빙국 자드니아에 이 정령들이 저주를 걸었더라도(저주인지 아닌지 모르겠지만) 이래서는 그 이유를 확실히 알 수 없다.

"뭔지는 잘 모르겠지만, 뭐하면 그 토지에 있는 권속들을 철수시킬까?"

"으~음. 그것도 좋지만…… 지금은 됐어. 근본적인 해결은 안 될 것 같거든."

이미 더우니 추우니 하는 일로 다툼을 벌이는 게 아니니까. 게다가 급격한 기후의 변화는 인체에도 악영향을 줄 수 있다.

그래도 천천히 저주(실은 저주가 아니지만)를 푼다면 그건 괜찮다. 온난한 기후가 되면 다툼을 그만둘지도……. 별로 기대는 하기 어렵지만.

"너희는 서로 사이가 나쁘진 않지?"

"나쁘긴. 얼마 전에도 같이 놀았는데. 그치?"

"네. 단지, 마음이 맞고 안 맞고는 부활할 때마다 바뀌니 전생에서도 그랬다고는 보증할 수 없지만요……."

그렇구나. 부활하기 전에는 별개의 정령이니. 사이가 나빴을지도 모른다라.

"그런데 전생을 아는 정령들에게 물어봐도 별로 사이가 나쁘진 않았다던데? 지금처럼 사이가 좋지도 않았다지만."

"그러네요. 저도 물의 정령 언니에게 그렇다고 들었습니다."

흐음. 원인을 알 수 없다라. ……좋아, 포기하자.

굳이 지금 당장 다우반과 자드니아를 화해시키려는 게 아니다. 일부러 참견할 필요가 있는 것도 아니고.

여기서 원인을 알아서 바로 어떻게 할 수 있다면 화해에 도움을 줄 수도 있겠지만 아니면 그냥 그뿐이다.

"시간을 내줘서 고마워. 이건 그 쿠키 세트야. 다 같이 먹어."

나는 선물을 건네고 정령계를 떠났다. 결국 뭐가 원인이었던 걸까.

아예 두 나라의 임금님을 납치해 '옛날 일은 없었던 것으로 치고 사이좋게 지냅시다' 라고 말하게끔 어딘가에 둘만 감금하는 게 더 좋지 않을까 하는 생각마저 들었다. 무인도 같은 데다가.

같이 생사의 경계를 헤매면 사이가 좋아지지 않을까?

"그냥 한번 해 본 생각이고. 어떻게 그런 짓을 해."

역시 그건 좀 아니다. 셀프 딴지를 걸면서 나는 바빌론으로 돌아갔다. 그건 일단 최후의 수단으로 남겨 두자.

'정원' 에 도착해 보니 마침 모두 모여 다과회를 하는 중이었다.

" '정원' 에 잘 오셨습니다, 마스터. 바로 차를 가져오겠습니다."

"응, 부탁해."

대기하고 있던 메이드 차림의 셰스카가 모두가 모여 있는 가제보…… 이른바 서양풍 정자에서 어디론가 전이했다. 성으로 가서 컵과 차를 가지고 오려는 모양이다.

나는 원탁으로 다가가 비어 있던 유미나와 야에 사이의 자리에 앉았다.

"어디에 갔었나요, 토야 오빠?"

"잠깐 정령계에. 불꽃이랑 얼음의 정령에게 이야기를 들어봤는데 도움이 되는 정보는 없었어."

"아, 그 덥고 춥고로 싸우느라 성가시게 하는 나라 말씀입니까?"

덥고 춥고로 싸우는 건 아니지만, 성가시다는 말은 맞다.

"다들 모여서 뭐 해?"

"요즘에 있었던 일로 얘기할 게 많아서. 그보다 달링. 하나 들어줬으면 하는 게 있어."

"응? 뭔데?"

린이 컵을 내려놓고 나를 바라보았다. 모두도 가만히 우리를 주목했다. 뭔데 그래?

"달링은 우리와 약혼할 때, 결혼은 18세가 된 다음에 한다고 했지?"

"응. 그랬는데."

"얼마 전에 형님에게 들었는데, 달링이 있던 세계와 우리의 이쪽 세계는 '1년의 날짜가 다르다' 며? 그게 정말이야?"

놀리는 듯한 시선으로 나를 바라보는 린. 반면에 나는 미소를 지으면서 폭포처럼 쏟아지는 땀을 막을 수가 없었다.

"달링. 자기 세계의 달력으로는 이미 18살이 되지 않았어?"

들켰다. 들키고 말았다. 정보원은 카렌 누나구나.

실은 그랬다. 처음에는 나도 눈치채지 못했지만, 이쪽 세계의 1년은 내가 있던 세계의 1년인 365일보다 더 길었다. 대략 4개월 정도. 즉, 1년이 16개월이다.

스마트폰에 13월이 등장했을 때는 눈을 의심했다. 무심코 코사카 씨한테 확인했을 정도로.

날짜는 전부 스마트폰으로 확인하고 있어서 그때까지는 몰랐다. 이쪽은 계절도 뒤죽박죽이니까.

그걸 알게 된 이후에는 이쪽 세계의 달력에 맞추려고 했을 뿐으로, '이쪽 세계' 에서 난 틀림없이 17세였다.

원래 있던 세계에서는…… 사실 18세가 되었습니다. 말씀대로.

"아뇨, 일부러 숨기려 했던 건 아니고요. 이쪽 세계의 인간이 되기로 한 이상에는 이쪽 세계의 달력을 적용해야 논리적으로 맞지 않을까 생각했을 뿐이에요. 게다가…… 놀라워라. 지구의 달력으로 계산해 보니 유미나가 나보다 연상이었어. 14살인 유미나가 지구 달력으로는 18살 8개월이야. 린은 아예……."

"입을 다무세요, 달링."

"넵…….."

린이 천사 같은 미소와 당장 사살하려는 듯한 시선을 나에게 날렸다. 아득한 연상의 압박…… 장난이 아니네요.

린제가 얼굴을 붉히며 말했다.

"그, 그럼 이제 토야 씨랑 결혼할 수 있다는, 얘기인가요?"

"그거야 달링 나름이지만…… 지금 상황에서는 어렵지 않을까. 사신도 있고, 그 외에도 이것저것 걸리는 일이 있으니까."

"이것저것?"

린의 대답을 듣고 야에가 고개를 갸웃했다.

"그러니까…… 아, 아이가 생기면 전선에서 이탈해야 하잖아……."

아니아니아니. 린 씨, 그건 너무 성급한데요? 꼭 생긴다는 보장도 없고.

얼굴을 새빨갛게 물들인 린에게 전염되듯이 테이블에 둘러앉은 모두의 얼굴도 붉어졌다. 나도 예외는 아니었다.

나는 스우까지 얼굴이 빨개져 주스를 마시는 모습을 보고, 성장했구나…… 하고 묘하게 감개무량한 느낌을 받았다.

"아, 아무튼 그건 일단 제쳐 두고. 말 안 해서 미안하긴 하지만, 사신 문제가 해결되지 않으면 안심하고 결혼할 수 없어. 그러니까 어떻게든 그전에 그걸 처리해 둘 생각이야."

"이길 수 있습니까?"

"신마독만 어떻게 할 수 있으면. 상대가 신을 흡수했다지만 최하급보다도 아래의 니트신이고 우린 최고신의 권속이잖아? 게다가 우리는 인간화하긴 했지만 일곱 신들의 지원도 받고 있어. 이런데도 못 이기면 내가 어지간히도 무능하단 소리겠지."

내가 그렇게까지 무능하다고는 생각하고 싶지 않았다. 응. 일단 이건 세계신님의 시험이니까. 내가 이쪽 세계의 관리자가 되기 위한 시험.

어쩌면 그 유라라는 녀석은 아무것도 모를 수도 있다.

자신이 나쁜 마음을 먹고 흡수한 신이 최하급보다도 아래의 니트신이라는 말은 못 듣지 않았을까?

그 니트신은 자존심만큼은 셌으니, '나는 신들의 말단 중의 말단이다!' 라고는 입이 찢어져도 말하지 않았을 테니까.

어쩌면 '나는 세계신이다' 라고 사칭했을 수도……. 왠지 했을 것 같아. 그러든 말든 상관없지만.

"그렇지. 루가 【권속 특성】에 눈을 떴나 봐."

"어? 정말?"

에르제가 갑자기 꺼낸 말을 듣고 나는 루에게 시선을 돌렸다.

"네. 하지만 전투 쪽은 아니라서요……."

루가 쓴웃음을 지었다.

【권속 특성】이란 신들의 권속이 되어 가는 자에게 싹트는 신의 은혜이다. 루의 경우는 특수해서 나, 카렌 누나, 모로하 누나, 코스케 삼촌, 소스케 형, 카리나 누나, 스이카, 타케루 삼

촌까지 여덟 신의 권속화 영향을 받았을 가능성이 있다.

모든 신의 영향을 받는 건 아니고, 예를 들면 사쿠라는 나 외에 소스케 형…… 음악신의 권속이 됐을 가능성이 컸다. 마을에서 자주 같이 노래를 부르고 했으니까.

마찬가지로 야에와 힐다는 검신(劍神)인 모로하 누나, 에르제는 무신(武神)인 타케루 삼촌의 권속이기도 한 듯했다.

물론 메인은 나이지만.

【권속 특성】은 신의 은혜. 그 힘은 신의 힘이기도 하다.

유미나는 소소하게 '미래 예지'가 가능하고, 사쿠라는 '초청각'이 발현되었다. 그렇다면 루는?

"있죠, 미각이 미묘하게 예민해진 느낌이 들어요. 성분을 알 수 있다고 해야 하나요……. 어떤 재료가 얼마나 사용됐는지요. 대략적이긴 하지만요."

아하, 그쪽이구나.

루는 항상 요리장인 클레아 씨와 요리를 만든다. 그 실력은 이미 프로 수준이다. 나와 만나기 전에는 한 번도 부엌칼을 쥐어 본 적도 없었는데. 사쿠라의 '초청각'도 그렇고 【권속 특성】은 그 사람의 자질을 높여 주는 건가?

"루 씨의 감각은 굉장해요. 컵에 담긴 물에 소금을 한 알갱이만 떨어뜨려도 차이를 알 수 있을 정도니까요."

"진짜 굉장한걸……. 그런데 그렇게 예민하면 맛없는 음식을 먹을 때 고통스럽지 않아?"

"아니요. 의식하지 않으면 발동되지 않으니까요. 스위치가 있다고 해야 할까요……?"

"응. 맞아. 나도 그래. 의식하지 않으면 쓸데없는 소리는 안 들려."

루의 말을 듣고 사쿠라도 동의했다. 전환이 가능한 건가? 그래, 항상 발동되면 고통스러울 테니까. 나의 '신안(神眼)'도 그렇지만.

"참으로 부럽구먼. 이보게 토야. 나한테도 【권속 특성】을 어서 부여해 주게."

"아니, 이건 그런 게 아니야."

스우의 말에 나는 쓴웃음을 지으며 대답했다. 【권속 특성】은 개인차가 있어 '이렇게 하면 각성한다' 같은 규칙이 없다. 마음은 알지만 이것만큼은 어떻게 해 줄 수가 없다.

린제도 머뭇거리며 말했다.

"저, 저어…… '신의 사랑'이 부족한 건 아니, 겠죠?"

"아, 아니야!! 정말로 개인마다 적성의 차이가 있을 뿐, 그런 건 아니야!!"

사랑을 의심하지 마. 그거 중요한 거야.

"신체적인 특성보다 감각적인 특성이 더 잘 발현되는지도 모르겠어요."

"응. 힐다의 말대로일지도 몰라. 유미나, 사쿠라, 루가 시각, 청각, 미각이었잖아."

"'미래 예지'가 시각인지 아닌지는 조금 애매하지만요."

"'본다'는 점에선 마찬가지잖아? 힐다나 야에, 에르제는 신체적 특성이 드러날 것 같지만."

신체 능력이 더 좋아진다거나. 아니, 그건 이미 그렇게 된 건가?

원래는 가장 전투 능력이 떨어지는 스우마저도 움직임이 우리 공국의 기사 수준이다. 본격적인 훈련을 하지 않았는데도 이 정도니, 야에, 힐다, 에르제가 얼마나 규격을 벗어난 존재인지 알 수 있다. '신의 사랑'이란 그 정도다.

응? 방금 깨달았는데 만약 내 아이가 태어나면 장난이 아니지 않을까……? 반신(半神)이고, 카렌 누나를 비롯한 여러 신의 사랑을 받은 아이들이면 교육하기가 보통 힘든 게 아닐 듯한…….

대부분이 딸이라는데, 정숙하게 자라 줬으면 좋겠다…….

"신체적 특성이라면 어떤 것일까요?"

"에르제 씨의 【부스트】 같은 게 아닐까요?"

"뭐어~?! 난 이미 가지고 있으니 그거 말고 다른 게 좋아."

신체적 특성이 발현될 듯한 세 명이 그런 이야기를 하는데, 만약 이 세 사람에게 그런 특성이 추가되면 도깨비에게 쇠몽둥이, 호랑이 등에 날개, 주인공에게 전설의 검, 같은 느낌이 되잖아…….

"신체적이라면, 날개가 돋아나고 그러지는 않겠, 죠?"

"아니, 안 그럴 거야. 나도 머리카락이 길게 늘어나는 정도잖아. 그런 변화는 안 일어나."

나는 린제의 말을 웃으면서 부정했다. 흰 날개가 돋아 딱 봐도 '천사' 같은 모습이 더 신의 권속 같기야 하겠지만.

"뭔가, 시시하구먼. 더 키가 큰다거나 가슴이 커진다거나 해서 카렌 형님처럼 '나이스 보디'가 될 줄 알았는데."

아니아니아니. 스우가 그렇게 되면 그건 그냥 변신이잖아. 특성이 아니라.

그런데 스우도 벌써 신경이 쓰이나 보구나. 가슴 크기를……. 음, 12살이니 그럴 수도 있나.

탁탁, 하고 자신의 자그마한 봉우리를 만지는 스우.

"플로라처럼 커졌으면 좋겠구먼."

"아니, 걔는 비정상적으로 크니까, 비교해선 안 돼."

에르제가 그렇게 딴지를 걸었다.

'연금동'의 관리인인 플로라. 플로라는 아무리 낮춰 봐도 100은 넘는다. 어쩌면 120에 달할지도 모른다. 그러면서도 중력을 거스르듯 풍만한 형태를 유지하고 있다. 몸매도 좋으니 살이 쪄서 큰 그런 것도 아니다.

원래 호문클루스 같은 인공생명체이니……. 그런 상대와 경쟁을 해 봐야 의미가 없다.

유미나, 루, 스우, 에르제가 좀 어두워졌네.

사쿠라는 별로 신경 쓰지 않고, 린은 연상의 여유라기보다는 이미 포기한 듯싶다. 야에는 천으로 동여매고 있지만 상당히 큰 편이고, 힐다는 평균이니까.

"플로라 씨, 커지는 약을 가지고 있지, 않을까요……?"

"'풍유제(豊乳劑)'는 '창고'의 파르셰에게 맡겨 됐으니 그 녀석은 원래부터………… 응…….."

린제가 중얼거리는 소리를 듣고 내가 무심코 그렇게 말했는데, 불길한 예감에 고개를 들어 네 명의 눈을 본 뒤에야, 나는 자신이 말실수했다는 사실을 깨달았다.

"잠깐만, 토야. 그게 무슨 말이야?"

"'풍유제'라고, 말씀, 하셨죠?"

"'창고'에 있다고 했으니, 존재한다는 말이네요?"

"토야 오빠? 토야 오빠? 토야 오빠?"

"아니, 다들, 기다려 봐. 여기엔 아주 깊은 이유가 있어서 그런 거라!"

깜빡이지도 않고 눈을 부릅뜨고 압박하니 무서워!

깊은 이유고 뭐고, 그 박사가 직접 만든 거니까 무조건 아웃이야! 300센티미터 이상이 된다거나 했다간 너무 무섭잖아! 분명히 뭔가 결점이 있다니까!

"에르제 씨랑 루 씨는 '연구소'에 가서 박사를 연행해 오세요. 자세한 정보를 얻어야겠어요. 저와 린제 씨는 '창고'에 가서 물건을 직접 확보할게요."

"좋아!"

"알겠어요!"

유미나의 지시에 따라 에르제와 루가 '연구소'로 달려갔다. 행동이 엄청 빨라!

"그럼 우리, 도."

"네."

다음으로 린제와 유미나도 '창고'로 달려갔다. 헉. 반지의 【액셀】을 사용하다니?!

"뭔가 재미있어 보이는구먼. 우리도 가세!"

"응. 나도 갈래."

스우와 사쿠라도 '창고'로 달려갔다.

"좀 흥미가 있는걸. 나도 가 볼까."

"그럼 소인도 가겠습니다."

"그러네요."

린과 야에, 그리고 힐다까지 자리에서 일어섰다.

"말실수했네……."

박사를 연행해 온다고 했으니 약의 부작용은 밝혀지겠지만. 부작용이 있다고 믿어 의심치 않는 나도 좀 그렇긴 하다.

그 이후에 모두는 박사에게 '풍유제'에 관해 자세히 해설을 들었다고 한다.

듣자 하니, 육체 변화 계열의 마법과 같은 효과를 미치는 약으로, 즉, 마력을 통한 변화 능력을 보조해 준다는 모양이다. 가슴에 직접 발라서 사용한다고.

공교롭게도 나는 보지 못했지만 틀림없이 커졌다고 한다.

하지만 유지하려면 본인 고유의 마력이 많이 필요해서 마력 소비 시간과 함께 풍선이 줄어들듯이 원래의 크기로 돌아간다고 한다. 부작용이 없다는 점은 의외였다. 한 번 더 말하지만 의외였다.

효과는 30분도 채 유지되지 않는다는 모양이다. ……처지지는 않는다고 한다. 평범히 원래대로 돌아온 듯해 마음이 놓인다.

본인 고유의 마력이라면 양도 마법【트랜스퍼】로 커버할 수 없으니 어떻게 해 볼 수 없는 일이다.

아직【권속 특성】에 각성하지 못한 에르제와 린제가 '마력 증대'를 원했던 것도 어쩔 수 없는 일인가?

그런데 증대되어도 유지하려면 마력을 소비한다는 점은 변함없으니 결국엔 사라지겠지만. 영원히【파이어볼】을 쏘려고 시도하는 것과 다를 바가 없으니까.

사람의 꿈이란 참으로 허무하다. 나중에는 공허함만이 남는구나…….

그 뒤에 박사가 '남성용도 있다'고 했지만, 남자가 가슴이 커져서 뭐에 써? 응? 거기가 아니라고? 나 참, 이해할 수 없는 소릴 하네.

◇ ◇ ◇

"피닉스의 꼬리, 홀리 드래곤의 눈물, 성백(聖白) 뱀의 허물, 유니콘의 뿔……."

"네. 거기에 비료를 섞습니다. 상대가 신마독에 조금씩 적응한 것처럼, 우리도 이 묘목…… '성목(聖木)'에 정화의 힘이 존재하는 물질을 섞어 그 힘을 높여 가려고 합니다."

코스케 삼촌이 바라보는 곳에는 20센티미터 정도 지면에서 뻗어 있는 묘목이 있었다.

"이른바 성수(聖獸)라 불리는 자들의 힘을 이용하는 겁니다. 우리 신들은 힘이 너무 강해서 신마독의 영향을 강하게 받고, 코하쿠 같은 신수(神獸)들도 안 되는 일이니까요."

"밸런스를 잡기가 어렵네요."

신의 힘을 너무 많이 주면 이 나무도 신의 권속이 되어 버린다. 그러면 정화는커녕 반대로 신마독의 독성을 강하게 받아 순식간에 시든다.

이것들이 정화 작용이 있는 소재라는 사실은 이해가 된다. 피닉스는 재생하는 존재이고, 유니콘은 치유하는 힘을 지녔다. 그러한 힘을 받아들여 '성목'을 강화하자는 얘기인가.

하지만 조금 성가신 점이 이것들은 성수(聖獸)라는 것이다.

마수가 아니다. 즉, 인간에게 해를 끼치는 존재가 아니다. 높은 지능을 지녀 인간과 의사소통이 가능하다.

요컨대, 토벌해서 소재를 입수할 수는 없다는 말이다. 교섭해서 양도받을 수밖에 없다.

"홀리 드래곤과 성백 뱀, 피닉스는 어떻게든 될 거예요. 홀리 드래곤은 루리의 부하이고, 성백 뱀과 피닉스도 산고와 코쿠요, 코교쿠가 얘기하면 아마 괜찮을 테니까요. 문제는 유니콘이네요."

"그렇군요. 코하쿠는요? 성수라도 동물이긴 마찬가지인데요. 어떻게 안 될까요?"

"그게 말이죠, 궁합이 영 안 맞는지…… 만나면 무조건 싸우게 된대요. 코하쿠는 '그런 녀석들은 사양 말고 사냥하면 됩니다!' 라고 할 정도예요."

"아, 그럼 안 되겠군요. 죽이면 그 유니콘의 원통함과 원망으로 뿔이 썩어, 힘겹게 마련한 정화의 힘이 오염됩니다. 그래서는 의미가 없어요."

유니콘은 대수해의 특수한 숲에 산다. 외부와 격리된 장소로 그 어떤 사람의 침입도 허용하지 않는 장소다. 난 들어갈 수 있지만.

대수해를 다스리는 '수왕(樹王)의 부족' 인 라우리족과 우호 관계를 맺고 있으니까.

단지 문제는 유니콘은 남자에게 접근하지 않는다는 것. 아니, 정확하게 말하면 순결한 처녀 외에는 접근을 허용하지 않는다. 즉, 여자라도 숫처녀가 아니면 건드리지도 못한다는 모양이다.

매우 사납고 기질이 거칠어 남자나 숫처녀가 아닌 여성이면 가차 없이 공격하고, 만약 붙잡히면 자신의 뿔을 썩혀 목숨을 끊을 정도라고 한다. 그렇게까지 싫나……?

아무튼 성가신 동물이다.

"어떻게 해서든 모아 오겠습니다."

"네. 부탁합니다. 그것만 모으면 신마독을 정화할 '성목'이 완성될 테니까요."

자. 협력해 줄 사람이 필요하겠네…….

모두 기분 나빠 하지 않았으면 좋겠는데.

"유니콘 말입니까……?"

"한마디로 여자를 밝히는 말이란 거잖아? 맡겨줘."

에르제가 아주 신랄하게 말했다. 성수(聖獸)의 가치가 쭉쭉 떨어지는구나.

토벌해서 입수할 수 없다면 결국 교섭을 해서 양도받는 수밖에 없다. 남자와 숫처녀가 아니면 적대감을 드러낸다니, 순결한 처녀들에게 그 역할을 맡길 수밖에 없다.

……미리 말해 두지만 모두에게 '너희는 숫처녀지?' 처럼

최악의 방법으로 확인하지는 않았어.

여자아이가 많을수록 유니콘도 기분 좋게 뿔을 줄지 모른다는 흑심에서 약혼자들 모두와 함께 나는 대수해로 우르르 몰려갔다.

대수해를 통치하는 '수왕의 부족' 라우리족. 그 족장인 팜에게 유니콘의 숲으로 들어가도 좋다는 허가를 받는 것도 잊지 않았다.

"유니콘과 말이 통하나요?"

"코하쿠의 얘기로는 괜찮나 봐. 성수라는 존재는 꽤 지능이 높아서 인간의 말도 할 줄 알고, 의사소통도 문제없대."

힐다의 질문에 내가 그렇게 대답했다. 이런 경우엔 사실, 지능이 너무 높아 이상한 집착이 있다는 게 더 문제지만.

"난 유니콘과 몇 번인가 이야기해 본 적이 있는데…… 아주 성격이 비뚤어졌어. 상대에 따라 태도가 180도 바뀌거든. 순결한 처녀에게는 마치 기사가 된 것 같은 태도로 대하지만, 그 외의 여성에게는 욕설을 퍼붓는 일도 흔하니까."

"진짜?"

린에게 정보를 듣고 진절머리가 날 것 같았다. 순결하지 않은 여성한테 그 정도라면 남자에게는 대체 무슨 말을 할지 알 수 없으니.

"어떻게 파악하는, 걸까요?"

"글쎄……. 냄새라든가?"

"좀 불쾌하네요…….”

린제와 사쿠라의 대화를 듣고 루가 불쾌한 표정을 지었다.

냄새……라기 보다는 페로몬 같은 걸까? 그런 냄새를 맡아서 구별한다라……. 어느 쪽이든 변태다.

"오? 토야, 샘이 보인다. 참으로 아름답구먼.”

숲속을 걸어가자 확 트인 장소에 커다란 샘이 있었다. 매우 투명하고 맑은 물이 흔들리는 광경은 마치 유카탄 반도에 있는 신비의 샘 '세노테' 처럼 환상적이었다.

"토야 오빠. 저길 보세요.”

"유니콘이다.”

유미나가 가리킨 곳을 보니 유니콘 한 마리가 샘물을 마시는 중이었다.

겉보기에는 백마(白馬). 하지만 이마에는 긴 나선형의 뿔이 솟아나 있었다. 저걸 어떻게 해서든 입수해야 한다.

"난 더 다가가지 않는 편이 좋겠어.”

"그러네. 이미 경계하고 있어. 실력도 모를 만큼 바보는 아니니까, 널 공격하지는 않겠지만.”

린의 말대로 유니콘은 물을 마시다 말고 이쪽을 바라보았다. 눈매가 사나워! 불량배가 노려볼 때의 그 느낌이다.

〈쳇.〉

혀를 찼어?! 방금 쟤가 혀를 찬 거 맞지?! 유니콘도 혀를 차?!

"아무래도 생각과는 이미지가 다르군요…….”

"네. 생각과는 달리 불량한 분위기가……."

야에와 힐다가 서로 얼굴을 마주 보며 근심스러운 표정을 지었다.

"유니콘도 개체마다 천차만별인 걸까? 그래, 누가 갈 거야?"

"아주 까다로워 보입니다만……. 루 님이 가시면 어떨까요?"

"네? 저요?"

"괜찮지 않을까? 공주님이니 딱 적임일지도 몰라."

에르제와 야에가 부추겨 일단 루가 가기로 했다.

루가 천천히 샘 근처에 머물고 있는 유니콘에게 다가갔다.

유니콘은 시선을 떼지 않고 눈앞까지 온 루를 노려보았다. 마치 불량배가 시비를 걸려고 바라보는 것 같았다.

"아, 안녕하세요. 저는 루시아라고 합니다. 조금 이야기를……."

루가 웃으며 말을 걸었지만, 유니콘은 옆으로 피하듯이 이동했다.

……어?

그리고 루가 유니콘의 정면으로 돌아가자 유니콘은 다시 원래의 위치로 돌아갔다. 루가 그런 유니콘을 쫓았지만 유니콘은 또 옆으로 피했다. 명백히 루를 피하는 모습이다.

"저어……!"

〈다가오지 마라.〉

유니콘이 처음으로 말했다. 그 말을 듣고 우리는 몸이 굳었다. 유니콘은 순결한 처녀를 좋아해 잘 따른다고 한다. 그런 존재에게 거부당했다는 말은━━━━━━.

"아, 아니에요!!"

루가 크게 소리치며 우리에게 달려왔다. 엄청나게 필사적인 표정이다. 눈에는 살짝 눈물이 떠올랐다.

"저, 저는, 순결해요! 토야 님 이외의 사람과 그런 일은 결코 하지 않았어요! 믿어 주세요!"

"아, 알았으니까, 진정하자. 알았지?"

나 이외의 사람이라고 해야 하나. 나도 아직인데. 루가 너무 필사적인 표정을 지어서 나는 조금 진땀을 뺐다.

"……대체 어떻게 된 걸까요?"

루를 진정시키는데 옆에 있던 유미나가 의아하다는 듯이 그렇게 말했다.

"유미나 씨! 유미나 씨까지 제 순결을 의심하는 건가요?!"

"아니요. 그게 아니라, 처녀인데도 피하는 유니콘……. 좀 이상하죠?"

그렇다. 물론 나도 눈물을 글썽이며 달라붙은 루의 순결을 의심하지는 않는다. 그렇다면 이상한 쪽은 유니콘이다.

"선호하는 타입과는 달라서 그럴까? 그럼 정반대 타입인…… 그래, 야에가 한번 가 보는 게 어떨까?"

"린 님……. 좀 마음에 걸리는 말투입니다만……."

린을 슬쩍 노려보고 야에가 유니콘에게 걸어갔다.

하지만 유니콘은 이번에도 야에를 피했고, 건드리려고 하자 그 손을 피했다.

정색하며 유니콘을 붙잡으려고 하는 야에에게 유니콘이 또 믿을 수 없는 말을 내뱉었다.

〈건들지 마라. 남자 냄새가 배잖아!〉

"아, 아닙니다!!"

야에가 루와 마찬가지로 울면서 내게 달려왔다. 태클을 하는 기세로, 이번에도 루와 마찬가지로 나에게 찰싹 매달렸다.

"소인은 다른 남자와 결코! 결코……!!!"

"그래, 나도 알아. 남자 냄새는 아마 내 냄새라는 말일 거야. 아마도."

아무래도 저 유니콘은 엄청난 결벽증인 듯했다. 조금이라도 남자의 흔적이 느껴지면 못마땅한가 보다. 일이 꼬였네…….

그렇지만 일단 이야기만이라도 들어 볼 필요가 있는데.

"다음엔 내가 갈래."

"사쿠라가? 괜찮겠어?"

"괜찮아. 무슨 말을 들어도 상관 안 해. 용건만 전달할게."

사쿠라는 작게 노래하며 유니콘에게 다가갔다. 유니콘도 사쿠라의 노랫소리에 흥미가 가는지 도망치려고는 하지 않았다. 사쿠라가 루나 야에보다 더 거리를 두고 걸음을 멈췄기 때문이기도 하겠지만.

노래를 마치고 사쿠라는 용건을 곧장 전달했다.

"우리는 너의 뿔이 필요해. 뿔을 줘."

〈쳇. 그나마 나은 녀석인가 했는데 돈이 목적이었냐. 저 남자한테 바치려고?〉

유니콘의 뿔은 가루로 만들어 먹으면 어떤 병이나 상처도 바로 치료해 준다고 한다. 그래서 옛날부터 비싼 값에 거래되었다. 돈이 목적이라고 생각해도 이상하지 않다.

하지만 점점 저 유니콘에게 화가 치밀었다. 가만히 듣자 하니 사쿠라에게 말을 마구 함부로 하고. 네가 뭔데?!

"……그냥 저 저급한 말을 죽여도 되겠습니까? 원한도 원통함도 느끼지 못할 속도로 목을 잘라 버리면 오염될 일도 없지 않을까 합니다만."

야에가 내 심정을 대변하듯이 조용히 말했다.

자, 잠깐만. 그건 최후의 수단으로 남겨 두자. 죽여선 역시 곤란해.

"요컨대, 우리가 유니콘한테 '뿔을 주세요'라고 말을 하는 형태라 문제인 거야."

"그럼 어떻게 하실 작정이십니까?"

"'부디 뿔을 받아 주십시오'라는 형태가 되게 만들면 돼."

이제 저런 유니콘에게 저자세로 나가지 말자. 한마디로 기분 좋게 뿔을 부러뜨려서 우리에게 주면 되는 거잖아? 그럼 방법은 많이 있다.

큭큭큭……. 이 썩을 유니콘 자식아. 천국을 보여 주마.

"여전히 나쁜 표정을 지으시는군요……."

"무슨 지독한 생각이 떠오른 게 아닐까? 항상 그렇듯이."

야에와 에르제가 무슨 말을 했지만 무시했다.

나는 사쿠라를 불러들이고 이번엔 내가 유니콘 앞으로 다가 갔다.

유니콘의 눈매가 불량배의 째려보는 느낌보다도 한 단계 더 강렬해졌다. 증오스럽다는 듯한 눈빛이 나를 관통했다.

"남자가 아주 싫은가 보네."

〈앙? 말 걸지 마라, 이 멍청아. 이 몸은 말이다, 네놈 같은 하렘 자식이 제일 싫거든. 자신의 여자라고 냄새를 발라 놓고 손도 안 대다니. 여유 부리는 거냐?! 앙?! 지옥에나 떨어져라!〉

한순간 이 녀석의 뿔을 '성목'에 사용해도 되나 싶어 불안해 졌다. 타락한 녀석 아니야?

아무튼, 좋아. 바로 작전 실행이다.

"【프리즌】."

〈아니?!〉

나는 유니콘 주변에 반경 2미터 정도의【프리즌】을 전개했다. 유니콘은 이제 도망칠 수 없다.

〈뭐 하는 짓이냐. 이 자식! 내보내라! 내보내지 않으면 이 뿔을 썩혀서 떨어뜨리겠다! 그래도 되냐?! 앙?!〉

"워워, 진정해. 지금부터 네가 아주 좋아하는 미소녀를 불러 줄 테니까."

〈뭐라?〉

"【정령왕의 이름으로 명한다. 오라, 정령들이여】. 소환!"

【프리즌】 안에 미소녀 세 명이 나타났다. 10대 초반의 아름다운 정령 소녀들이었다. 셋 모두 절세미인이다.

〈우호오?!〉

유니콘이 기쁜 목소리로 외쳤다. 진짜 색마네. 잠깐의 천국을 맛봐라.

"아직 더 부를 수 있어. 봐."

맨 처음의 둘과는 다른 타입의 미소녀가 프리즌 안에 한 명씩, 한 명씩 나타났다. 그리고 소녀 한 명이 유니콘의 목에 팔을 두르고 강제로 앉히자, 그 주변에 잇달아 나타난 소녀들이 유니콘을 단단히 눌러 제압했다.

〈우효효효효! 남자 냄새가 안 나! 틀림없이 최고의 소녀들이야! 진짜 죽이는구나!〉

점점 정령 소녀들이 【프리즌】 안에 나타나 유니콘이 꽉꽉 압박을 당했다. 하지만 정작 본인은 얼굴 가득 웃음을 지으며 매우 기뻐했다.

지금이 기회라는 듯이 나는 교섭을 제안했다.

"어때? 뿔을 주면 그 정령들과 하루 내내 그 안에서 같이 놀게 해 줄게."

〈하루? 흥, 사흘이다. 사흘로 해라. 아니면 싫다.〉

"쳇. 욕심 많은 녀석이네. 좋아, 사흘이라고? 그 대신 먼저 뿔을 줘. 걱정은 마. 약속은 지킬 테니까."

나는 유니콘의 뿔만 【프리즌】을 통과하게 한 뒤, 밖으로 나온 뿔을 브륀힐드로 단숨에 잘랐다. 유니콘이 원해서 직접 내놓은 뿔이다. 오염되었을 리 없다. 처음부터 이렇게 했어야 하는데.

〈약속 지켜라. 도중에 이 아이들이 사라지긴 없는 거다?〉

"약속은 지켜. 미안하지만, 사흘간 그 녀석과 사이좋게 놀아줘. 아, 원래의 모습으로 돌아가도 좋아."

""""예엡!!!""""

〈응?〉

갑자기 미소녀의 굵은 목소리를 듣고 유니콘이 얼빠진 목소리를 흘렸다.

유니콘을 둘러싸고 있던 소녀들이 잇달아 마초 형님이나 울퉁불퉁한 아저씨의 모습으로 변했다. 보디빌더 같은 근육미에 둘러싸인 유니콘이 콧물을 흘리며 입을 크게 벌렸다.

〈뭐, 뭐, 뭐냐 이건~~~~~~~~~?!〉

뭐긴. 마초 아저씨지. 돌의 정령에 속한 육체미 넘치는 권속들이야. 거친 광석의 정령들이라 그런지 역시 남자답네.

남자 냄새가 나지 않는 것도 당연하다. 정령들에게는 냄새가 나지 않으니까. 그리고 정령왕인 내가 지상에 소환할 때는 그 모습을 마음대로 바꾸어 나타나게 할 수 있다.

"아, 술이랑 요리, 그리고 술안주도 넣어 줄게. 그 녀석들과

격렬한 스킨십을 즐겨 줘."

　나는 【프리즌】 안에 술통과 음식을 전이해서 넣어 주었다.
울퉁불퉁 천국의 사흘을 즐겁게 만들어 줘야지. 〈우오오오
오!! 연회를 즐기자!〉 정령들이 그렇게 외치며 불타올랐다.
유니콘은 눈물, 콧물, 침을 흘리고 있지만. 더럽게.

　〈기, 기다려라! 약속은 이제 됐다! 이 몸을 여기서 꺼내다오!
히이이이잉, 근육이! 땀이~!!〉

　"하하하. 사양하지 말고 남자들끼리 모인 행복을 마음껏 즐
겨. 난 거절하겠지만."

　〈앗! 기다려라! 울퉁불퉁이, 울퉁불퉁이! 으히이이이잉! 건
들지 마라, 손으로 쥐지도 말고!!〉

　"꼴좋다."

　나는 돌아보지도 않고 그 자리를 떠났다. 다들 뭐라 형용할
수 없는 표정으로 이쪽을 바라봤지만 뿔도 입수했으니 만사
해결이다.

　훗날 대수해의 족장인 팜에게 여자를 일절 접근하지 못하게
하고 울퉁불퉁한 근육질 남자에게만 다가가는 취향이 특이한
유니콘이 나타났다는 이야기를 들었다.

　그 유니콘은 자기 나름의 행복을 발견한 거겠지.

　물론 나는 모른 척하고 넘어갔다.

◇ ◇ ◇

"응. 문제없군요. '성목'으로 완전히 제 기능을 하고 있습니다. 틀림없이 신마독이 무해한 마소로 모두 변환되고 있습니다."

"야호!"

농경신인 코스케 삼촌의 확답을 듣고 나는 무심코 그렇게 외쳤다.

모아 온 성스러운 소재를 받아들인 작은 묘목은 신마독을 정화하는 '성목'이 되었다.

"이제 아이젠가르드의 신마독을 무효화할 수 있겠네요. 그러면……."

"응. 겨우 사시과 대면할 수 있게 된 거야."

"그런데 이 작은 나무 하나로 아이젠가르드 전역에 퍼진 독을 전부 제거할 수 있겠는가. 몇 년이 걸릴지 모를 일이 아닌가."

웅크려 앉아 아누비스와 함께 '성목'을 바라보던 스우가 아주 날카롭게 지적했다.

그 말을 듣고도 코스케 삼촌은 평소처럼 생글생글 웃으면서 대답했다.

"그건 문제없습니다. 이 묘목은 신마독을 흡수해 무해한 마소로 변환하는 동시에 그 마소를 자신의 양분으로 삼습니다.

그러니 아이젠가르드에 심는 순간 무럭무럭 성장할 겁니다. 그리고 성장하면 할수록 신마독을 흡수하는 속도도 빨라지겠지요. 단…….”

“단…… 뭔가요?”

“아니, 당연한 말이지만 오염된 토지를 정화하려면 그 중앙부에 ‘성목’을 심는 게 가장 효과적입니다. 하지만 신마독이 있는 이상 우리와 권속화한 유미나, 스우 일행이 갈 수는 없겠지요. 그렇다면 또 아누비스나 바스테트에게 부탁해야 하는데…….”

그래, 그렇겠지. 아이젠가르드의 왕도, 공도 아이젠부르크는 그 나라의 남쪽에 있다. 하지만 굳이 거기까지 갈 필요 없이 중앙부에 심으면 된다. 아누비스와 바스테트라면 별 어려움 없이 임무를 완수할 수 있다. 뭐가 문제라는 거지?

“아누비스와 바스테트가 순조롭게 ‘성목’을 심었다고 하지요. 신마독을 흡수해 ‘성목’은 성장해 점점 커질 겁니다. 신마독은 정화되어 아이젠가르드의 대지는 원래대로 돌아올 텐데…….”

“무슨 문제라도 있나요?”

“그런 존재를 상대가 가만히 둘까요?”

“아……!”

그건 그렇다. 상대도 바보는 아니다. 자신들에게 방해가 되는 존재를 빤히 보고만 있을 리가 없다. 가장 먼저 공격해 없애 버리려 들 게 뻔하다.

"아누비스도 바스테트도 척후형 고렘입니다. 전투 능력은 별로 대단하지 않죠. 변이종들의 공격으로부터 '성목'을 지킬 수 있는가 하면……."

〈음~. 역시 무리죠. 누님도 나도 그런 거에 습격당하면 순식간에 산산조각이 날 겁다.〉

코스케 삼촌이 바라보자 아누비스가 머리를 지면에 숙이며 대답했다. 그렇겠지.

"어떻게든 정화 범위가 공도 아이젠부르크에 닿을 때까지…… 아니, 이미 아이젠부르크에 직접 심으면 되는 건가?"

〈아니아니, 임금님. 그런 곳에 심었다간 순식간에 황금 해골이 몰려와서 이걸 자를걸요~?〉

아누비스는 콧등으로 '성목'을 툭툭 건드리며 내 제안을 반박했다. 음. 너에게 불가 판정을 받을 줄이야. 실제로 아이젠부르크 근처에 있는 황금 궁전에는 황금 해골이 우글거린다. 바로 발견되겠지.

"역시 적의 거점에서 떨어진 곳에 심어 정화 범위가 확대될 때까지 지킬 수밖에 없나. 그렇다면 방어 부대가 필요하겠네."

"기다리게, 토야. 온종일 그걸 방어하는 겐가?"

스우가 걱정스럽게 물었다. 물론 안다. '성목'을 지키며 24시간 내내 싸우게 해선 악덕 기업이나 마찬가지다.

"일단 교대제로 운용하고 싶은데, 얼마나 계속할 수 있을

지……."

"그건 걱정하지 않아도 됩니다. 어느 정도 신마독이 정화되어 주변이 원래의 대지로 돌아가면 모로하, 카리나, 타케루 셋을 투입하여 완벽히 지킬 수 있을 테니까요."

아, 그런가. 코스케 삼촌의 말대로 정화가 진행되면 우리가 저편으로 건너가도 괜찮다. 그 세 명에게만 맡기면 아무 걱정도 없다. 그 셋이 지는 모습은 아예 상상조차 안 되니까.

……그런데 모로하 누나가 깜빡 '성목'을 잘라서 쓰러뜨리는 모습이나, 타케루 삼촌이 정권지르기 연습을 하며 부러뜨려 버리는 모습이 떠오르는데 왜지? 맡길 때는 맡기더라도 카리나 누나에게 단단히 주의를 주어야겠어.

"정화 범위가 적의 본거지에 닿으면 여러분이 직접 뛰어드는 것도 가능합니다. 그리고 사신을 끌어내 그 녀석을 쓰러뜨리면 모두 끝납니다."

말처럼 쉽게 되지는 않겠지만 이렇게까지 준비가 갖춰진 이상 이제는 해 보는 수밖에 없다.

"'성목'은 이미 아이젠가르드에 심을 수 있나요?"

"조금만 더 상황을 살펴야 할 듯합니다. 신마독 흡수로 인한 부작용이 있을 수도 있으니까요."

맞다. 심은 다음에 무슨 일이 일어나도 코스케 삼촌이 쉽게 현장에 갈 수 있는 상황이 아니니까.

준비가 끝나면 바로 【스토리지】를 부여한 아누비스의 목걸

이에 '성목' 을 넣은 뒤, 다시 바스테트와 아이젠가르드로 가
달라고 부탁해야 한다.

"아르부스도 같이 보낼까요?"

"그래. 최소한 내가 가서 【게이트】를 열 수 있을 때까지는
버텨 줘야 하니까."

【게이트】를 부여한 거울 등을 아누비스에게 주고, 어느 정
도 정화되면 내가 직접 가서 프레임 기어를 부를 생각이다.

그때까지는 가능하면 변이종에게 들키지 말아야 하니, 어딘
가의 숲속에 심어야 가장 좋으려나? 그야말로 나뭇잎을 숨기
기에는 숲속이 가장 좋으니까. 숨기는 물건은 잎이 아니지만.

최종적으로 아이젠가르드에 나무를 심을 수 있게 되기까지
'성목' 은 코스케 삼촌에게 맡기기로 하고 나는 비닐하우스
밖으로 나갔다.

"겨우 우리가 공세로 전환할 수 있을 것 같네요."

"그러려면 '성목' 을 지켜야 하지만."

나는 팔짱을 낀 유미나에게 쓴웃음을 지으며 대답했다. 공
세를 펼치기 위해서 지킨다. 모순되는 것 같지만 모순되지 않
는다.

"그게 끝나면 우리도 결혼식이구나! 화려하게 하세!"

"아니, 너무 화려하게 하는 건 좀……."

"무슨 소린가! 평생에 한 번인데! 온 나라가 떠들썩하게 축
제를 염세! 이 시간을 화려하게 보내지 않으면 언제 보낸다는

겐가!"

스우가 하는 말도 이해는 가지만……. 솔직히 말해 이 일은 나에게 거의 결정권이 없으니 나는 그냥 하자는 대로 할 뿐이다.

유미나, 루, 힐다, 그리고 서자이긴 하지만 사쿠라까지. 네 명이나 되는 왕가의 공주님과 결혼을 하게 된다. 화려해지지 않을 리가 없다.

결혼식의 신랑이란 허수아비나 마찬가지라고 사촌 형도 말했었지.

성으로 돌아가는 길에 유미나와 스우는 결혼식 계획을 즐겁게 이야기했는데, 문득 두 사람 모두 주머니에 손을 넣어 스마트폰을 꺼냈다.

"뭐가 왔어?"

"'배포'가 됐나 봐요. 새 어플이 몇 가지인가요."

"아. 【레비테이션】이랑 【스피커】, 그리고 루의 【요리 레시피】 말이지?"

모두에게 건네준 양산형 스마트폰에는 바빌론이 어플을 배포하기도 한다. 【인챈트】와 【프로그램】으로 만들어 배포된 【마법 어플】은 그 속성이 없어도 지정된 마법을 사용할 수 있는 어플이다. 마력은 본인의 마력을 사용하지만.

【레비테이션】은 무거운 물건을 들어 올릴 때 편리하고(자신의 키 높이만큼만 들어 올릴 수 있지만), 【스피커】는 임금님

들이 백성들에게 연설할 때 편리하다.

마법 계열 어플은 서쪽 대륙…… 뒤쪽 세계의 임금님들이 특히 기뻐했다. 마법을 사용할 수 있는 사람이 적기 때문이다. 물론 위험한 마법은 배포하지 않았다.

【요리 레시피】는 다양한 요리 레시피가 루의 해설과 함께 실려 있는 블로그의 열람이 가능한 어플이었다.

이쪽도 드디어 배포가 됐구나. 살펴보니 가볍게 만들 수 있는 요리나 과자가 몇 가지 소개되어 있었다.

앞으로 일주일에 몇 가지씩 업데이트가 될 예정이다. 루는 브륀힐드의 요리만이 아니라 다양한 나라의 요리를 소개하겠다며 의욕에 불탔다.

나중에는 요리 블로그가 아니라 먹거리 소개 블로그가 될지도 모르겠는걸?

이런 정보 공유는 많은 도움이 된다. 배포된 어플 중에서 의외로 평가가 매우 높았던 게 '날씨' 어플이었다.

그날의 최고 기온, 최저 기온, 일출, 일몰, 강수 확률, 국내의 날씨 예보 등을 볼 수 있는 어플인데, 나라를 통치하는 사람에게는 그 어떤 것보다도 도움이 되는 어플이라고 한다.

이 어플 덕분에 기상 재해를 경계할 수 있고, 날씨로 인한 돌발적인 사고를 막을 수 있게 된다는 모양이다.

단, 기우제를 지내던 수상한 기도사 등은 직업을 잃었다고 하지만.

이 세계의 날씨 예보란 절반쯤이 정령의 움직임을 예측하는 것이다.

물론 정령왕인 나는 날씨를 마음대로 조작할 수 있습니다만, 무슨 문제라도?

그렇지만 워낙 성가셔서 그런 짓은 안 한다. 정령(주로 소정령)은 기본적으로 자유로우니 저쪽은 맑게 해 줘~ 이쪽은 비를 내려 줘~처럼 꼭 유치원 아동을 인솔하는 느낌이 되어 버린다. 아무튼 정말 힘들다. 하라는 대로 안 하는 애들도 있고.

나는 약혼자들과 성에서 헤어진 뒤 바빌론의 '연구소'로 갔다.

얼마 전에 보여 준 로봇 애니메이션에서 힌트를 얻은 박사가 새로운 작품을 만들었다고 했거든. 전에 말한 그 비행 유닛일까?

"뭘 완성했다고?"

"후후후. 그래 그 말대로야! '지구'의 문화는 굉장해! 내 창작 의욕을 마구 샘솟게 하거든! 이것 봐라, 이게 그 성과다!"

박사의 조수이자 이 '연구소'의 관리인이기도 한 아틀란티카…… 즉, 티카가 상자 비슷한 물건을 가져왔다. ……응?

나는 상자를 받아 들었다. 표면의 매끈매끈하고 두꺼운 종이에는 거수(巨獸)를 쓰러뜨리고 멋진 자세를 취한 흑기사가 그려져 있었다. 뒤집어도 봤는데 뒤에는 꺼끌꺼끌하고 두꺼운 종이로 그곳에는 아무것도 그려져 있지 않았다.

나는 상자를 열었다. 검은색과 회색, 그리고 빨간색 라인으로 칠해진 다양한 부품이 틀에 고정된 상태로 들어가 있었다. 친절하게도 설명서까지 첨부되어 있다.

알고는 있지만, 알긴 알지만 일단 나는 물었다.

"……………이게 뭐야?"

"물론 프라모델이지!"

"만들었다는 게 이거였어?!"

엄지를 척 세운 박사에게 내가 소리쳤다. 프라모델이 나오는 애니메이션을 봤을 뿐인데 이걸 만든 실력은 대단하지만!

티카가 책상 위에 쿵, 하고 완성품을 올려 두었다.

어? 뭐야. 1/144 스케일로 콕핏까지 개폐가 가능?! 꼼꼼하네.

"이건 에테르리퀴드를 섞은 특수한 수지(樹脂)로 만들어서, 놀랍게도 마력으로 접착하는 접착제가 필요 없는 물건이지. 강도도 높아 마차가 밟고 지나간 정도로는 부서지지도 않아. 최강의 프라모델이야."

"대체 뭘 만든 거야?!"

이미 프라모델인지 아닌지도 의심스러웠다.

"그게 다가 아냐. 이걸 봐라."

박사가 흑기사를 들더니, 넓은 책상에 놓아둔 원형 미스릴 필드 위에 그것을 내려놓았다.

그리고 박사는 필드 장치에서 튀어나와 있는 패널 같은 곳

위에 손을 댔다. 그러자 필드 전체에 마력이 퍼져 나갔다.

이어서 필드 위에 서 있던 흑기사 프라모델이 움직이기 시작했다. 방패를 들고, 허리에서 검을 빼냈다. 곧장 멋진 검무를 잇달아 펼친 흑기사는 곧이어 멈췄다. 호오…….

"어때?! 이게 마력 동조와 마소 필드를 이용한, 아햐아, 아햐아, 아햐아!"

"……그래서 댁은 그 이후로 이걸 열심히 만드셨다는 겁니까? 네에?"

나는 잘난 척하는 얼굴로 돌아본 어린 소녀 박사의 뺨을 꾸욱꾸욱꾸욱꾸욱~ 하고 양손으로 샌드위치처럼 납작하게 압박해 주었다. 우리가 사신에 대항하려고 분주하게 이리저리 움직이고 있을 때, 이 바보는 장난감 제작에 열중하고 있었다니.

"소년에게 혼나는 어린 소녀…… 하악하악. 학대 같은 분위기가 또 배덕감을……!"

"입 다물어, 로리콘!"

흥분해서 얼굴을 붉히는 티카를 노려보았다. 진지한 표정의 가면을 벗어 던지고 본성을 드러냈구나.

"잔깐! 잔깐! 나흔 꼭 놀려호 이거헐 개바란 건 아니햐!"

내가 뺨을 샌드위치처럼 누르고 있는데 박사가 그렇게 반론했다. 일단 박사를 놓아주자, 이번엔 티카가 얇은 비행 형태의 물건을 가지고 왔다.

숨을 거칠게 쉬며 다리를 바짝 오므리고 오진 말고.

건네받은 걸 박사는 흑기사의 발에 장착했다. 마치 서핑보드에 올라타고 있는 모습이다.

이건 비행 유닛이구나. 아무래도 정말 제대로 생각을 했던 모양이다.

"등에 붙이는 타입의 비행 유닛도 생각해 봤지만, 그래선 기체에 따라 불가능하기도 하니까. 일단은 이렇게 만들어 봤어. 다리를 후크처럼 고정해 떨어지지 않게 했지. 이름은 '플라이트 기어' 야."

필드 내에서 '플라이트 기어' 에 올라탄 흑기사가 떠올랐다. 오호라. 이렇게 사용하는 거구나.

플라이트 기어가 천천히 필드를 일주하자 그 위에 타고 있던 흑기사가 책상 위로 뛰어내렸다. 그러자 공중에 떠 있던 플라이트 기어는 갑자기 날개를 접고 거대한 방패로 변형해 떨어져 내렸고 흑기사는 양손으로 그것을 잡아 자세를 잡았다.

"방패로도 사용할 수 있어?"

"바닥은 강화한 정재(晶材)로 코팅해 두었으니까. 웬만한 공격은 튕겨낼 수 있지. 물론 상급종이 날린 입자포는 못 막지만."

지상에서 저격당할 가능성도 있으니, 기본 방어력을 올려 두는 건 효과적이다.

"단, 이 플라이트 기어는 마력 소비가 심한 데다 다루기도 힘들어. 누구나 쉽게 올라탈 수 있는 물건이 아니라는 점이 문제군. 그리고 조준을 하기 힘드니, 유미나나 린처럼 사격 위주의 기체에는 안 어울릴지도 몰라. 또, 너무 높이는 날 수 없어."

난다기보다는 떠올라 앞으로 나아가는 느낌이니까. 속도는 그럭저럭 빠른 편이지만. 사용한다고 한다면 각 부대의 지휘관기가 전황을 쉽게 파악하기 위해 올라타는 정도일까. 지휘도 하기 쉬워질 테니까.

"이 프라모델을 이용한 시뮬레이션 시스템은 잘 작동했으니, 일단 시험 기체를 한번 만들어 볼 생각이야."

"쓸데없이 프라모델을 만든 건 아니었다는 거구나……."

"제작의 즐거움이란! 어렸을 때부터 길러야 하는 법! 뛰어난 기술자도 예술가도 거기서부터 출발하는 거야! 이렇게 해 보고 싶다, 저렇게 해 보고 싶다, 만들고 싶다, 개조하고 싶다! 그런 간절한 바람이 꿈이 되고, 새로운 진보를 낳는다! 난 미래를 짊어질 아이들을 위해, 이세계의 보물인 프라모델을 되살렸을 뿐!"

박사가 주먹을 쥐고 열변을 토하면 토할수록 나는 더욱 차가운 눈빛으로 박사를 쳐다보았다. 거짓말 같아. 어차피 그냥 자기가 만들고 싶어서 만들었을 뿐이겠지.

그래도 이건 이거대로 대단하니 오르바 씨 가게에 한번 둬 볼까.

프레임 기어의 프라모델이니 프레프라? 기어프라? 호칭이야 뭐, 뭐든 상관없나. 금형과 에테르리퀴드 수지가 있으면 아마 지상에서도 만들 수 있을 것이다.

　나중에 이게 브륀힐드를 찾은 사람들이 반드시 사 가는 여행 선물이 될 줄은 역시나 나도 예상하지 못했다. 프라모델이 여행 선물의 명물이라니 그래도 되는 건가……? 좀 아닌 것 같기도 한데, 상관없으려나?

　"와아, 놀랐어."

　"그래. 신기(神氣)의 질, 내포량만 따지면 우리를 점차 능가하고 있으니까. 역시 세계신님의 직계야."

　인기척이 없는 숲속. 【프리즌】을 펼친 결계 내에서 나는 모로하 누나와 카리나 누나가 하라는 대로 【신위해방(神威解放)】을 실시했다.

　온몸에서 신기가 발산되자 내 주변은 새하얀 금색 인광이 흩날렸다. 이 상태가 되면 괜히 마음이 진정되지 않더라. 온몸을 움직이고 싶어진다고 해야 할지. ……날뛰고 싶어진다고 해야 할지.

　코스케 삼촌이 말하길, 신화로 인한 육체의 변화에 마음이 따라가지 못해서 그렇다는데, 그건 정신이 미숙하다는 이야기지?

"근데 또 머리카락이 길어졌는데요."

흰색에 가까운 플라티나 블론드 머리카락이 목덜미까지 자랐다. 기라와 싸울 때 즈음부터 신화해도 자라지 않았었는데.

"컨트롤할 수 있는 신기의 양을 넘어서서 그래. 전보다 육체가 신에 더 가까워졌다는 거지. 신기하게도 너는 마치 스위치를 전환하듯이 사람과 신 사이를 오갈 수 있어. 우리처럼 인간화한 것도 아닌데."

"아뇨아뇨. 인간화라니요. 원래 인간인데요."

"아마 그래서 그런 거겠지. 넌 인간의 몸으로 신의 힘을 손에 넣은 게 아니라, 신의 몸이 인간의 정신을 내포하고 있는 거야. 양쪽의 특성을 갖추고 있는 게 당연한가."

이 몸은 하느님이 깜빡 신계의 소재로 만들었다고 하니까. 그것도 자신의 신기가 가득 담긴 소재로. 육체적으로는 혈연이라고 해도 과언이 아니라고 한다.

"사신과의 결전을 앞두고 일단 확인하려고 했는데 굳이 필요 없었네. 이제는 깜빡 실수하지 않게 주의하는 것뿐이야."

"하하하, 깜빡이라. 토야. 그런 면까지 세계신님을 닮을 필요는 없어. 알겠지?"

"하하하, 그건 그래."

모로하 누나와 카리나 누나가 서로 얼굴을 마주 보고 웃었지만.

난 전혀 웃지 않았다. 왜냐고? 두 사람 뒤에 갑자기 나타난 인물을 봤거든…….

"어험! ……깜빡신이 납셨다네."

세계신님이 헛기침을 하자, 모로하 누나와 카리나 누나가 딱 굳어 버렸다.

"왜, 왜 세계신님이 지상에 계신 거야…….."

"조금 시간이 돼서 오랜만에 모두를 만나러 왔지. 설마 내 이 야기를 하고 있을 줄은 몰랐네만."

생글거리며 말했지만 눈은 웃지 않았다. 모로하 누나와 카리나 누나가 이마에 삘삘 땀을 흘렸다. 이런 두 사람은 본 적이 없어 신선할걸? 재미있어.

"앗, 난 기사단 훈련을 봐주기로 했었는데! 서두르지 않으면 늦겠어!"

"치, 치사하게…! 어~ 나, 나도 요리장 크레아에게 새를 두세 마리 잡아 달라는 부탁을 받았었지? 아아, 서두르자! 그럼 세계신님, 볼일이 있어서 이만!"

궁색한 변명을 하고 두 사람 모두 이 자리에서 순식간에 사라졌다. 도망쳤구나.

"참 저 녀석들은……. 마음이 해이해졌나 보구먼. 피해를 주고 그러진 않는가?"

"하하하. 절 많이 도와주고 있으니, 반반이라고 할까요."

【신위해방】을 멈추고 나는 모로하 누나가 말한 것처럼 스위

치를 전환했다. 머리카락은 여전히 자라 있네.

"오랜만이구먼. 잘 지냈지?"

"네. 하느님 덕분에요. 저어, 이쪽에 내려오셔도 괜찮나요?"

"그럼, 괜찮고말고. 이 몸은 분신이니까. 신계에도 내가 잘 존재하고 있지. 문제없어."

분신……. 전에 내려왔을 때도 역시 아바타였다는 말인가? 편리하네. 나중에 나도 가능해지고 그럴까?

"일단 여기서 얘기하기도 뭐하니 성으로 가실까요?"

"그러지. 오랜만에 자네 약혼자들과도 만나고 싶으니."

나는 【게이트】를 열어 하느님을 데리고 성으로 돌아갔다.

예전에 지상에 내려왔을 때 하느님은 자신을 모치즈키 신노스케라고 말했다. 내 할아버지 역할이었다.

그래서 성안의 사람들은 내 가족, 왕가의 일가라고 생각했지만 약혼자들은 조금 달랐다.

그 이후로 이분이 세계신, 즉, 최고신이라고 이야기를 해서 그런지 거리감을 파악하기가 어려운 듯했다.

"너무 신경 쓰지 말게. 지상에서는 지금까지 대로 토야의 할아버지처럼 대해 주면 그만이야.”

“아, 알겠습니다. 그럼 할아버님, 어서 오세요. 환영합니다.”

“그래그래. 그렇게 하면 되네, 그렇게 하면.”

유미나의 말을 듣고 미소 짓는 하느님. 앗, 나도 ‘할아버지’라고 하는 편이 좋을까?

단둘이서 이야기할 생각이라 나는 하느님을 성의 발코니 쪽으로 안내했다.

“내가 이번에 내려온 이유는 신들이 휴가를 어찌 보내나 살피기 위해서도 있고, 이 세계를 확인하기 위해서이기도 하네. 이미 이 세계는 신의 손을 떠났으니, 원래는 파괴신이 소멸시키거나 서서히 쇠퇴하게 두어 폐기해야 했지. 하나, 이 세계에는 아직 토야가 관리하는 새로운 세계로 존재하는 길이 남아 있네.”

“사신을 쓰러뜨리면 그렇게 되는 거죠?”

“그렇지. 그것만 제거하면 이 세계도 잘못된 진화는 하지 않을 터이니. 하나…… 아니, 두 개의 세계를 구했으니, 이 세계의 관리자가 되어도 문제는 없지. 물론 처음 1000~2000년 정도는 고생할 일도 많을 테지만.”

사신을 쓰러뜨렸다고 해서 곧장 이 세계를 관리해라! 라고 하지는 않는다고 한다. 100~200년 정도는 지상에서, 그 뒤에는 신계와 지상을 오가면서 생활한다는데, 좀 단신 부임 같아서 내키지는 않는다.

"그리고 내가 온 또 하나의 이유 말이네만. 이 세계가 순조롭게 존속하게 된다면 이곳을 신들의 휴양지로 만들었으면 하는데 어떤가. 이번에는 그 점을 확인하기 위해 온 것이야. 물론 규칙은 만들걸세. 신이 아니라 인간으로서의 생활을 준수할 것, 처럼 말이지."

"자, 잠깐만요. 휴양지라니요?! ……아니, 지금도 마찬가지인가……."

지상에 내려온 여러 신들의 얼굴이 내 뇌리를 스쳤다. 이미 그 신들의 리조트 같은 곳이나 다름없나?

"신들도 휴식은 필요하지. 내가 관리하는 세계에서는 편히 쉴 수가 없으니. 물론 너무 널브러져 있어도 곤란하네만."

"으~음……. 네. 너무 지나치지만 않는다면 괜찮을 것 같은데요."

"그건 차차 생각하기로 하지. 음. 맛있구먼."

하느님은 테이블 위에 있던 녹차를 후루룩 마셨다. 루가 신경을 써서 하느님의 취향에 맞춰 내준 차다.

"이번에는 얼마나 머무시나요?"

"며칠 정도는 신세를 질 생각이네. 그 뒤에는 이쪽 세계를 여기저기 돌아볼까 생각 중이지."

여기저기라니……. 이 사람을 위험하게 할 만한 사람은 아무도 없겠지만.

"아, 근데 지금 아이젠가르드에는……."

"알고 있네. '신마독' 말이지? 물론 그건 신도 죽일 수 있는 독이지만, 상급신에겐 통하지 않아. 당연히 나에게도 아무런 효과를 미치지 못하지."

"어?! 그래요?! 신성(神性)이 높으면 높을수록 독이 강해진다고 했는데……."

"그건 하급신들 중에서 그렇다는 것이네. 애초에 그건 '약의 신'이 실수로 만든 약으로, 자신보다 급이 높은 신을 어떻게 해 볼 수는 없다네."

기본적으로 뭔가를 관장하는 신은 하급신이다. 연애신인 카렌 누나처럼.

반면 상급신은 몇몇 특성을 지니고 있어서 한데 묶어 '~의 신'이라고 할 수 없다고 한다.

이전에 세계신님은 자신을 빛의 신이기도 하고 어둠의 신이기도 하다고 말했다. 그건 다양한 신성을 지니고 있다는 뜻이다.

"그럼 혹시 '신마독'을 정화하는 것도……."

"물론 나는 가능하네. 하나, 이건 자네의 시험이 아닌가. 시험관이 문제를 풀면 어떡하겠나."

"말씀대로입니다."

그건 그렇다. 코스케 삼촌에게 도움을 받고 있어서 그만……. 그것도 아슬아슬하게 허용되는 수준 같긴 하다. 시험에 붙으려고 우수한 가정교사를 초빙한, 그런 느낌일까? 이게 뭐 부정을 저지른 셈이 되지는 않지만.

"아! 정말이야! 세계신님이 와 있어!"

어디선가 나타난 사람은 술병을 든 어린 소녀. 술의 신, 모치즈키 스이카였다. 여전히 술에 취해 있는 모습이다.

"오오, 자네인가. 잘 있었는가?"

"난 잘 있지~! 아침부터 밤까지 마실 수 있어서 즐거워! 이쪽은 많은 술이 있어서 질리지도 않고!"

냐하하하. 스이카는 고양이처럼 웃었다. 보니까 상당히 얼근하게 취했네.

"자자, 일단 한 잔 받아. 이건 말이야, 로드메어의 산악주에서 만든 지역 특산술이야~. 쌉쌀한 게 꽤 괜찮더라고. 아, 토야 오빠. 술안주 없어?"

어디선가 꺼낸 술잔에 꿀럭꿀럭 술을 따르는 스이카를 나는 훌쩍 집어서 들어 올렸다.

"너 말이야. 그 술은 어디서 입수했어?"

"뜨끔. 이건~ 저어~ 오드리한테 가서, 살짝 마수 퇴치를 돕고 그 대신에 받아 온 거야. 냐하하……."

오드리……? 앗, 그 사람은 로드메어의 전주 총독이잖아!

항상 나한테 외상을 달아 놓고 마시는데 이상하더라니. 일부러 로드메어까지 가서 술을 가져온 건가. 이 녀석은 진짜……. 나중에 사과하러 가야겠네…….

이런 모습으로 인간화했지만 신은 신. 모로하 누나나 타케루 삼촌 정도는 아니지만 스이카도 상당히 강하다. 주변의 마수들은 상대도 안 되겠지.

"흠. 정말 맛있구먼. 토야, 술안주는 없는가?"

"어? 마시게요? 술안주라면 있긴 하지만……. 하아, 뭐 어때."

발코니의 테이블 위에 풋콩, 생선회, 냉두부, 튀김, 꼬치구이 등, 술안주가 될 만한 음식이 조금씩 담겨 잇달아 나왔다.

"저녁도 드셔야 하니, 너무 많이 마시지는 마세요."

"그래그래, 알겠네."

"냐하하. 알겠네, 알겠어."

세계신님과 스이카가 건배, 라고 하듯이 서로 술잔을 들어올렸을 때, 어디선가 즐거운 음악이 들려왔다. 돌아보지 않아도 안다. 소스케 형이다.

게다가 이 곡은 뭔가 이유를 달아 1년 내내 술을 마실 수 있다고 하는 술꾼의 노래잖아…….

"어라라? 뭔가 즐거워 보여."

"그러네요."

"오오, 자네들도 왔는가."

카렌 누나와 코스케 삼촌도 왔다. 그러니까 제발 문으로 들어와요. 전이 마법으로 뻔뻔하게 좀 오지 말고. 내가 말해 봐야 설득력이 전혀 없겠지만.

모로하 누나랑 카리나 누나는 아까 그 일도 있으니 오기 좀 힘들려나? 타케루 삼촌은 엔데와 수행하는 중이니 저녁 전에는 돌아올 리 없고.

저녁때까지 마음대로 즐기라고 나는 발코니를 빠져나왔다.

복도로 가 보니 모로하 누나와 카리나 누나가 엿보다가 사사삭, 하고 문 뒤로 피했다. 뭘 하는 건지.

"이제 화 안 났을걸요? 이거 가지고 가서 같이 마시면 어때요?"

나는 【스토리지】에서 벨파스트 국왕 폐하에게 받은 최고급 와인 두 병과 술안주인 각종 치즈를 꺼냈다.

"오오, 좋은데?"

"착한 동생을 둬서 난 행복해."

두 사람은 그걸 받아들고 서둘러 발코니로 들어갔다. 정말 손이 많이 간다니까.

"오~! 모로하 언니랑 카리나 언니도 왔네~! 아! 그, 그 와인은 환상의……! 얼른 마시게 해 줘~!"

닫힌 문에서 스이카의 목소리가 새어 나왔다. 자, 저녁은 호화롭게 준비해야겠는걸?

나는 요리장인 클레아 씨와 저녁 메뉴를 상의하려고 주방으로 들어갔다.

"좋아. 그럼 잘 부탁해."

〈맡겨둬라.〉

개 형태의 고렘인 아누비스의 등에 걸터탄 하얀색 '왕관' 아르부스가 그렇게 대답했다. 그리고 그 머리 위에는 고양이 형태의 고렘인 바스테트가 다소곳이 앉아 있었다.

이 세 대는 이제부터 아이젠가르드로 건너가 '성목'을 신마독에 침식당한 대지에 심는 미션에 들어간다.

여행 채비를 끝낸 세 대를 보고 유미나가 무심코 한숨을 내쉬었다.

"……좀 그러네요. 바스테트와 아누비스만 가면 검은 개와 검은 고양이라 눈에 띄지 않겠지만……."

"그렇지만……. 이것만큼은 어쩔 수 없어. 저쪽에서 '성목'이 어느 정도 자랄 때까지 누군가가 지킬 필요가 있으니까."

아누비스의 목걸이에 적용해둔 【스토리지】에는 '성목'의 묘목과 【게이트】가 부여된 거울이 들어가 있다.

그걸 아이젠가르드 중앙부의 눈에 띄지 않는 장소에 심고,

우리 신들의 권속이 움직일 수 있을 만큼 주변이 정화될 때까지 아르부스가 '성목'을 지켜 주어야만 한다.

그래서 아르부스의 동행은 필수적이다. 그렇긴 하지만 바스테트와 아누비스만 있을 때보다는 확실히 눈에 띈다.

" '왕관'이라고 알리지만 않으면 괜히 접근하는 사람도 없겠지만."

〈조심하겠다.〉

아르부스에게는 일단 정재로 만든 쇼트소드를 줬고, 위험하면 '성목'을 남기고 【게이트】가 부여된 거울을 통해 이쪽으로 돌아오라고 명령해 두었다.

최악의 경우, '성목'은 하나 더 만들어 키우면 된다. 유니콘의 뿔 등의 소재는 아직 남아 있으니까.

"아무튼 위험한 일은 피해. 마을은 가급적 피해서 지나가고. 이상한 소문이 흘러 상대에게 정보가 넘어가면 성가시거든."

〈알고 있어요. 그럼 다녀오겠습니다.〉

〈준비 완료.〉

〈좋아, 가자~! 꽉 붙들어!!〉

급발진한 아누비스 탓에 목걸이에 손을 대고 있던 아르부스가 하마터면 떨어질 뻔하면서, 세 대는 내가 열어 놓은 【게이트】 안으로 뛰어들었다.

갈디오 제국의 해안에서 다시 바다를 건너, 아이젠가르드로 상륙하기 위해. 빠르면 이틀 정도면 목적지에 도착한다.

"이제는 지켜볼 수밖에 없어."

"괜찮아요. 분명 성공할 거예요."

아무런 근거도 없는 말이지만, 신기하게도 유미나가 그렇게 말하면 순순히 믿게 된다. 괜찮다고 진심으로 안심하게 된다.

"……유미나는 굉장해."

"뭐가요?"

자신이 얼마나 대단한지 모르는 귀여운 내 약혼자는 의아한 표정을 지으며 고개를 갸웃했다.

괜찮아. 분명 다 잘 될 거야. 그렇게 확신하면서 나는 고렘들이 사라진 【게이트】를 닫았다.

"호오오. 생각보다도 번화하구먼."

성 아랫마을을 바라보며 세계신님이 즐겁게 중얼거렸다.

"여기가 중앙거리고 저편이 벨파스트로 가는 가도예요. 반대편은 레굴루스로 가는 길이고요. 남쪽 길은 모험자 길드로 가는 길입니다."

나는 세계신님에게 브륀힐드의 거리를 안내했다.

이 마을은 길드의 제안으로 던전 섬과 연결한 이래로 사람의 왕래가 늘었다. 상인이나 모험자들이 찾게 되었고, 이 마을이 마음이 든다며 이주를 희망하는 사람도 생겼다.

기본적으로 이주를 희망하는 사람이 있으면 가족 구성과 어떤 일에 종사할지 등을 면접으로 확인하고 가능 여부를 판단한다.

그때 중요한 점은 범죄자를 받아들이지 않는 것이다. 물론 깨끗이 속죄했다면 별개지만. 유미나의 마안이나 박사의 거짓말 탐지기가 있으면 꿰뚫어 보기는 어렵지 않다.

유론이나 산드라의 범죄자가 몰래 들어오려는 시도를 몇 번인가 막은 적도 있다.

그래서 이 마을에서 죄를 짓는 사람은 대부분 다른 나라에서 방문한 외부인이다. 사람이 많이 늘어나면 여러모로 성가신 일이 늘어나는 것도 어쩔 수 없는 일이긴 하지만.

"아직 한참 작은 마을이지만, 간신히 굶지 않고 지내고 있어요."

"그래, 좋군 좋아. 아이들도 활기찬 게 가장 좋구먼."

뛰어다니는 작은 아이들을 바라보면서 세계신님이 고개를 끄덕였다.

이쪽 세계에서는 아이들이 노동자가 되어 일하는 경우도 많다. 특히 변경 마을 등, 도시에서 떨어진 장소에서는 그런 현상이 현저하다. 학문이나 예절 등은 아무런 도움이 안 된다고 부모가 단정하여 아이의 가능성을 빼앗는다.

이 나라의 아이들은 스스로 미래를 움켜쥐길 바란다. 인생을 후회하지 않기 위해서도.

"이 앞이 학교예요. 6살 이상의 아이들이 이곳에 다닙니다."

"호오."

세계신님을 안내한 곳은 이른바 초등학교였다. 중학교가 없으니 학교 하면 이곳뿐이지만. 사쿠라네 어머니인 피아나 씨가 교장을 맡고 있다.

학교 주변에는 고양이들이 각각 자신이 좋아하는 곳에서 햇볕을 쬐었다. ……응? 잠깐만.

벤치 위에서 몸을 둥글게 만 고양이 한 마리를 내가 쑥 들어 올렸다.

"뭐야. 땡땡이치면 안 되지."

"음냥……. 어제는 여자아이들을 불러 아토스네랑 개다래나무 파티를 해서 졸립다냥……. 헉, 케에엑. 임금님이냥?!"

잠꼬대하던 냥타로가 손발을 움찔거리더니 꼬리를 바짝 세웠다.

"피아나 씨의 경호는 어쩌고?"

"어, 어머님이 피곤하면 오늘은 쉬어도 좋다고 말씀하셨다냥! 그래서……!"

"사쿠라도 알아?"

"……공주님은, 저어…… 모른다냥."

"코하쿠한테 설교를 좀 부탁할까……?"

"우냐냥————!! 그것만큼은 제발 용서를!! 죽을 수도 있다냥————!"

냥타로가 지면에 이마를 바짝 대고 무릎을 꿇었다. 여전하구나, 이 녀석.

"홀홀홀. 재미있는 고양이구먼."

"고양이가 아니냥! 응? 근데 누구냥?"

세계신님을 보고 냥타로가 누군지 궁금해했다.

"어~ 우리 할아버지. 모치즈키 신노스케."

"잘 부탁하네."

"임금님의 할아버지? 이 몸은 냥타…… 달타냥이냥. 잘 부탁한다냥."

너 지금 스스로 냥타로라고 말하려고 했지?

"어머. 공왕 폐하, 시찰 중이신가요?"

학교의 창문을 열고 교장 선생님인 피아나 씨가 고개를 내밀었다. 그에 이어 아이들도 잇달아 창문을 열고 고개를 내밀었다.

"폐하~?"

"정말이다. 폐하야!"

"폐하~ 같이 놀아요~!"

"이야기해 줘요~!"

아이들이 와글거리며 떠들기 시작했다. 음. 수업을 방해했나 보네.

나는 피아나 씨에게 사과하면서 세계신님을 소개했다.

"어머나, 그러시군요. 어서 오세요."

"아닙니다, 아니에요. 손주가 신세를 지고 있군요. 뭔가 불편한 점은 없으십니까?"

"아니요. 공왕 폐하께서 아주 잘 보살펴 주시고 계세요. 아이들과 매일 즐겁게 보내고 있답니다."

피아나 씨가 생긋 웃으며 대답했다. 이 사람을 브륀힐드로 초빙한 일은 행운이었다. 사쿠라도 어머니와 언제나 만날 수 있고.

덧붙이자면 피아나 씨는 학교 근처의 집에서 냥타로와 사신다. 사쿠라와 같이 성에 살면 어떻겠냐고 제안했는데 거절당했다. 아마 성에 살면 전 남편인 제노아스 마왕과 얼굴을 마주칠 기회가 늘어나서 그렇지 않을까 한다.

세계신님은 피아나 씨에게서 아이들에게로 시선을 돌리고는 부드럽게 말을 걸었다.

"다들 학교는 좋으냐?"

"좋아요~!"

"나도~!"

"난 학교는 좋지만 공부는 싫어요."

남자아이 한 명이 눈썹을 찌푸리며 다른 아이와는 다른 말을 했다.

"호오. 공부는 싫다고?"

"난 장래에 기사가 될 거니, 공부는 안 해도 돼요."

"공부를 안 하고 기사가 될 수 있다고?"

"될 수 있죠. 글자를 못 읽어도, 계산을 못 해도, 누구보다도 더 강해지면 당연히 기사가 될 수 있어요."

헤헹. 남자아이는 코밑을 문지르며 말했다. 음. 전형적인 골목대장 타입이네.

"그렇다는데, 어떤가 공왕 폐하?"

"아쉽지만 우리 나라에선 어렵겠네요."

"네에?! 왜요?! 강하면 모두를 지킬 수 있는데!"

남자아이는 왜냐고 따지듯이 거칠게 소리쳤다.

"그럼 15명의 기사가 마수 토벌을 하러 갈 때, 일주일간의 식량은 얼마나 필요할까? 틀린 답을 내서 식량을 잘못 가져가게 될 경우, 적으면 기사들은 배가 고파서 힘을 낼 수 없고, 너무 많이 가져가면 무거워서 싸우기 힘들지도 모르잖아. 그 토벌에 실패하면 마수는 네가 지켜야 할 사람을 습격할 거야."

"윽……."

"도적단의 근거지를 밝혀냈지만 그곳에 남겨져 있는 작전서를 읽지 못해 우물쭈물하다가 마을이 도적단에게 습격당하면? 공부 좀 해 둘 걸 하고 후회해도 그때는 이미 늦어."

물론 단독 행동이 아닌 이상에야 주변의 동료가 읽어 주고 계산해 주고 하겠지만 문제는 그게 아니다.

싸워서 돈을 버는 용병이라면 그래도 된다. 또, 모험자라면 무슨 일이 있어도 모든 것은 자기 책임이다. 하지만 무언가를 지키는 존재여야 하는 기사라면 이야기가 다르다.

한 사람의 실수가 많은 사람의 운명을 좌우하기도 한다. 강하면 그만이라고 생각하는 사람은 단언컨대 기사 체질이 아니다.

힘이 없으면 당연히 누군가를 지킬 수 없다. 하지만 힘이 없다고 해도 누군가를 지킬 방법은 얼마든지 있다.

"우리 기사단에는 검술이나 무력이 약한 사람도 있어. 소속되어 있는 곳은 개척 부대…… 아, 집을 짓는 계획을 세우거나, 음식을 키우는 곳인데, 그것도 사람들의 삶을 지키는 중요한 일이거든. 한 사람이 강하다고 해서 모든 사람을 지킬 수는 없어."

나도 약혼자들과 박사 그리고 각국의 임금님들에 더해 신들의 도움을 받고 있다. 온갖 민폐 탓에 고생하기도 하지만.

"……선생님, 정말이에요?"

내 이야기를 들은 소년은 피아나 씨를 돌아보고 물었다. 너 지금 임금님의 말을 의심하는 거야……? 조금 자신감이 떨어지네…….

"그렇단다. 무언가를 지키고 싶어도 힘이 강한 것만으로는 지키지 못하기도 해. 다른 힘도 길러야 하지. 그리고 학교는 그 힘을 기르는 법을 배우는 곳이야. 너희가 장래에 다양한 길을 선택할 수 있게 돕는 게 내 일이란다."

남자아이는 잠시 생각하더니 이윽고 조용히 고개를 끄덕였다.

"……네. 나도 공부해서 모두를 지키는 기사가 될래요."

"그래. 힘내거라."

남자아이의 눈에는 작자만 결의에 찬 불꽃이 깃들었다. 몇 년 후, 이 남자아이가 심신 모두 크게 성장해 브륀힐드 기사단 입단 시험에 나타나길 바라며 우리는 학교를 떠났다.

"좋은 나라구먼. 활기가 넘치고, 미래를 향해 모두 열심히 달리고 있어."

"여러 면에서 저의 능력 부족을 실감할 때도 많지만요."

"나도 지금까지 수많은 세계를 만들었지. 멋진 세계가 되기도 하고, 예상외의 일이 벌어져 순식간에 붕괴한 세계도 있네. 신조차도 뜻대로 되지 않을 때가 있는 법이야. 모든 것을 자네가 짊어질 필요는 없어."

스케일이 너무 커서 비교가 안 되는 것도 같았지만, 무슨 말씀을 하시려는지는 어렴풋이 알았다. 너무 무리는 하지 말라고 주의를 주시는 거겠지.

"지금이니 묻는 말인데, 자네는 이쪽 세계에 온 일을 후회하지는 않는가? 역시 원래 세계로 돌아가고 싶다고 생각하나?"

"그러네요……. 처음 왔을 무렵엔 어쩔 수 없다고 그냥 단념했었어요. 가족이나 친구와 만나지 못해 아쉽긴 하지만 어쩔 수 없는 이상 이쪽 세계에서 즐겁고 긍정적으로 살자고요. 빠르게 변화를 받아들이는 면이 저의 특기거든요. 하지만 지금은 이쪽 세계에 와서 잘됐다고 생각해요. 소중한 사람들을 만났으니까요."

이쪽 세계에 와서 에르제와 린제를 만났다.

야에와 여행하고, 스우와 알게 되고, 유미나에게 청혼을 받았다.

린은 미스미드에서 제자가 되지 않겠냐고 말해 주었고, 레굴루스에서는 루를 도왔다.

힐다의 위기를 구하고, 사쿠라의 기억을 되찾았다.

이런 만남은 모두 내가 이쪽 세계에 온 뒤에 일어난 일이다. 진심으로 감사하고 있다.

"자네가【이공간 전이】를 사용할 수 있게 된 이상, 원래의 세계로 돌아갈 수도 있네만……."

나도 이제 인간의 영역을 벗어나고 있으니, 처음 여기 왔을 때의 규칙에 얽매일 필요가 없다고 한다.

그렇지만 저쪽 세계에서 나는 이미 죽었다. 죽은 사람이 되살아나는 일은 그 세계에서는 불가능한 기적이다. 세계에 커다란 혼란을 일으켜서는 곤란하다고도 하고…….

"나중에 꿈이라는 형태로 모두를 부모님에게 소개할까 해요. 죽은 아들이 꿈속에서 나타나도 이상한 일은 아니니까요. 저희 부모님은 생각이 유연해서 그런 면은 어떻게든 되지 않을까 생각해요."

그렇지 않으면 만화가랑 그림책 작가가 되지는 않았을 테니까.

나는 지금도 아빠가 그린 연재 작품을 전자책으로 읽고 있다. 폭발적으로 팔리지는 않지만 그래도 연재가 계속될 만큼은 인기가 있는 듯했다.

"그 부모님 말이네만, 아이가 생긴 모양이야. 자네의 남동생인가 여동생이겠구먼."

"그래요~? 그건 정말. ⋯⋯⋯⋯⋯⋯네?!"

은근히 내던져진 중대 뉴스를 듣고 나는 무심코 크게 소리쳤다. 길을 지나던 사람들이 움찔하며 놀랐지만, 지금은 그런 일에 신경 쓸 겨를이 없었다.

자, 잠깐만! 나한테 남동생인가 여동생이?! 어~. 분명히 아빠가 스물넷, 엄마가 열여덟에 날 낳았으니, 내가 죽었을 때면 아빠가 대략 마흔에 엄마가 서른넷⋯⋯.

무심코 부모님의 나이를 계산하고 말았다.

"그럼 더더욱 꿈에 나타나야겠네요⋯⋯."

한마디 축하는 해 줘야지. 기쁘기도 한 반면, 그 아이 곁에 있을 수 없어 아쉽기도 했다.

"보디가드로 개나 고양이 계열의 소환수를 그 아이에 붙여 줄까⋯⋯? 아니아니, 사람에게 보이지 않는 영체 계열의 소환수가 더⋯⋯."

"이보게, 좀 성급하구먼. 아직 태어나지도 않았는데⋯⋯."

"아니요. 첫째로서 할 수 있는 일은 해야죠! 그 아이가 저 대신에 부모님을 행복하게 해 줄 테니까요."

"적어도 내가 지켜보는만큼 큰일은 벌어지지 않을 테니 안심하게. 자네는 아무래도 가족 일만 되면 폭주하는 경향이 있구면."

세계신님은 어이가 없다는 듯이 그렇게 말했다. 나도 그런 자각은 조금 있다. 내 아이가 생기면 틀림없이 자식바보가 되겠지. 내 딸에게 손대려는 녀석은 언제든지 상대해 주마!

그런데 남동생이나 여동생이 생길 거라는 말을 듣고 조금 어깨의 짐이 가벼워진 기분이 들었다. 내가 사라져 두 분이 쓸쓸해 하지 않을까 걱정이었기 때문이다.

이젠 그 비상식적인 할아버지도 안 계시니, 나처럼 악영향을 받지 말고 올곧게 무럭무럭 자랐으면 좋겠다.

머나먼 이세계의 하늘을 올려다보며 나는 이제 곧 태어날 가족의 행복을 빌었다.

〈이 근처가 좋지 않을까?〉

바스테트는 홀쩍 하얀색 '왕관' 인 아르부스의 머리 위에서 뛰어내렸다.

　장소는 아이젠가르드의 거의 중심에 있는 이름 없는 숲속. 마을에서도 떨어져 있어 사람들의 눈에도 띄지 않는 장소였다.

〈그럼 여기에다 심을까요?〉

〈그래. 꺼내 줘.〉

　바스테트의 지시에 따라 아누비스가 목걸이의 【스토리지】에서 '성목'을 꺼내 지면에 투욱 떨어뜨렸다.

〈그럼 아르부스 씨. 부탁해.〉

〈알았다.〉

　'성목'의 묘목을 아누비스에게 건네받은 아르부스는 지면을 가볍게 파고 거기에 묘목을 심었다. 그렇게 심자마자 그 작은 잎에서 반짝거리는 마소의 입자가 흘러나오기 시작했다. 이 대지를 오염시킨 신마독이 정화되는 증거였다.

〈이제는 이 묘목이 어느 정도 자랄 때까지 보호하면 되는구나.〉

〈그건 어느 정도예요?〉

〈코스케 아저씨의 이야기로는 대략 이틀 정도면 반경 20미터 정도는 완전히 정화된대. 그럼 임금님 일행을 불러와도 된다나 봐.〉

〈이틀에 20미터요? 그 정도로 이 나라 전부를 정화할 수 있으려나?〉

〈성장하면 정화 속도도 빨라진다니까 괜찮아. 그때까지 호

위 잘 부탁해, 아르부스 씨.〉

〈맡겨 둬라.〉

바스테트의 말을 듣고 고개를 끄덕이는 아르부스. 그런데 갑자기 아누비스가 숲을 노려보며 으르렁거렸다.

〈바로 숲속 주민이 납셨어요.〉

바스락거리는 소리를 내면서 숲 안쪽에서 녹색 피부의 작은 마물 세 마리가 나타났다.

고블린이었다. 자신들의 영역을 침범한 적을 제거하려고 온 모양이었다. 손에는 굵은 곤봉과 돌창을 들고 상대를 죽일 생각으로 가득해 보였다.

바스테트 일행은 다른 사람이 보기에 검은 개와 검은 고양이, 그리고 갑옷을 입은 어린 인간으로밖에 안 보인다. 코가 예민하면 이 세 대에게서 생물 냄새가 나지 않는다고 눈치챘겠지만 고블린들은 자신들의 악취 탓에 냄새를 제대로 맡지 못했나.

"캬갸갸갸갹!"

"키기기긱!"

"캬악~~~~!"

식량을 발견했다는 듯이 고블린 세 마리가 바스테트 일행을 습격했다.

하지만 상대를 잘못 골랐다.

한 마리의 목덜미를 아누비스가 깨물며 지면에 강하게 내동

댕이쳤다. 정재로 만든 그 이빨은 쉽사리 고블린의 목을 찢으며 생명을 빼앗았다.

남은 두 마리는 아르부스가 단숨에 뽑은 정검(晶劍)에 목과 몸이 순식간에 분리되었다. 그 시간은 겨우 몇 초. 상대도 되지 않았다.

〈역시 아르부스 씨. 훌륭합니다.〉

〈문제없다.〉

바스테트의 칭찬을 들으면서 아르부스가 검을 칼집에 넣었다.

〈누님! 누님! 나는요?!〉

〈와아, 굉장해~.〉

〈감정이 안 실렸어?! 더 사랑을 담아 줘요~!〉

아누비스가 지면에 누워 데굴데굴 굴렀다.

〈바보 같은 소리 말고 주변을 더 경계해. 이 정도라면 우리가 해치울 수 있지만, 변이종이 무리 지어 나타나면 퇴각할 수밖에 없으니까.〉

〈예~이.〉

변이종이 한두 마리면 아르부스가 어떻게든 해치운다. 하지만 그 한두 마리가 근처의 동료를 부르면 아르부스 한 대로는 막을 수 없다.

가능하면 변이종은 동료를 부르기 전에 제압해야 한다. 시간 벌기 정도밖에 안 되지만 원래의 임무가 그러니 문제없다.

앞으로 이틀. 잘하면 변이종을 만나는 일 없이 '성목'을 끝까지 지킬 수 있을지도 모른다. 그 이후에는 임금님에게 맡기면 된다.

자신들 옆에서 반짝거리는 마소 입자를 흩뿌리는 '성목'을 보면서 바스테트는 새삼 주변을 경계하기 시작했다.

메이스와 핼버드가 정면으로 맞부딪쳤다. 서로가 엇갈리며 교차하더니 유턴하여 다시 무기를 맞부딪쳤다.

균형을 잡기가 어려울 텐데도 두 사람 모두 상당히 무기를 잘 다룬다.

내가 올려다본 곳에서는 하얀색과 파란색 프레임 기어가 서핑보드 같은 비행 물체에 올라탄 채 싸우고 있었다. 브륀힐드의 기사단장인 레인 씨의 백기사 샤인카운트와 부단장인 노른 씨의 청기사 블루문이었다. 앗, 지금은 이제 '노르에' 씨였지?

실은 노른이 둘이나 있으면 헷갈린다면서 늑대 수인인 부단장 노른 씨가 개명했다. 개명이라기보다는 진짜 발음에 가깝게 했다고 하는 편이 정확하지만. 더 정확히는 '노뤼엔'이라고 한다는 모양이다.

이것으로 검은색 왕관의 마스터인 노른과 늑대 수인인 부단장 노르에 씨가 되었다. 참고로 같은 이름이었기 때문인지 두 사람은 사이가 좋다.

어린 소녀의 모습인데 쿨한 노른과 어른스럽게 보이는데 천진난만한 노르에 씨는 물과 기름처럼 보이는데 참 신기하다.

백기사와 청기사가 이번엔 그 자리에 머물면서 서로 대결을 펼쳤다.

"역시 지상과는 달리 상반신의 움직임만으로 공격을 하게 될 때가 많네요."

"날거나 뛸 수 없고 그런 점이 어렵긴 해요. 에르제의 게르힐데에는 전혀 맞지 않기도 하고요."

나는 두 사람의 싸움을 올려다보면서 옆에 서 있는 또 한 명의 부단장, 니콜라 씨에게 말했다.

박사도 처음에는 에르제의 게르힐데와 린제의 헬름비게를 합체시키는 방안도 생각했지만 결국엔 포기한 듯하고.

마공왕과 싸웠을 때 사용한 플라이트 유닛은 오랫동안 날 수 있게 개량해 야에와 힐다가 사용하게 되었는데, 이 '플라이트 기어'는 기본적으로 흑기사나 중기사용 장비 유닛이다. 약혼녀들의 전용기에는 맞지 않단 말이지.

"대부분의 하늘을 나는 변이종은 저렇게 멈춰서 싸우는 타입이 아니라 돌진해 오는 타입이니까요. 결국엔 어떻게 돌진해 오는 상대의 공격을 피할 것인가, 그리고 얼마나 자신의 공격을 스쳐 지나가는 상대에게 적중시킬까가 관건이라고 생각해요."

지상을 이동하는 변이종이 들짐승이라고 하면, 하늘을 나는 변이종은 새가 아니라 바다를 헤엄치는 물고기다.

그 대부분은 단단한 몸을 무기로 총알처럼 날아온다. 수정 화살을 날리는 타입도 있지만, 그런 비행 타입은 대부분 움직임이 느리다. 대포 타입이라 할 수 있다.

이 총알 타입과 대포 타입을 간파해 공격할 수 있는가가 싸움을 유리하게 이끌 열쇠다.

"반대로 지상의 적을 쓰러뜨리기 힘들다는 생각도 드는데요."

"지면을 아슬아슬하게 날면 다른 프레임 기어의 방해가 되니까요. 그럴 때는 순순히 방패 모드로 바꾸어 지상전을 펼치는 수밖에……."

니콜라 씨에게 대답하며 지상을 달리는 푸른 사슴 기계 장치에 시선을 돌렸다.

프레임 기어보다 한층 더 큰 사슴형 새로운 오버 기어 '디어 블라우'다.

오버 기어는 '왕관'만이 다룰 수 있다. 즉, 저 안에는 파란색 왕관 '디스토션 블라우'가 있다. 그건…….

〈와아! 굉장한걸! 이건 굉장해! 내 뜻대로 움직여!〉

스피커에서 주변으로 로베르 왕자의 목소리가 울려 퍼졌다. 그에 반응한 사람은 같이 온 왕자의 약혼자인 세레스뿐이었다. 얼굴 가득 미소를 지으며 손뼉을 치고 있다. 여전히 사이가 좋네.

노른의 '레오 느와르', 니아의 '티거 루주'는 완벽한 공격형 오버 기어다. 반면에 로베르가 다루는 '디어 블라우'는 기동성을 중시한 방어형이다.

머리보다 길게 뻗은 커다란 뿔이 마력 장벽을 만들어 주변을 가드한다.

또한 그 장벽을 이용한 돌격 공격도 가능하다.

박사는 말로 할까 사슴으로 할까 고민하다가 결국엔 사슴을 선택했다.

왕관 보유자 세 사람의 연계⋯⋯는 저 세 사람이어선 조금 어려울지도 모르지만, 전력이 늘어나서 나쁠 건 없다. 세 사람이 모두 폭주하는 경향이 있다는 점이 조금 걱정되긴 하지만.

"느낌이 꽤 좋지? 저 '디어 블라우'는 파란색 왕관 고렘 스킬을 이용해 만들었어."

등 뒤에서 바빌론 박사가 로제타를 데리고 다가왔다. 입에는 그 에테르 스틱을 물고서.

담배처럼 보이지만 정신을 안정시키는 아로마 비슷한 거라고 한다. 아무래도 수상한 성분이 포함되어 있을 것 같다. 그보다도 어린 소녀가 담배를 물고 있는 듯해 보기에 별로 좋지 않다.

"고렘 스킬을 포함하다니 괜찮아? 위험하지 않을지······."

"저 왕자님의 대가는 가장 리스크가 적거든. 니아는 출혈 과다로 죽을지도 모르고, 노른은 태아로 돌아갈지도 모르잖아. 하지만 저 왕자님은 잠을 자면 그만이니까."

"영원히 잠들 거나 하진 않아?"

물론 죽는다는 의미가 아니다. 평생 잠을 자게 된다면? 그런 의미다.

"그건 괜찮아. 블라우의 능력을 쓰긴 해도 어디까지나 일부만 돌려쓰는 거고 만약 그런 상태가 돼도 죽진 않아. 눈을 뜨게 할 방법은 얼마든지 있어. ······참고로 나는 나흘이나 못 잤지."

후후후후. 박사가 뭔가 수상한 웃음을 흘렸다. 위험해······. 요즘 여러모로 무리를 했으니.

바빌론 시스터즈와 같은 몸을 지닌 박사는 평범한 인간보다 훨씬 내구성이 높다. 하지만 박사의 머릿속의 뇌 그 자체는 인간과 똑같다. 따라서 수면은 어느 정도 필요하다.

"이런 데 오지 말고 잠을 자야지. 잠을 안 자면 목숨도 위험해."

실제로 그런 이유로 기네스북의 잠을 안 자는 기록은 경신되지 않게 되었다. 기록 경신을 계속하면 언젠가 사망자가 나올 수밖에 없다면서.

"자기 일을 완벽히 끝낸 다음에 자고 싶어서 그래. 이렇게 열심히 노력했으니 토야가 나한테 상을 줘도 괜찮다고 생각한다만?"

"……뭘 원하는데?"

다크서클이 내려온 눈으로 내게 시선을 보내는 박사를 경계하면서도 나는 일단 물어봤다. 나 나름대로 감사하고 있으니, 당치도 않은 일이 아니라면 들어주고 싶다.

"간단한 일이야. 나와 모든 걸 풀어 헤치고 뜨거운 하룻밤을."

"당장 꿀밤으로 억지로 재워 줄까?"

네네, 아웃이네요. 변태 소녀가 하는 말이니 어처구니없는 소리일 거라고는 생각했지만 이렇게까지 돌직구를 던질 줄이야. 다크서클이 내려온 눈으로 히죽거리며 그런 소릴 하니 무섭잖아.

"그럼 안아줘. 허그하자, 허그."

허들이 확 낮아졌네. 혹시 거절할 줄 알고 처음부터 큰 요구를 했다가 나중에 진짜 목적인 작은 요구를 이루는 교섭술인가? 뭐라더라. 분명히 '도어 인 더 페이스'였지?

눈앞에서 양팔을 펼치고 기다리는 박사를 나는 떨떠름해 하면서도 안아 올렸다.

"크후후후후. 오랜만에 느껴 보는 토야의 몸……. 좋은걸? 흥분돼."

"……땅에 내던진다?"

꼬옥. 박사는 내 목에 두른 팔에 힘을 주고, 옆구리에 두른 다리에도 힘을 주었다. 유칼립투스 나무에 매달려 있는 코알라도 아니고! 허그라기보다는 이건 달라붙어 있는 수준이잖아!

갑자기 그 힘이 약해져서 보니 박사의 몸이 조용히 늘어지기 시작했다. 어? 잠깐만, 이봐요.

"잠이 들었나 보네요."

"진짜냐……."

내 등 뒤에서 박사를 들여다보던 로제타의 말을 듣고 나는 무심코 탄식했다. 이렇게 되면 내동댕이칠 수도 없다. ……자는 척하는 건 아니겠지?

"……정말 열심히 노력한 건 사실이에요."

"응?"

"5천 년 전……. 박사님은 원래 천재이셨으니, 자신이 마음에 드는 일만 하고 흥미 위주로만 제멋대로 행동하셨어요."

"지금이랑 똑같네……."

"아니요. 전에는 '누군가를 위해서' 그 힘을 사용하는 일은 한 번도 없었어요. ……어쩌면 박사님은 마스터와 만나기 위해 5천 년이란 세월을 넘어왔을지도 모르겠네요."

뭐야, 그 부담스러운 사랑은. 물론 박사에게 많은 도움을 받긴 했지만.

"원래 우리가 마스터에게 친애의 감정을 품고 있는 이유는 단지 마스터가 바빌론의 소유자라서는 아니에요. 우리의 성격과 사고방식은 원래 이 사람의 인격을 분할해 만든 거니까요."

로제타가 잠을 자는 박사를 가리키며 웃었다. 으으음……. 분명히 짚이는 데가 많다. 원래 바빌론 자체가 어떤 식으로든 나 이외의 인간이 마스터가 되지 못하게 만들어져 있었다.

조건이 갖춰지면 양도할게요. 그런 제시를 하지만 사실은 정해진 단 한 명만이 이어받을 수 있었다. 평범하게 생각해 보면 사기다.

박사는 '미래시의 보옥'으로 5천 년간 자신과 마찬가지로 모든 속성을 지닌 인간이 나 이외에는 나타나지 않을 거란 사실을 알고 있었다. 그런 박사라면 바빌론을 내가 손에 넣도록 유도하는 일도 가능하다.

전부 이 사람의 계획대로였던 건가. 지금 이 상황은 비교적 마음에 드니 상관없지만.

"그보다 이젠 좀 무거워. 로제타, 업어 줄 수 있어?"

"네, 괜찮습니다."

나는 잠에 빠진 박사를 로제타가 내민 등 위에 올려 주었다.

"'성벽'의 침대에서 재워 줘. 일어나면 '항상 고마워'라고 말했다고 전해 주고."

"오? 드디어 빠지신 건 건가요?"

"아냐~!"

박사를 업고 로제타가 단거리 전이로 바빌론에 돌아갔다.

이렇게까지 해 준 이상 이제는 뒤로 물러설 수 없다. 물러설

생각도 없지만.

　며칠 내에 아이젠가르드에서 전투가 시작되면 사신과 싸워
야 한다.

　그 녀석을 끌어내 이 소동에 반드시 종지부를 찍을 생각이
다. 따지자면 그 이후가 더 힘들겠지만. 결혼이라든가 신 연
수라든가.

　아무튼, 하는 수밖에 없다.

〈아아, 참! 왜 이렇게 되는 거야!〉

　검은 연기를 피우며 흐물흐물 용해되는 변이종을 보면서 바
스테트가 무심코 그렇게 투덜거렸다.

　핵을 관통한 정검을 칼집에 넣고 아르부스가 다시 경계 태세
로 들어갔다.

〈빨리도 들키고 말았네요.〉

〈왜 이런 곳에 변이종이 어슬렁거리는 거지?!〉

　운이 나빴다고 한다면 그뿐이지만, '성목'을 심고 지키기
위해 파견된 바스테트, 아누비스, 아르부스, 이 세 대의 고렘
은 금세 변이종에게 발견되고 말았다.

아직 하루밖에 지나지 않았다. 이 변이종이 소멸되어 다른 변이종이 이곳으로 찾아올 가능성도 상당히 커졌다.

〈뭐하면 일단 임금님이 【게이트】를 부여해 준 거울을 써서 브륀힐드로 철수할까요?〉

〈'성목'을 버리고 갈 수는 없어. 이만큼이나 자랐잖아.〉

바스테트가 돌아본 곳에는 이미 1미터 정도는 성장한 '성목'이 있었다.

아누비스의 목걸이에 수납된 전이 마법이 부여된 거울을 사용해 브륀힐드로 철수하면 세 고렘의 안전은 확보된다.

하지만 지금 철수하면 아무도 지키지 않는 '성목'은 변이종이 베어 버리겠지. 그렇게 되면 또 처음부터 다시 해야 한다.

게다가 아직은 반드시 변이종이 습격할 거라고 단정할 수도 없다. 습격해 와도 숫자가 적으면 간신히 막아 낼 수 있을지도 모른다고, 바스테트는 긍정적으로 생각하기로 했다. ……안 온다면 더 좋고.

〈전방 30미터. 적, 발견. 변이종으로 확인. 다섯 마리.〉

아르부스가 정검을 빼내며 후방의 바스테트, 아누비스에게 말했다. 바스테트는 자신의 허무한 바람이 빨리도 깨져 버려 하늘을 바라보면서도 '성목'을 지키기 위해 '성목' 앞으로 나가 네 발로 섰다.

그런 바스테트 앞으로 아르부스와 아누비스가 나섰다. 숫자 상으로는 완전히 밀린다. 조금 힘들지도 모른다.

아르부스는 고렘의 최고봉인 '왕관' 시리즈 중 한 대이긴 하지만 마스터인 유미나가 임시 마스터이고, 게다가 이 자리에는 없다.

이래서는 실력의 10분의 1도 발휘하지 못한다. 고렘의 진정한 힘은 마스터와 연계해야 발휘할 수 있기 때문이다. 그건 바스테트와 아누비스도 마찬가지였다.

그래도 맞설 수밖에 없다.

〈선제 공격은 필승법.〉

몇 미터 앞까지 변이종이 다가오자 아르부스가 달려나갔다. 가재처럼 생긴 황금색 금속 생명체는 자신을 향해 다가오는 작고 하얀 기사를 향해 집게를 내밀었다.

쫘악 벌어진 집게 사이로 빛의 구슬이 모이더니, 레이저 빔 같은 빛이 발사되었다.

아르부스는 그걸 바로 직전에 피하고 접근한 가재의 팔을 정검으로 베어 떨어뜨렸다. 그리고 곧장 옆으로 돌아가 정검을 몸 깊숙이 찔러 넣었다.

하지만 가재 변이종은 움직임을 멈추지 않고 남은 집게로 아르부스를 잘라 버리려고 했다.

아르부스는 그 팔도 잘라내고 이번엔 정면에서 머리 같은 부분에 정검을 박았다.

그러자 이번엔 가재 변이종이 움직임을 멈추고 주르륵 몸이 용해되기 시작했다. 겨우 핵을 파괴한 모양이었다. 프레이즈와는 달리 변이종은 핵이 보이지 않는다. 그 위치를 파악하기까지는 어느 정도 익숙해질 필요가 있었다.

〈아르부스 나리! 이쪽도 좀 도와줘요~!〉

아누비스가 도움을 요청하는 소리가 들렸다. 변이종 두 마리의 공격을 피하는 게 고작인 듯했다.

세 고렘에게는 【스토리지】 이외에도 【액셀】, 【실드】, 【플라이】, 【인비저블】 등이 부여되어 있었지만 시각이 없는 변이종에게는 투명화하는 【인비저블】은 효과가 없었고, 이것들은 기본적인 방어 수단 능력에 불과했다.

앞발의 발톱에는 【패럴라이즈】와 【그라비티】가 인챈트되어 있지만 변이종이 마비될 리가 없었고, 【그라비티】도 기본적으로는 정재로 만들어진 발톱의 위력을 높이기 위한 것이라 결정타는 되지 못했다.

핵을 꿰뚫지 못하는 두 대를 대신해 아르부스가 변이종을 제압하고 있지만 생각처럼 순조롭지는 않았다.

바스테트도 '성목'을 지키는 게 고작이었다.

변이종의 목적은 (현재로서는) 자신들이다. 어쩌면 세 대 모두 일제히 이곳에서 도망치면 '성목'을 눈치채지 못하고 변이종들도 쫓아올지 모르지만 바스테트로서는 그런 도박을 하고 싶지 않았다.

〈이건 좀 위기야……!〉

가재형 변이종이 뻗은 커다란 집게를 자신의 발톱으로 튕겨 내면서 바스테트는 가벼운 절망감에 휩싸였다.

역시 철수할 수밖에 없는 건가. 바스테트가 지면에 발톱을 박아 넣으며 그런 생각을 했을 때, 이 장소와 어울리지 않는 목소리가 울려 퍼졌다.

"어머어머. 야옹이랑 멍멍이가 싸우네? 재미있겠다! 나도 끼워줘~."

〈아니……!〉

보라색의 하늘거리는 일본풍 드레스를 입고, 그 모습과는 또 어울리지 않는 안경을 쓴 소녀가 그곳에 서 있었다. 자수정 같은 두 눈과 긴 머리카락, 그리고 작은 양산을 쓴 모습이다.

하지만 바스테트가 놀란 이유는 그쪽 소녀 때문이 아니었다. 그 앞에서 자신의 키보다 큰 사신(死神) 같은 낫을 든 보라색 고렘.

그 모습은 눈앞에서 싸우는 하얀색 고렘과 너무나도 흡사했다.

"사신(邪神)……이라고……?"

"네. 하지만 그렇게 부르고 있을 뿐, 신은 아닙니다. 변이종들의 보스…… 두목이라고 생각해 주시면 될 듯합니다."

브륀힐드 성의 한 방. 동서가 모두 모인 세계회의 무대에서 나는 지금 아이젠가르드가 어떤 상황인지를 각국의 대표자에게 보고했다.

변이종의 두목이 아이젠가르드에 터를 잡고 지금 그야말로 눈을 뜨기 직전이라는 것. 그에 따라 변이종들이 아이젠가르드에서 날뛰고 있다는 것. 아이젠가르드 전체에는 특수한 저주가 걸려 있다는 것. 하지만 이제 곧 그것도 해제된다는 것 등이었다.

"그 사신인가 하는 자가 눈을 뜨면 이 세계는 어떻게 되나?"

미스미드의 수왕이 조금 몸을 앞으로 내밀며 질문했다.

"아마도…… 전 세계에 변이종의 씨앗을 흩뿌리지 않을까 합니다. 변이종들은 영혼을 먹습니다. 잡아먹힌 생물은 변이종으로 변하여 그 녀석들의 동포가 됩니다. 그 녀석들의 최종적인 목적인 전 인류…… 아니요. 이 세계에 살이 있는 모든 것을 변이종으로 만드는 것이 아닐까 합니다……."

내 말을 듣고 아무도 '거짓말이다!' 라고는 말하지 않았다. 지금까지 이 사람들도 변이종과 여러 차례 싸워 왔고, 그 영상을 보기도 했다.

"물론 우리도 당하기만 할 생각은 없습니다. 현재는 그 사신 주변에 우리가 접근할 수 없는 '독' 이 퍼져 있지만, 그걸 정화하는 '성목' 을 아이젠가르드에 심었습니다. 그 녀석들의 본

거지까지 정화하면 직접 그곳으로 쳐들어가 사신을 토벌할
생각입니다."

"쓰러뜨릴 수 있나요?"

스트레인 왕국의 여왕 폐하의 질문을 듣고 나는 단호히 고개
를 끄덕였다.

"쓰러뜨릴 수 있습니다. 반드시. 저는 아직 결혼도 못 했는
데요. 이런 데서 죽을 순 없습니다. 후딱 가서 파바박 해치우
고 오겠습니다."

"하하하! 그래, 그래선 죽을 수 없지!"

근육 마초인 마법 왕국 펠젠의 국왕이 나의 가벼운 말투에
맞춰 호쾌하게 웃었다. 그에 이끌려 다른 나라의 대표자들의
얼굴에도 웃음기가 돌아왔다.

"그런데 우리는 뭘 하면 되지?"

"'성목'이 저주를 정화한다는 사실을 깨달으면 사신의 부하
들은 일제히 '성목'을 제거하려고 몰려들 겁니다. 저희는 사
신을 상대하겠습니다. 그 사이에 각국의 여러분은 프레임 기
어로 '성목'을 지켜 주셨으면 합니다."

얼마나 많은 군세가 밀려들지는 알 수 없다. 그렇게 많은 숫
자가 남아 있지는 않을 거라 보지만……

영혼을 잡아먹힌 황금 해골이라면 꽤 많을 듯하지만, 그 녀
석들은 프레임 기어의 적수가 아니다.

"그래. 그 '성목'을 지키는 일이 세계를 지키는 일로 연결된

다는 말인 거지?"

레굴루스의 황제 폐하가 긴 수염을 쓰다듬으면서 재미있다는 듯이 중얼거렸다.

"알기 쉬워 좋지 않은가. 우리의 세계를 지키기 위해 모두가 손을 잡고 최선을 다하면 되는 것이니. 사신인가 뭔가가 새로 태어난 우리 세계를 마음대로 유린하게 둘 수는 없지."

벨파스트 국왕 폐하의 말을 듣고 모두 고개를 끄덕였다. 인류 멸망이라는 말까지 나왔으니 협력할 수밖에 없을지도 모르지만, 이런 상태가 됐으니 어쩌면 생존 본능에 가까울지도 모른다. 어떤 생물이든 가만히 앉아 멸망당하지는 않는다. 그건 상대도 마찬가지겠지만.

죽느냐 무찌르느냐. 확실히 알기 쉬운 구도일지도 모른다. 대화가 통하는 상대가 아니니까.

"궁지에 몰린 상대가 어떤 수단을 들고나올지는 알 수 없습니다. 충분히 대책은 세웠다고 생각하지만, 우리가 돌입한 뒤에는 제가 지시를 내릴 수 없을 가능성도 있습니다. 그러니까 일단————."

나는 이때를 위해 준비한 비책을 모두에게 말했다. 사용하지 않아도 된다면 물론 그게 더 좋지만 안전을 위해서는 신중에 신중을 기하는 편이 좋다. '예상외였다'라는 적당한 말로 변명하고 싶지 않다.

회의가 끝나자 평소처럼 친목회라는 이름의 파티가 시작되었다. 어쩌면 이게 마지막이 될지도 모른다는 감정은 접어두고 각자 즐겁게 시간을 보내고 있는 듯했다.

"토야 님의 비책을 들으니 어떻게든 될 것 같다는 생각이 들어서 말이지. 그런데 용케도 이런 생각을 다 했군."

"사용하지 않는다면 그보다 더 좋은 일은 없겠지만요."

"그런가? 나는 가슴이 두근거려 꼭 해 보고 싶은 심정이다만. 즐거워 보이지 않는가."

장난꾸러기처럼 눈을 반짝이며 미스미드의 수왕이 대답했다. 그야 당신이나 라제의 무왕은 세끼 밥보다 싸우는 걸 더 좋아하니까 그런 거고요.

수왕 폐하는 웃으면서 멀어져 갔다. 또 라제의 무왕과 훈련장에서 한판 대결한다는 모양이다. 한숨을 내쉬는 수행원들이 불쌍할 지경이다.

"고, 공왕 폐하!"

멀어져 가는 수왕 폐하를 바라보는데, 이번엔 라밋슈 교국의 교황 예하가 당황스러운 모습으로 달려왔다.

고령이신데 그렇게 뛰시면 위험해요. 그런 생각을 했지만 여성에게 그런 말을 할 정도로 나는 바보가 아니다.

"조, 조금 전에 메이드장에게 들었는데 하, 할아버님이 오셨다고요? 꼭 인사를 드리고 싶습니다!"

어어, 너무너무 가까운데요. 뒤에 있는 성기사들도 무슨 일인가 싶어 불안해하잖아요.

어떻게 보면 이 세계에서 세계신님을 가장 깊게 섬기는 신자가 이분이니 이렇게 흥분하는 모습도 이상하진 않지만.

"어~. 아마 지금은 카렌 누나네랑 같이 차를 마시고 계시지 않을까 하는데요……."

"어디 계신가요?!"

"성의 담화실이 아닐까요……."

"그럼 인사하러 가야겠네요! 이만 실례하겠습니다!"

교황 예하가 바람처럼 유희실을 빠져나갔다. 그리고 그 뒤를 라밋슈의 성기사들이 당황하며 따라갔다.

"방금 그분은 라밋슈 교황 예하인가? 무슨 일이라도 있는 건가?"

"아니요, 괜찮습니다. 대단한 일은 아니에요."

유리잔을 한 손에 들고 말을 걸어 온 성왕국 아렌트의 성왕에게 나는 가볍게 손을 들고 대답했다.

이 나라도 어떻게 보면 종교 국가이니까. 만약 세계신님을 알게 되면 어떻게 될지.

정령 신앙이 강한 성왕국 아렌트에서는 정령을 성령(聖靈)이라고 부르며, 신의 사자라 생각해 감사의 기도를 드린다.

그에 더해 우리의 기술 제공으로 정령과 교류가 가능해져 현재 성왕의 주가는 폭등 중이라고 한다.

역대 성왕이 하지 못했던 일을 이루었으니 그 공적은 절대적이겠지.

"그렇지. 성왕 폐하는 정령을 불러낼 수 있으셨나요?"

"아니, 아직이다. 나한테는 마법 재능이 별로 없는 모양이더군. 정령 언어도 발음이 상당히 어렵다."

"마법 적성은 있었죠?"

"그래. 마석의 파편인가로 조사를 받았지. 나는 바람 적성이 있다는 모양이야. 아직 초급 마법조차도 사용하지 못하고 있다만."

바람이라……. 마법은 어쨌든 바람의 소정령은 호기심이 왕성하니 이야기 정도는 들어 줘도 될 텐데.

적성이 있다는 말은 바람 정령에게 사랑받는 체질이란 뜻일 텐데. 정령 언어가 어렵다고 했으니, 그 때문인가?

"그 정령 언어를 조금 사용해 보실 수 있을까요?"

"여기서 말인가?"

조금 부끄러운 듯했지만, 성왕은 정령 언어로 정령을 불러내는 말을 사용했다. 아아, 알겠다.

"분명히 발음은 나쁘지만 언어로는 충분히 전해져요. 문제는 한 가지네요. '바람'이라는 단어의 발음이 잘 안 되나 봐요."

" '바람'?"

"네. 성왕 폐하는 '내 이야기를 들어주십시오. 바닥의 정령이여'라고 말씀하셨어요."

"바닥……?!"

성왕 폐하가 입을 떡 벌렸다. 뒤에 대기하고 있던 성왕국의 기사들이 입을 막고 웃음을 참는 모습이 보였다.

아니, 가끔 있어요. 말을 걸려고 하는 정령과는 다른 정령에게 말을 걸고 마는 경우가.

대부분은 '앗, 나한테 말을 거는 게 아닌가 보네?' 하고 생각해 떠나 버린다. 특히 바람의 소정령은 흥미가 휙휙 바뀌어 더 그렇다. 자신과 관련이 없다고 생각해 바로 떠나 버리지 않았을까.

참고로 바닥의 정령이라는 정령은 없다. 바닥의 원재료가 되는 재질의 정령은 있지만.

그 후로 10분 정도, 우리는 정령 언어로 '바람'과 '바닥'을 반복했다. 그리고 드디어 성왕 폐하가 '바람'이라는 발음에 성공하게 되었다. 정확하게는 '바람' 같은 느낌이라 좀 수상하지만 그래도 아마 전달되리라.

여기는 실내지만 창문이 열려 있어 조건은 갖추어졌다. 바로 시도해 보라고 권유하자, 성왕 폐하의 목소리에 반응해 바람의 소정령 한 명이 나타났다. 손바닥 사이즈인 3등신의 깜찍한 여자아이였다.

"와, 와 주셨다!"

흥분한 성왕 폐하에게 나는 계약을 하라고 재촉했다. 더듬거리는 말이긴 했지만 이번엔 이상한 발음은 없었다.

바람의 소정령은 작게 고개를 끄덕이더니 성왕 폐하 주변을 빙글빙글 돈 다음, 이윽고 그 손 위에서 빛과 함께 사라졌다.

그 손안에 남은 것은 연녹색의 작은 정령석.

"해냈네요. 계약이 성립됐어요."

"야호! 해냈어! 내 곁에도 정령님이 와 주셨어!"

"그 정령석을 쥐고 마음속으로 조금 전처럼 소정령을 불러 보세요. 명령이 아니라 친구에게 하듯 부탁해야 해요."

"그, 그래!"

기쁨에 찬물을 끼얹는 것 같지만 지금 감각이 남았을 때 다시 불러 봐야 요령을 터득하기 쉽다. 계약했는데 계속 방치하면 소정령도 안 좋게 볼 테니까.

'사귀어 주세요'라는 말에 여자아이가 '좋아'라고 대답했는데, 한 달이나 데이트 신청을 하지 않는 일로 비유하면 알기 쉬울까. 아니, 잠깐만. 그렇다고 해서 '그럼 바로 데이트하자!'라고 말하는 것도 좀 그렇지 않나?

그런 내 생각을 날려 버리듯이 조금 전에 나타났던 바람의 소정령은 다시 나타나 성왕 폐하의 주변을 춤추듯이 빙글빙글 돌았다.

"오오! 와 주셨다! 와 주셨어!"

잔뜩 들떠서 소리치는 성왕을 보고 이 사람이 임금님이라면 정령들을 함부로 대하지 않을 거라고 확신했다.

물론 함부로 대하면 정령들이 먼저 정나미가 떨어질 테지만.

그러고 보니 지금 아이젠가르드에는 정령이 없는 상태였

지……? 아마 대지는 메마르고, 물은 오염되고, 바람은 탁해졌겠지.

그런 곳에서 사람이 살아남을 수 있을까…….

어서 결판을 지어야 한다. 나는 아이젠가르드에서 '성목'을 지키고 있을 고렘 세 대를 떠올렸다.

이때 나는 세 고렘이 그런 상황일 거라고는 생각도 하지 못했지만.

"어라? 뭐야. 진짜 야옹이랑 멍멍이가 아니네. 눈을 파내 가지고 놀까 했는데 아쉬워, 너무 아쉬워~."

시시하다는 듯이 무서운 소릴 하는 소녀를 보고 바스테트는 공포를 느꼈다. 소녀가 데리고 온 커다란 낫을 든 보라색 고렘이 습격해 온 마지막 변이종을 간단히 베어 버렸다.

하얀색 왕관인 아르부스와 비슷한 모습. 틀림없이 동형 기체, 크라운 시리즈 중 하나다.

바스테트의 기억 메모리에는 일찍이 소속되어 있던 도적단, '망자의 날개'에서 활동했던 기억도 확실히 남아 있었다.

세상에 잘 알려진 유명한 '왕관'은 파나셰스 왕가가 가지고 있는 파란색 왕관 '디스토션 블라우', 의적 '홍묘'의 수령이 가지고 있는 빨간색 왕관 '블러드 루주', 레아 왕국의 엘프 왕이 가진 녹색 왕관인 '그란 그륜'.

광란과 절망을 흩뿌리는 사신(死神) 고렘. 그 사신이 눈앞에 있었다. 바스테트는 자신의 불운을 저주하지 않을 수 없었다.

"그쪽의 하얀색 아이는 누구야? 비올라랑 똑같은 '왕관'이지? 처음 보는 거니 인사하고 싶은걸?"

〈내 이름은 아르부스. 나의 주인은 이곳에 안 계신다.〉

"그래? 마스터의 이름은?"

〈브륀힐드 왕국의 모치즈키 토야의 아내, 유미나 에르네아 벨파스트.〉

정확하게는 아직 아내가 아니었지만 아르부스는 그렇게 인식하고 있었다. 그 말을 듣고 보라색 왕관의 마스터인 루나가 눈을 껌뻑거렸다.

"모치즈키, 토야? ·····················어? 뭐야뭐야. 토야~앙도 참, 임금님이었어?! 그거, 좀 더 자세하게 가르쳐줘!"

눈을 반짝거리며 루나가 아르부스에게 바짝 다가섰다. 그런데 오히려 놀란 쪽은 바스테트와 아누비스였다.

〈저기, 누님은 브륀힐드의 임금님과 어떤 관계이신지······?〉

아누비스가 토야와 아는 사이라면 도와줄지도 모른다고 생각해 넌지시 떠보았다.

"나랑 토야~앙? 서로를 죽이는 관계인데? 토야~앙은 나를 죽이고, 나도 토야~앙을 죽이고, 러브러브야!"

〈그, 그러십니까…….〉

고렘치고는 아주 절묘하게 실룩거리는 미소를 지은 아누비스가 한 걸음 뒤로 물러섰다.

"그런데? 토야~앙은 없어? 살인극을 하고 싶은데."

〈……임금님은 내일 우리가 부르러 갈 생각입니다. 무사히 여기를 사수했을 때의 이야기입니다만.〉

"사수?"

바스테트의 말을 듣고 고개를 갸웃하는 루나. 다음 순간, 어디선가에서 날아온 황금 창이 루나의 배를 꿰뚫었다. 아니, 창이 아니었다. 새로 나타난 변이종의 검 모양 팔이었다.

20미터나 되는 후방에서 키다리게처럼 생긴 변이종이 팔을 여의봉처럼 길게 늘어뜨려 공격한 것이었다.

배에서 엄청난 피를 줄줄이 흘린 루나였지만 피는 곧장 멈췄다. 그리고 배를 관통했던 변이종의 검 모양 팔이 루나의 배 쪽에서 뚜욱 부러졌다.

"차암~ 이야기하는 도중인데 방해되잖아!!"

부웅. 루나가 등 뒤로 휘두른 오른팔이 마치 황금 검처럼 변형되어 길게 늘어지더니, 루나를 꿰뚫었던 변이종을 숲의 나무와 함께 위아래로 두 동강을 내버렸다.

바스테트와 아누비스도 오싹 놀랐다. 왜냐하면 그 힘은 변이종과 같은 힘이었기 때문이다.

잘은 모르지만 변이종을 가차 없이 잘라낸 모습을 보면, 상대의 동료는 아닌 듯했다. 그렇다고 해서 아군이라고도 할 수는 없었지만.

〈기긱.〉

비올라가 숲 깊숙이 달려갔다. 그리고 그곳에 있던 게 모양의 변이종을 루나처럼 큰 나무와 함께 한꺼번에 잘라 버렸다.

게 모양 변이종도 공격을 시도했지만 비올라는 팔이 잘리든 가슴을 관통당하든 멈춰 서지 않았다. 회피한다는 선택지가 없기 때문이다. 왜냐하면 몇 초 후에는 모두 복원되니까.

'초재생'. 그게 보라색 왕관의 능력. 마스터의 정신을 좀먹는 대신 얻은 저주받은 힘. 실제로 꿰뚫렸던 루나의 배는 이미 완전히 원래대로 돌아왔다. 옷은 찢어진 채였지만.

순식간에 밀려오던 변이종들을 제압한 이 콤비를 보고 바스테트는 전율했다. 하지만 동시에 이건 이용해야만 한다고 자신의 두뇌인 Q크리스탈이 판단했다.

〈……루나 님은 브륀힐드의 임금님…… 토야 님을 만나고 싶은 거지요?〉

"맞아~. 토야~앙은 부끄러움을 잘 타니까 내가 안 가면 도망치거든. 그런데 토야~앙은 여기에 와? 안 와?"

〈내일 제가 부르러 갑니다. 임금님이 여기에 오시면 그때 만나실 수 있습니다.〉

"뭐~? 당장 만나고 싶은데~. 야옹아, 바로 좀 불러와~. 아니면 데리고 가 줘~."

불만스럽게 뾰로통해진 루나를 보고 지금이 승부처라고 생각한 바스테트가 거짓말을 했다.

〈그럴 순 없습니다. 내일이 되기 전에 그쪽으로 가면 임무 실패로 간주되어 임금님은 이쪽으로 오지 않으시겠지요. 또, 고렘만이 전이할 수 있는 방법으로 가기 때문에 당신을 데리고 갈 수는 없습니다.〉

"우~."

반쯤은 거짓말이었다. 전이 마법이 부여된 거울은 고렘뿐만 아니라 인간도 지나갈 수 있다. 어떻게 해서든 이 소녀와 보라색 '왕관'을 이곳에 두어야 해서 바스테트는 그렇게 거짓말을 했다.

"쳇. 내일 만날 수 있다면 뭐 좋아. 아~. 그런데 옷이 찢어졌네. 토야~앙을 만나기 전에 갈아입어야지."

루나가 스키트의 주머니에서 '스토리시 카느'를 꺼내 한 번 흔들자, 그 장소에 새로운 옷이 파앗 하고 나타났다. 루나는 배가 찢어진 옷을 벗고 그 자리에서 옷을 갈아입기 시작했다.

간신히 설득했다는 생각에 바스테트가 작게 숨을 내쉬었다. 호흡하지 않는 고렘에게는 원래 필요 없는 행동이지만 무심코 그런 행동이 나와 버렸다.

그런 바스테트에게 살그음 아누비스가 다가가더니 소곤거리며 귀엣말을 했다.

〈그래도 되나요? 자칫하면 임금님과 저 누님이 살인극을 펼치게 될 텐데.〉

〈어쩔 수 없잖아. 여기서는 어떤 일이 있어도 '성목'을 지켜야 하니까. 게다가 그 임금님이라면 어떻게든 해 줄 거야. 괜히 금색 랭크 모험자가 아닐 테니까.〉

루나와 비올라 콤비는 확실히 강하다. '초재생' 능력은 방어라는 측면에서 보면 무적에 가깝다고 해도 과언이 아니다.

하지만 바스테트는 브륀힐드의 공왕이 이 콤비에게 질 거라고는 생각하지 않았다.

앞으로 하루. 내일까지 버티면 임금님 일행이 어떻게든 해결해 준다. 성장을 계속하는 등 뒤의 '성목'을 바라보면서 바스테트는 마음을 다잡고 기합을 넣었다.

"여, 미안. 일부러 오게 해서."

"아니, 난 괜찮은데 새삼스럽게 무슨 일이야?"

엔데가 전화로 불러내서 나는 엔데의 집으로 갔다. 집에는 엔데 외에 메르, 네이, 리세 이 세 소녀도 있었다. 내부 인테리어에는 특별히 신경 쓰지 않는지 내부는 매우 심플했다. 꽃병

하나 놓여 있지 않을 정도로.

여전히 지배종 세 사람은 식욕이 왕성한지 아까부터 산더미처럼 쌓여 있던 경단과 찹쌀떡을 와구와구 입에 계속 넣었다. 빨리 먹는 모습은 아니었지만 차를 마시는 순간을 제외하면 손이 멈추는 법이 없었다. 식비만 해도 엄청 나올 것 같은데…….

"우리는 전 동포였던 변이종의 존재를 느낄 수 있습니다. 현재 그 대부분이 이쪽 세계에서 말하는 아이젠가르드라는 나라에 집결해 있지만 그중에서 특수한 존재가 느껴져요."

"특수한 존재……? 사신 말이야?"

엔데나 이 지배종 세 여성에게는 신들과 사신에 관해서도 전달해 두었다. '신마독' 탓에 내 탐색 마법도 아이젠가르드에는 도달하지 않지만, 메르 일행은 사신을 느낄 수 있는 건가?

"아니요, 그 사신의 존재는 우리도 느낄 수 없어요. 우리가 느낀 존재는 새로운 지배종…… 아니, 본 적은 있는 지배종의 존재예요."

새로운 지배종……? 얼마 전의 싸움으로 공간의 균열에서 보였던 그 녀석인가? 차원의 틈새에서 아이젠가르드로 내려선 그 존재를 메르 일행이 느낀 거구나. 그런데 본 적이 있는 지배종이라니 대체…….

"아마 유라가 결정계인 프레이지아에서 불러들인 거겠죠. 이 기척은 틀림없이 그 사람. 우리 세계에서 최강이라고 불리던 프레이즈의 장군, 제노의 기척입니다."

"프레이즈의 장군…… 제노?"

"우리 프레이즈가 사는 결정계 프레이지아는 가혹한 세계였다. 이쪽에서 마수라고 부르는 괴물도 있고, 다른 종족의 침략도 있었지. 그들과 싸우고 제압한 특수한 지배종…… 그래, 전투종이라고 부르면 될까. 그 전투종의 우두머리가 제노 장군이다. 메르 님 측근이었던 나나 리세를 제외하면 유리가 최고의 문관이고, 제노가 최고의 무관이라고 할 수 있지."

네이가 그렇게 대답했다. ……입 주변이 찹쌀떡의 콩고물투성이라 좀 그렇지만.

"강해?"

"강하다. 기라의 형이기도 하고. 그 녀석만큼 거칠지는 않지만 같은 전투광이라고 해도 틀린 말은 아니지."

기라……. 그 녀석이 전투종이구나. 확실히 전투 자체를 정말 좋아했지만. 닮은 형제라.

"제노 장군……. 아니요. 제노는 부하인 지배종을 몇 명인가 데리고 온 모양이에요. 기척은 익숙하지 않으니 우리 세계를 빠져나온 후에 새로 끌어들인 이들이겠죠."

"쳇. 사신과 유라만으로도 성가신데 거기에 적이 더 늘었다니……."

그 기라와 비슷한 타입……. 성가시네. 곧장 사신과 대결하긴 힘든 건가.

"괜찮아요. 제노는 우리가 막겠습니다. 그러니 토야 씨는 사신에 전념해 주세요."

고민하던 나에게 메르의 말이 닿았다. 고개를 들어 네이와 리세, 엔데를 보니 세 사람도 고개를 끄덕였다.

"프레이즈는 프레이즈한테 맡겨 주세요. 이 싸움으로 악연을 끊겠습니다. 저와 엔데뮤온이 원인을 제공한 거니까요. 프레이즈의 '왕'으로서 더는 함부로 행동하게 두지 않겠습니다."

그렇게 따지자면 종속신을 놓쳐 사신이 탄생한 계기를 만들고 변이종이 태어난 원인을 제공한 신들과 내 입장도 매우 곤란한데, 이건 은근히 날 비난하는 거 아니야?

아무튼 도와준다니 고마운 일이다. 앗, 그렇지. '그 일'도 설명해 둬야겠어.

"비책?"

"응. 무슨 일이 있을지 모르잖아? 유라라는 녀석은 머리가 잘 돌아간다니까. 그래서 일단 보험으로……."

엔데 일행 네 명에게 세계회의에서 이야기했던 비책을 설명했다.

"어? 그런 일이 가능해?"

"일시적이긴 해도 가능해. 문제없어. 그래서 위험할 때는 실행하려고."

"정말 그게 가능하다만 유라가 무슨 일을 꾸미고 있든 어떻게든 해결할 수 있을 것 같은걸. 그런데 뭐라고 할지……."

"비상식적이야."

팔짱을 끼고 떨떠름한 표정을 지으며 흘리는 네이의 말을 잇 듯이 리세가 중얼거렸다. 그런가?

그리고 회수해 두었던 그 신기(神器)인 쌍검을 다시 네이와 리세에게 빌려주었다. 변이종을 상대할 때는 자칫 함부로 손 을 대면 동화될 위험이 있기 때문이다.

"그리고 이건 엔데용."

"어? 정말? 내 장비까지 주는 거야?"

나는 【스토리지】에서 건틀릿 한 쌍을 꺼냈다. 프레이즈의 임금님과 측근들 앞에서 무신경할지는 모르지만, 정재로 만 든 건틀릿이었다.

"에르제가 가지고 있는 것과 같은 타입이야. 이거라면 변이 종도 쉽게 부술 수 있지 않을까?"

"나는 별로 무기를 사용하지 않는 편인데. 그래도 주는 거니 고맙게 받아둘게."

엔데가 투명 부품으로 만든 듯이 보이는 건틀릿을 집어 들었 다. 디자인은 에르제의 무기와 완전히 다르지만. 똑같이 만들 면 페어룩 같아서 열 받으니 일부러 바꿨다.

"그런데 그 사신과의 싸움에는 스승님도 도와주셔?"

"아니. 이 싸움은 우리끼리 해결해야 돼. '성목'을 지키는 것 정도는 도와준다는 모양이지만. 틀림없이 우리의 동향 정도는 파악하실 테니 조심해. 얼빠진 모습으로 싸우면 타케루 삼촌의 지옥 특훈 코스가 기다리고 있을지도 모르니까⋯⋯."

"토야는 성격이 너무 고약해!"

조금 눈물을 글썽이면서 엔데가 외쳤다. 미안하지만 우리도 여러 가지 사정이 있으니, 엔데가 열심히 힘내주지 않으면 곤란하다. 조금 전에 말한 제노인가 하는 녀석의 발을 묶는다든가 말이지. 여기까지 와서 방해를 받을 수는 없으니까.

내일이 되면 바스테트가 우릴 부르러 올 것이다. 그러면 몇 명 정도는 아이젠가르드로 가 볼 수 있다.

사실은 모로하 누나나 카리나 누나를 처음부터 투입하고 싶지만, 신마독이 일부 정화되었더라도 몇십 미터 밖의 주변은 독투성이일 테니 아무래도 거기에 투입하긴 힘들다.

내가 갈 수도 있겠지만, 깔끔하게 정화된 다음이 아니면 어떤 영향을 받을지 알 수 없다. 결전을 맞이하기도 전에 쓰러지면 너무 꼴사납다.

처음에는 영향이 적을 것으로 보이는 노른괴 니아, 로베르⋯⋯ '왕관' 그룹에 부탁해 볼까. 오버 기어가 없어도 그럭저럭 싸울 수 있으니까. 요컨대 모로하 누나들 차례가 올 때까지 이어주면 된다.

엔데의 집을 나선 나는 일단 호박 팬츠 왕자 로베르에게 연락해 협력을 요청했다. 얘는 이상하긴 하지만 성격은 아주 솔직하다. 그 패션 센스와 쓸데없이 들떠 있어 성가신 면만 어떻게 하면 완벽한 왕자가 될 텐데 참 아깝다.

노른한테는 언니인 에르카 기사를 통해 부탁할까. 언니가 신세를 지는 만큼 떨떠름해 하면서도 받아들여 주지 않을까 한다.

문제는 니아다. 니아가 속한 의적 '홍묘'는 당연하지만 이쪽에서는 본업을 쉬고 있다. 이 나라에서는 범죄를 저지르게 둘 수 없다. 설사 그게 의적이라고 하더라도.

그래서 홍묘는 현재 모험자 일로 돈을 벌고 있다. 던전에 들어가 상당한 양의 보물을 찾아내고 있는 모양이다.

이젠 그럴듯한 모험자 파티가 되었다. 니아의 빨간색 '왕관' 루주, 에스트 씨의 아카가네 등, 몇 대나 되는 고렘을 보유하고 있기도 하니까.

"니아만 있으면 쉽게 꼬드길 수 있는데. 에스트 씨가 있는 이상 공짜로는 안 될 테니……"

최대한 값싸게 교섭이 됐으면 좋겠는데. 나는 홍묘와(정확히는 에스트 씨와) 교섭하러 숙소인 '은월'로 걸음을 옮겼다.

하늘이 하얗게 물들기 시작했다.

울창한 숲속이라 태양은 아직 보이지 않았지만 확실히 아침

이 찾아오고 있다.

우리를 적으로 인식한 변이종들의 공격은 여전히 이어졌다.

대거 밀려오는 일은 없었지만 대여섯 마리씩 짧은 간격을 두고 계속 습격해 왔다. 잠도 자지 않고 쉬지도 않고 계속되는 싸움. 그야말로 고렘이기에 버틸 수 있는 연속 전투였지만, 역시나 바스테트도 신물이 나기 시작했다.

물론 인간임에도(지금에 와서는 인간인지도 수상하지만) 한 명, 이 전투를 아무렇지도 않게 버티는 자도 있었지만.

"야옹아~. 아침이야~. 슬슬 토야~앙을 불러와~."

파슛, 하고 황금 창으로 바꾼 오른팔을 변이종의 핵에 꽂아 용해시키면서 루나가 말했다.

같은 힘을 손에 넣었기 때문인지, 루나는 변이종의 핵이 어디 있는지 위치를 정확하게 파악하고 있는 것처럼 보였다.

〈바스테트 누님. 조금 이른 듯도 하지만, 저 누님에 관한 일 노 임금님에게 설명해야 하니, 슬슬…….〉

〈그러네…….〉

힐끔, 옆의 하얀색 고렘을 올려다보니 아르부스도 작게 고개를 끄덕였다.

바스테트 등 뒤에 있는 '성목'은 이미 4미터 가까운 나무가 되어 있었다.

주변에는 루나나 보라색 왕관인 비올라가 변이종과 함께 나무를 잘라버리는 바람에 나무의 그루터기만이 남아 있었다.

잘려서 넘어져 방해되는 나무들은 아누비스가 목걸이에 수납하여 숲속 너머에다 버렸다.

아누비스의 말대로 부르러 가기는 조금 이른 듯도 했지만, 불안 요소가 너무 많아서 빨리 움직인다고 해서 나쁠 일은 없을 듯했다.

〈……알겠습니다. 조금 시간이 걸리겠지만, 임금님을 부르러 가겠습니다.〉

"그렇게 나와야지! 아~. 기대돼~. 토야~앙이랑 찌르고 찔리고 베고 베이고, 파고 파이고 뭉개고 뭉개지고…… 최고야!"

황홀한 눈웃음을 지으며 불온한 말을 내뱉는 루나를 보고 상당히 바스테트와 아누비스는 약간, 아니, 오싹했다.

〈아누비스.〉

〈예~엡.〉

아누비스가 【스토리지】가 부여된 목걸이에서 높이 1.5미터가 약간 되지 않고 폭이 40센티미터 정도인 거울을 꺼냈다.

그리고 그걸 아르부스가 근처의 나무뿌리에 기대어 세웠다.

〈그럼 1시간 정도 후에 임금님과 함께 오겠습니다.〉

"알았어. 최대한 빨리 와~."

루나가 생글거리며 손을 흔들었지만 바스테트로서는 불안하기 짝이 없었다. 아누비스에게 〈부탁할게.〉라고 말하듯 시선을 보냈는데, 그 날카로운 눈빛을 보고 정작 본인은 〈어? 제가 뭔 짓을 했나요?!〉라고 하는 표정으로, 전혀 바스테트의 의도를 눈치채지 못했다.

한숨을 한 번 내뱉고, 바스테트는 불안한 심정을 품은 채로 【게이트】가 부여된 거울 안으로 들어갔다.

거울을 빠져나와 보니 그곳은 브륀힐드의 왕성으로 '거울의 방' 이라는 장소였다.

이곳의 벽에는 벨파스트에 있는 브륀힐드 대사관이나 드래 크리프 섬에 있는 은룡의 저택 등으로 이어져 있는 거울이 장 착되어 있다. 그 거울은 기본적으로 이 성에서 일하는 메이드 나 기사 등이 이용했다. (스우 등은 자기 방에서 벨파스트를 오간다.)

〈어라라? 왜 고양이가 있지? 앗, 마스터가 말한 고렘인가 요?〉

갑자기 들려온 목소리를 듣고 바스테트가 올려다보니 정면 계단 위쪽의 층계참 벽에 그림 하나가 걸려 있었다.

그건 땋은 핑크색 머리에, 흰 원피스를 입은 소녀의 그림이 었는데, 놀랍게도 그 그림의 상반신만이 액자 밖으로 튀어나 와 있었다.

〈처음 뵙겠습니다. 이 성에서 감시 임무를 맡은 리플이라고 합니다.〉

〈마법 유사 생명체구나……. 나는 바스테트. 이 나라에 신 세를 지고 있는 에르카 파토라크셰 기사의 고렘이야. 임금님 에게 급히 연결해줘. 긴급 사태야.〉

〈네? 아, 알겠습니다. 바로 연락할게요.〉

"와아~. 여기가 토야~앙의 성이구나. 꽤 센스가 좋네."

〈아니?!〉

등 뒤에서 들려온 목소리를 듣고 바스테트는 있지도 않은 심장을 누군가가 꽉 움켜쥔 듯한 기분을 맛보았다. 돌아보니 거울을 빠져나온 루나가 '거울의 방'에 서 있었다.

〈왜 당신이…….〉

"토야~앙을 만나고 싶어서 와 버렸어."

에헤헤, 낼름! 하고 혀를 내민 루나의 등 뒤쪽 거울에서 커다란 낫을 든 작은 보라색 고렘이 나타났다. 최악이다. 그런 생각을 하며 바스테트는 이를 꽉 물었다.

〈침입자야! 성에 있는 모두에게 전달해!〉

〈으아아아, 아, 알겠습니다!!!〉

대답을 한 리플이 곧장 그림 안으로 쏘옥 돌아갔다.

리플은 마법 생명체다. 그 본체는 큰 홀에 장식된 액자이고, 그 복제가 성의 도처마다 장식되어 있다. 그 모두가 리플의 눈이자 귀라, 리플은 감시 카메라 같은 역할을 하고 있었다.

또한 자신의 분신을 각각의 액자에 투영할 수 있어 경보 장치 역할도 했다.

리플은 분신을 각 장소로 날리는 동시에, 자신은 마스터가 자는 방으로 이동했다.

◇　◇　◇

〈마스터! 마스터! 일어나세요, 긴급 사태예요~!〉

"음냐……?"

나는 누가 부르는 목소리를 듣고 눈을 떴다. 아직 잠에서 덜 깬 눈을 슥슥 비비면서 침대에서 몸을 일으켜 보니 벽에 걸린 그림의 액자에서 리플이 몸을 내밀고 소리치고 있었다.

"왜…… 무슨 일 있었어?"

〈성에 침입자가 있어요! 낫을 든 작은 보라색 고렘과 안경을 쓴 여자아이가 거울의 방에 들어왔어요!〉

리플의 말을 듣고 나는 온몸에서 땀이 분출되는 착각과 함께 단숨에 잠이 싹 달아났다.

낫을 든 작은 고렘. 그런 고렘을 나는 한 대밖에 본 적이 없다.

"설마……!"

나는 벌떡 일어나 사이드보드의 스마트폰을 들고 잠옷 차림 그대로 '거울의 방'으로 【텔레포트】했다.

그곳에는 침입자도 고렘도 없고, 단지 벽 근처에서 웅크리고 있는 바스테트만이 보였다. 벽에는 뭔가가 부딪친 듯한 흔적이 있었다. 루나한테 당한 건가?!

"바스테트! 괜찮아?!"

〈임금님……! 괜찮아요. 튕겨 나가 다리가 조금 고장 났을 뿐……. 그보다 바로 그 녀석을…… 루나 트리에스테를 쫓아 가세요……!〉

"역시 그렇구나! 빌어먹을!"

바스테트에게 그 이름을 듣고 나는 혀를 찼다. 번거로운 시기에 성가신 녀석이 오다니!

일단 바스테트를 안아 올려 바빌론의 '연구소'로【텔레포트】했다.

'연구소'의 제1 연구실에는 사람은 없고 늑대형 고렘이 조정대에서 자고 있을 뿐이었다.

〈토야 님? 그리고…… 바스테트! 무슨 일이지?!〉

누워 있던 펜릴이 고개를 들었다. 펜릴은 바스테트, 아누비스의 형제기다. 걱정하는 것도 당연하다.

〈펜릴 오라버니……. 죄송합니다…….〉

"바스테트를 부탁해! 아마 괜찮기야 하겠지만 에르카 기사에게 봐달라고 해 줘."

무슨 일이 있었는지는 모르면서도 걱정스럽게 바라보는 펜릴 앞에 바스테트를 놓아두고 나는 곧장 검색 마법을 발동했다.

"검색! 루나 트리에스테의 위치!"

〈……검색 종료. 브륀힐드 성, 2층 서쪽 복도에서 교전 중.〉

"아니……?! 누구랑?"

〈……검색 종료. 대전 상대는 모치즈키 모로하, 모치즈키 카리나, 입니다.〉

스마트폰에서 흐르는 두 사람의 이름을 듣자 나는 풍선의 바람이 빠지듯이 온몸의 긴장이 사라졌다.

누나들인가……. 살았다. 그 두 사람이라면 루나가 아무리 날뛰더라도 제압할 수 있다.

앗, 긴장을 풀고 있을 때가 아니다. 사람이 다쳤을지도 모르잖아. 나는 다시 【텔레포트】^{순간이동}를 사용해 누나들이 싸우는 현장으로 달려갔다.

성의 서쪽 복도에 도착해 보니 이미 바닥에 쓰러져 정신을 잃은 루나와 무수히 많은 화살로 벽에 박혀서 발버둥 치는 보라색 '왕관' 비올라가 보였다.

그리고 그곳에는 의지가 되는 누나와 사촌 누나 그리고 야에와 힌다가 있었다. 아침 훈련을 하려고 했는데 루나와 딱 마주친 모양이었다.

"오, 토야. 좋은 아침."

"안녕하세요, 카리나 누나……."

생긋 웃으며 돌아본 카리나 누나와 아침 인사를 나누었다. 뭔가 상황에 어울리지 않는 인사네.

복도는 여기저기가 파손된 곳투성이로, 일부는 무너져 내린 곳도 있었다. 이 균열 같은 흔적은 비올라의 낫이거나 루나의 칼날로 변형된 팔이 낸 거겠지?

벽에 박혀 있는 비올라를 보니 카리나 누나의 활이 꽤 깊숙이 박혀 있는 듯했다.

"토야. 누나로서 충고하는데 칼부림 사태가 날 정도의 불륜은 좀 그렇지 않나 싶은데."

"아니에요! 무서운 소리 하지 마세요!"

모로하 누나의 머릿속에서는 내가 바람을 피웠다가 버린 여자인 루나가 사랑이 증오로 변한 나머지 나와 자살을 하기 위해 성을 습격했다는 시나리오가 그려진 모양이었다.

"……그게 무슨 말씀입니까, 토야 님?"

"토야 님? 불륜……이라니, 무슨 말인가요?"

"아니라니까! 두 사람 모두 검고 싸한 느낌은 거두어 주세요!"

나를 바라보는 눈에 잔뜩 힘이 들어간 야에와 힐다에게 나는 필사적으로 변명했다. 아니, 변명이고 뭐고 정말 아무 일도 없……지는 않나?

머릿속에 작열하는 태양과 이전에 봤던 루나의 알몸이 떠올랐다.

"일단 토야의 불륜은 제쳐 두고."

"그러니까 아니라니까요……!"

"이 안경 쓴 아이, 변이종의 힘을 받아들였다니 놀라워. 그 탓일까? 언동이 아주 이상했어."

"토야에게 버림받아서 그런 건 아니고?"

"끈질기네!"

나는 루나의 광기의 원인이 보라색 '왕관' 인 파나틱 비올라를 사용하는 대가 때문이라고 설명했다. 주로 약혼자 두 사람에게.

절대 내 탓이 아니야.

"흠. 정신을 좀먹는다라. 그래, 토야는 이 아이를 어떻게 하고 싶어?"

어떻게 하고 싶냐니. 이렇게 위험한 인물은 죽이거나 어딘가에 유폐하는 게 가장 좋은 방법이라고 생각하지만…….

나는 벽에 박혀 있는 비올라를 돌아보았다. 이 고렘을 파괴해 버리면 루나는 해방될까?

하지만 공교롭게도 비올라에는 '초재생' 이라는 성가신 능력이 있다. 내가 잘라 버려도 이 녀석은 또 재생해 그 대가로 루나의 정신을 더욱 좀먹는다. 다람쥐 쳇바퀴다.

"아무튼 지금은 시간이 없어. 이 문제는 나중으로."

〈기긱.〉

돌리자고 말하려던 그때, 몸의 각 부분에 박혔던 화살을 부수고 비올라가 복도에 내려섰다.

그리고 발밑에 떨어져 있던 낫을 들어 올리더니, 그걸 나를 향해 크게 휘둘렀다. 이 녀석……!

"【얼음이여 감싸라, 영원한 관. 이터널코핀】."

〈키기긱.〉

비올라의 발밑에서 무수히 많은 얼음이 기어오르듯이 뻗어 순식간에 보라색 고렘을 사각형 얼음 기둥에 가두었다.

혹시 몰라 신기로 강화한 얼음 관이다. 웬만한 힘으로는 얼음을 부술 수 없고 녹일 수도 없다. 앗, 옮길 수 있게 바닥과는 떼어 놓자.

"폐하!"

리플이 불렀는지 성안의 경비 기사들과 그 대장인 여기사 레베카 씨가 달려왔다.

레베카 씨는 원래 순찰 기사대 대장인 로건 씨와 함께 사막에서 나와 만났던 모험자였지만 우여곡절을 거쳐 지금은 브륀힐드의 왕궁 기사대 대장으로 일하는 중이다.

"죄송합니다! 저희의 경비가……!"

"아니, 이번엔 이레귤러한 상황이라 어쩔 수 없어요."

"이레귤러?"

"아……. 평범하지 않은 상황이란 말이에요. 아무튼 이 고렘과 저기 여자아이를 【프리즌】이 부여된 지하 감옥으로……. 아니, 루나가 변이종의 힘을 사용하면 【프리즌】도 파괴할 수 있으니……. 어떻게 하지?"

【패럴라이즈】는 변이종화한 루나에게 효과가 없을 듯한데……. 효과가 있다고 해도 화장실에도 가지 못하는 상태로 내버려 두기도 그렇고.

내가 고민하는데 카리나 누나가 루나를 턱으로 슬쩍 가리켰다.

"토야. '신안'으로 이 안경 쓴 아이를 잘 봐 봐."

"네?"

하라는 대로 '신안'을 이용해 루나를 응시해 보니 오른쪽 가슴에 작은 핵이 있었다. 골프공 정도의 크기인데 틀림없이 변이종의 핵이었다. 이게 루나가 변이종으로 변한 원인인가.

그렇다면 이걸 제거하면…….

"【어포트】."

물질 전이 마법 【어포트】를 사용해 나는 그 핵을 손안으로 끌어들였다. 그리고 그대로 그걸 바닥에 내던져 파괴했다.

이제 변이종 인자는 루나의 몸속에서 사라진 셈이다.

"이제 됐다. 기다리게 했네요. 그럼 이제 데리고 가 주세요."

"네!"

레베카 씨 일행이 얼음으로 둘러싸인 비올라와 루나를 지하 감옥으로 옮겼다. 정말 이렇게 소란을 피우다니. 모로하 누나와 카리나 누나가 있어서 다행이야.

앗, 이럴 때가 아니지. 바스테트가 돌아왔다는 말은 아이젠가르드의 '성목'을 지키는 자가 줄었다는 말이잖아.

일단 예정보다 꽤 이르지만 '홍묘'의 에스트 씨에게 전화를 걸었다. 니아는 분명히 자고 있을 테니까.

◇ ◇ ◇

"이렇게 아침 일찍 가야 한다는 얘긴 못 들었거든? 그만큼 추가로 청구할 거니까 알아서 해."

"알아알아. 너무 그러지 마."

그렇게 단언한 수령 니아를 비롯해 부수령 에스트 씨, 측근인 유니와 유리, 그리고 '홍묘'의 멤버 몇 명이 거울의 방 앞에 모였다.

고렘도 빨간색 '왕관'인 루주와 에스트 씨의 아카가네, 그리고 본 적 없는 세 대가 더 있었다. 붉게 칠해져 있으니 누군가의 고렘인 듯하다.

"이 앞에 있는 '성목'을 지켜 주세요. 증원은 계속 보내겠지만 일단 먼저 가 주셨으면 해요."

"알겠습니다. 일로 받아들이겠습니다."

부수령 에스트 씨의 대답을 듣고 우리는 전이 거울을 지나갔다.

도착한 곳은 어느 숲속이었다. 나를 눈치챈 아누비스가 이쪽으로 달려왔다. 검은 개 고렘은 뒷발로 서서 바짝 내 다리에 들러붙었다.

〈우오오~! 임금님, 임금님! 성은 괜찮아요?! 그 녀석들 멋

대로 거울로 들어갔는데…… 난 걱정됐지만 이곳을 떠날 수도 없고……! 바스테트 누나는요?!〉

"응, 알아알아. 진정해. 바스테트는 조금 당하긴 했지만 무사해. 이곳은 우리에게 맡기고 넌 일단 성으로 돌아가도 좋아."

〈진짭니까?! 그럼 사양 않고 갈게요!〉

아누비스는 니아를 비롯한 '홍묘'와 교대하듯이 거울 속으로 사라졌다.

그 자리에는 등 뒤의 나무를 지키듯이 아르부스가 남았다.

"굉장히 많이 컸네……."

나는 아르부스 뒤에 있는 '성목'을 올려다보았다. 이미 5미터 정도는 되지 않나? '성목'은 순조롭게 무럭무럭 성장하고 있는 듯했다.

잎 부분에서는 뭔가 반짝거리는 게 방출되고 있네? 저게 정화된 마소인가?

"우린 이 나무를 지키면 되는 거지?"

"응. 변이종이 이 나무를 노릴 거야. 프레임 기어도 이곳에 놔둘 테니……."

나는 이야기하다가 갑자기 현기증이 나서 무릎을 꿇고 말았다. 안 되겠어. 괜찮지 않을까 했는데 아직 정화가 되었다고는 해도 '성목'의 반경 몇 미터 정도에 불과하다. 이전보다는 낮지만 신마독의 영향은 신격에 비례한다. 세계신님의 권속인 나에게는 상당히 버티기 힘들었다.

상급신이라면 아무렇지 않다는 모양이지만 나는 아직 수습생이니까…….

"야, 야아. 괜찮아? 얼굴이 새파래."

"응…… 간신히. 큭……【게이트】."

나는【게이트】를 열어 홍묘 사양의 중기사 9기와 에스트 씨의 홍기사 그리고 니아의 오버 기어 '티거 루주'를 불러냈다.

지면을 울리며 나타난 기체를 돌아보지도 않고 나는 거울이 있는 곳으로 발걸음을 옮겼다.

"그럼 나머진 잘 부탁할게……. 아르부스도 돌아가자."

〈알겠다.〉

거울을 지나 성으로 돌아가자 조금 전 같은 숨쉬기 힘든 고통이나 압박감, 구토감 등이 많이 나아졌다.

단, 기절할 정도는 아니었지만 피로가 한 번에 몰려왔다.

"【리프레시】."

체력 회복 마법으로 피로를 날려 버리긴 했지만 메스꺼움은 남았다. 마치 숙취가 심한 아침 같았다. ……난 미성년자라 실제론 잘 모르지만. 응.

바닥에 누웠더니 조금 편해졌다. 겨우 2~3분에 불과했는데. 아직 정화가 부족한가 보다.

'성목'이 커지면 커질수록 그만큼 신마독을 흡수하는 양…… 즉, 정화할 수 있는 범위도 넓어지니 아이젠가르드 전역을 정화하는 것도 그렇게 오래 걸리진 않을 것이다.

그때까지 변이종이 나무를 잘라내지 않는다면 그렇게 된다는 얘기지만.

"아르부스. 결국 변이종은 몇 마리나 습격해 왔어?"

〈53마리. 모두 하급종이었다.〉

53마리라. 꽤 많이 습격했네……. 역시 가급적 빨리 니아 일행을 새로 보내야겠어.

나는 검은색과 파란색 '왕관' 의 마스터인 노른과 로베르에게 연락을 하기 위해 품에서 스마트폰을 꺼냈다.

그날에는 몇 번인가 '성목' 부근에서 변이종들이 공격을 반복했다고 한다.

이미 프레임 기어를 투입했기 때문에 하급종 몇 마리 정도는 가볍게 물리칠 수 있는 상태였다고 하지만.

상황은 에스트 씨가 수시로 전화로 연락해 주었다. 신마독 탓에 그쪽 땅에서는 검색 마법이 통하지 않지만 스마트폰의 전화 정도는 문제없으니까.

'성목' 도 하루 만에 부쩍부쩍 자라, 이제 조금만 더 있으면 숲속의 나무들보다 커질 것 같다고 한다.

그렇게까지 자라면 더는 숨길 수는 없다. 어디에서 보든 눈에 띄니, 변이종의 공격이 더욱 늘어나겠지.

나는 노른과 느와르, 검은색 '왕관' 콤비에게 오버 기어 '레오 느와르'를, 로베르 왕자와 블라우, 파란색 '왕관' 콤비에게도 오버 기어 '디어 블라우'를 쥐여주고 '성목'이 있는 숲으로 보냈다.

일단 그쪽에 간 이상 【게이트】를 사용할 수 있어 편리했다.

지금 그쪽에는 세 대의 '왕관'이 '성목'을 지키고 있다. 어중간한 상대가 덤벼봐야 상대도 안 된다.

'성목'을 노린 공격도 로베르의 디어 블라우라면 공간 왜곡의 힘을 사용한 장벽으로 방어할 수 있으니까.

"그럼 돌입은 언제쯤 하실 생각인지요?"

"글쎄. 감각으로 따지면 앞으로 이틀……. 그 정도 있으면 이미 '신마독'에 영향을 받지 않을 거야."

"그때까지 우리는 대기인가요……. 조바심이 나요."

훈련하며 흘린 땀을 수건으로 닦으면서 힐다가 중얼거렸다. 그렇긴 한데. 나뿐만 아니라 힐다나 야에 일행도 위험하니까. 어제 맛보았던 그런 상태로 싸우기는 불가능하다.

나 정도는 아닐지 모르지만 약혼자들 모두도 신들의 사랑을 여러 형태로 받은 몸이다. 틀림없이 '신마독'의 영향을 강하게 받는다.

아무리 검의 달인이라도, 곤드레만드레처럼 술에 잔뜩 취한 상태로는 일반인에게 질 수도 있다.

……………한 명, 취해도 쓰러지지 않을지 모르는 검의 달인이 떠오르지만, 그쪽은 없는 셈 치자. 애초에, 그 여신이야말로 '신마독'의 영향을 마구 받아 죽을지도 모르니까. 예시가 잘못됐다.

아이젠가르드에서 싸우는 니아 일행도 전혀 영향을 받지 않는다고는 할 수 없다. 평소보다는 약간 컨디션이 안 좋은 정도로는 영향을 받을지도 모른다. 많든 적든 나와 인연이 있으니까. 정말 '중이 미우면 가사도 밉다'는 말을 철저히 실현한 독이다.

'성목'이 자라면 자랄수록 정화의 힘은 강해진다. 이윽고 그 힘은 아이젠가르드 전역에 미친다. 그때가 바로 우리가 공세에 나설 시점이다.

결전의 날은 가깝다.

그런 느낌을 받고 있을 때, 바빌론 박사가 스마트폰으로 연락했다.

"네, 여보세요."

〈토야. 아무래도 예상했던 사태가 일어난 모양이야. 아이젠가르드에 새로운 변이종이 나타났나 봐.〉

새로운 변이종? 그건 설마…….

"이건……!"

'연구소'의 모니터에 비친 그 모습을 보고 나는 말을 잇지 못했다. 예상은 했지만 실제로 보니 역시 상당히 충격적이었다.

모니터에 비치는 광경은 아이젠가르드에 있는 니아 일행의 프레임 기어의 카메라 영상이었다.

장수도롱뇽처럼 생긴 몇 마리의 하급 변이종 사이에 섞여서 서 있는 저게 특수한 변이종인가.

다크골드로 반짝이는 두 다리와 두 팔, 머리. 분명히 인간형이다. 하지만 지배종은 아니다. 그 크기는 프레임 기어와 동등…… 아니, 모습마저도 비슷했다. 세심하게 검과 방패까지 들고 있다.

"프레임 기어형 변이종……."

"지난번 싸움 때 포획한 중기사를 모델로 만들었을 거야. 물론 상당히 어레인지했지만."

박사가 입에 문 에테르 스틱을 위아래로 움직이면서 말했다.

분명히 형태는 중기사와 비슷했다. 하지만 그 모습은 어딘가 불길했다. 뭐라고 하면 좋을까. 비틀려 있었다. 색으로 바로 알 수 있지만, 색이 아니라도 중기사와 착각할 일은 없었다.

"그런데 묘한데. 프레임 기어형으로 만들어 봐야 무슨 이득이 있지? 굳이 따지자면 뭐냐, 인간에 가까운 게…… 그러니까 말하자면 사이클롭스나 트롤처럼 거인형으로 만들어야 더 좋을 텐데 말이야."

맞다. 프레임 기어와 같은 크기이고 비슷한 형태라면 그냥 골렘을 모델로 하면 그만이다. 금속 질감이라고 해서 로봇처럼 만들 필요는 없으니, 굳이 프레임 기어를 포획한 의미를 알기 힘들다.

"일부러 기계 모양을 따라할 필요는…… 음?"

영상에 비치는 에스트 씨의 홍기사가 검을 휘둘러 프레임 기어형 변이종의 흉부를 갈라 버렸다. 산산조각이 난 파편이 지면에 떨어져 내렸다.

"아하…… 그런 거였나."

"무슨 말인지 모르겠어. 뭔데 그래?"

혼자서 고개를 끄덕이지 말고 나한테도 가르쳐줘.

"큰 것보다 작은 게 더 부수기 힘들다는 말이야."

"……알아듣게 설명해 줘."

"잘 들어. 변이종…… 프레이즈도 마찬가지고 하급종, 중급종, 상급종, 그리고 지배종도 그렇지만, 모든 종의 약점은 그 내부에 있는 '핵'이야. 이건 틀림없지?"

박사의 설명을 듣고 나는 고개를 끄덕였다. 새삼스럽게 확인을 할 필요 없잖아.

"그리고 그 '핵'은 몸집의 크기에 비례해 커지지. 그것도 맞지?"

응, 그건 그렇다. 하급종은 야구공에서 소프트볼 정도의 크기, 중급종은 농구공에서 밸런스볼 정도의 크기고, 상급종은 직경 2미터에서 3미터나 정도의 크기를 자랑하기도 한다. 반대로 지배종의 '핵'은 큰 체리 정도 크기다.

그 사실로부터 '핵'의 크기는 개체가 강하고 약하고가 아니라 체격에 따라 다르다는 사실을 알 수 있다.

"그럼 저 프레임 기어 모조품 말인데. '핵'의 크기가 어느 정도라고 생각해?"

"어? 저건…… 아마 중급종 정도가 아닐까? 그러니까…… 이 정도?"

나는 농구공보다 조금 더 큰 크기를 손으로 만들어 보여 주었다. 박사는 그걸 보고 고개를 가로저었다. 아니야?

"아니. 아마 저 프레임 기어 모조품의 '핵'은 이 정도일 거야."

박사가 작은 엄지와 검지로 2센티미터 정도의 크기를 만들어 보여 주었다.

"그렇게 작아?!"

"이걸 봐 봐. 여기. 홍기사의 발치를. 뭐가 보이지?"

나는 박사가 가리킨 화면을 가만히 바라보았다. 그곳을 보니 홍기사의 발치에 흩어졌던 황금 파편이 달라붙듯이 재생되더니 황금 해골이 벌떡 일어섰다.

"아니?!"

"잘 만들었네. 즉, 이 프레임 기어 모조품과 황금 해골은 둘이 하나야. '핵'은 파일럿인 황금 해골에 있겠지. 부순 프레임 기어 모조품도 재생되고 있지? 재생 능력 자체는 핵의 크기와 관계없나 봐. 즉, 이 황금 해골을 파괴하지 않는 한, 이 프레임 기어 모조품도 파괴할 수 없다는 말이야."

그렇구나. 그런데 그 황금 해골의 '핵'은 유리구슬 정도의 크기에 불과하다. 전투 중에 프레임 기어로 부수기는 매우 힘들다. 아니, 밟아서 부수면 되겠지만.

나는 곧장 에스트 씨에게 연락해 판명된 사실을 전달했다.

그 말을 들은 모니터 안의 홍기사가 자신의 분신으로 돌아가려고 하는 황금 해골을 가차 없이 짓밟았다.

그러자 그와 동시에 쓰러져 있던 프레임 기어 모조품이 검은 연기를 내뿜으며 주르륵 용해되기 시작했다. 박사의 추측대로인가.

"흥. 취향이 아주 고약해. 프레임 기어 모조품……. 일일이 그렇게 부르긴 힘드네. '페이크스'라고 부를까? 이 페이크스는 저 황금 해골과 한 쌍이면서 의지가 없어. 그야말로 프레임 기어와 파일럿의 관계지. 물론 프레임 기어는 파일럿이 당해도 소멸하지는 않지만 말이야."

"저 페이크스들을 쓰러뜨리려면 콕핏을 노리는 수밖에 없어?"

내 【어포트】라면 핵을 끌어당길 수 있지만 【어포트】는 끌어당기는 대상을 정확히 인식할 필요가 있다. 그래서 보이지 않는 핵을 빼내려면 '신안'으로 간파해야 한다…….

"지금 홍기사가 한 것처럼, 황금 해골을 끄집어내서 짓밟는 게 가장 편하지 않을까. 아니면 콕핏 그 자체까지 소멸시키는 공격이라든가."

린의 그림게르데라면 발칸 일제 사격으로 쓰러뜨릴 수 있을 듯하지만, 에르제가 타는 격투전용 게르힐데나 야에, 힐다의 슈베르트라이테, 지그루네는 검이 중심이라 어려울 듯하다.

쓰러뜨리면 콕핏을 짓밟는 게 역시 가장 편하려나.

"이제 와서 성가신 녀석이 나타났네……."

"아니. 꼭 그렇지도 않아. 이걸 봐봐."

박사가 가리킨 모니터에서는 홍묘 사양의 중기사가 페이크스^{가 짜 기 사}와 검과 방패를 가지고 맞붙는 모습이 보였다. 이게 뭐 어쨌다는 거지?

"눈치 못 챘어? 이 페이크스^{가 짜 기 사}는 변형해서 공격해 오지 않아. 평범한 변이종이라면 팔 하나를 칼처럼 변형해 뻗어 왔을 텐데."

그러고 보니……. 재생은 하지만 팔을 늘어뜨리거나 지유롭게 변형하지는 않네. 왜지?

"아마 그 팔의 능력은 핵의 크기에 의존해서 그렇지 않을까? 그 황금 해골의 작은 핵에 이 커다란 보디. 변형시킬 힘이 아마 없을 거야."

오호라. 작은 핵이어선 황금 해골 본체의 변형이 고작이란 얘긴가. 지배종이라면 또 다를지도 모르겠지만. 그렇다면 페이크스^{가 짜 기 사} 자체는 상대하기 편하다고도 할 수 있어.

모니터 안에서 다시 중기사가 페이크스(가짜 기사)의 몸통을 두 동강으로 잘라 버렸다. 그리고 땅에 떨어진 상반신의 흉부를 중기사가 발로 두세 번 짓밟았다. 그러자 곧장 페이크스(가짜 기사)가 검은 연기를 내뿜으며 주르륵 녹아 소멸하기 시작했다.

"음……. 역시 세련되게 싸우기는 힘드네."

"전투에 세련미를 요구하는 게 무리인 거지."

그건 그렇다. 그런데 쓰러진 적을 몰아붙이는 느낌이 좀……. 그런 말을 할 때가 아니라는 건 잘 알지만.

이러니저러니 하는 사이에 공격해 온 변이종을 모두 섬멸했는지 중기사들이 검을 칼집에 넣었다.

그리고 곧장 내 스마트폰으로 연락이 왔다. 니아인가.

"네, 여보세요?"

〈야. 밥은 어떻게 됐어? 여긴 변변한 사냥감도 없거든?! 우릴 굶겨 죽일 생각이야?!〉

"앗, 깜빡했다."

〈뭐~~~~~?!〉

"아니, 준비를 못 했다는 말이 아니라 갖다 주는 걸 깜빡했다고. 바로 줄 테니 기다려."

이런이런, 그만 깜빡하고 말았네.

배가 고파서는 전투를 할 수 없다. 특히 멀리 싸우러 나갔을 때는 군량미의 유무에 따라 승패가 결정되기도 한다. 병참을 소홀히 해서는 안 되지. 우리의 경우, 거리는 전혀 관계없지만.

'연구소'의 빈 곳…… 빈 곳…… 빈 곳이 없어. 바닥 전체가 좋이니 공구니 부품으로 가득했다. 정리정돈 좀 해!

어쩔 수 없이 나는 복도로 나가 【스토리지】에서 요리장 클레아 씨와 루가 만든 요리를 잇달아 꺼내 늘어놓았다. 음료수가 든 통과 적은 양이지만 술도. 【스토리지】에 넣어 놓은 덕에 여전히 막 완성된 것처럼 뜨끈뜨끈하다.

"뭐야. 집어 먹지 마. 예의 없게."

"한 접시 정도는 뭐 어때? 나도 오늘은 아직 아무것도 못 먹었거든."

어느새 옆으로 온 박사가 볶음밥 한 그릇을 들고 스푼으로 우물거리며 먹고 있었다.

"【게이트】."

요리를 늘어놓은 바닥에 전이문이 열리더니 아래로 슥 가라앉았다.

이렇게 하면 니아 일행이 있는 아이젠가르드의 '성묵' 앞으로 전이된다.

곧장 에스트 씨가 전화해서 고맙다고 인사했다. 이것도 필요 경비이니 문제없다. 슬슬 우리 기사단도 투입해 교대제로 해야겠어.

기사단 숙소에 찾아가 결정해 둔 선발 멤버를 불렀다. 나라의 국방을 소홀히 할 수는 없으니 절반은 남겨 둘 생각이다.

부단장 니콜라 씨를 필두로 50명 정도의 기사를 뽑았다.

"이게 간이 텐트고 식량이에요.【프리즌】으로 작게 만들었지만 저편에서 '릴리스'라고 말하면 원래 크기로 돌아와요. 정시 연락은 잊지 말고요. 그리고 컨디션이 이상해질 수도 있는데, 뭔가 작은 변화라도 꼭 알려주세요."

"네! 알겠습니다!"

니콜라 씨에게 2센티미터 정도로 축소한 주사위 모양의【프리즌】을 건네주었다. 이 안에는 니아 일행에게 줄 분량도 한꺼번에 넣어 두었다.

니콜라 씨는【프리즌】을 주머니에 넣고 뒤를 돌더니 기사들에게 지시를 내렸다.

"그럼 원정을 떠난다. 모두 탑승!"

바빌론에서 불러온 49기의 중기사에 기사들이 올라탔고, 이어서 니콜라 씨가 지휘관기인 흑기사에 올라탔다.

니콜라 씨의 흑기사에는 막 완성한 '플라이트 기어'가 방패 형태로 장비되어 있었다. 이제는 비행형 변이종이 나와도 대처할 수 있다.

내가 커다란【게이트】를 열자 쿵쿵 소리를 내며 프레임 기어들이 행진해 잇달아 아이젠가르드로 전이했다.

〈그럼 폐하. 다녀오겠습니다.〉

마지막으로 니콜라 씨가 외부 스피커로 그 말을 남기고【게이트】안으로 사라졌다.

"갔네. 나도 가고 싶었는데."

니콜라 씨와 같은 부단장 노른, 아니, 노르에 씨가 늑대족 귀를 쫑긋거리고 꼬리를 마구 흔들면서 불만스럽게 중얼거렸다.

그 모습을 보고 엄한 말투로 단장인 레인 씨가 주의를 주었다.

"부단장이 둘이나 가 버리면 누가 여기서 지휘를 해. 우리는 우리만의 역할이 있는 거야."

"말은 그렇게 하지만 레인도 후발대랑 같이 가잖아. 나만 빈 집 지키기라니 치사하지 않아?"

"그렇지만, 그건 폐하가 정한 거니……."

이봐요들. 화살을 이쪽으로 돌리면 안 되죠. 이거야, 단장, 부단장 둘을 전부 저편으로 데리고 갈 수는 없어서 어쩔 수 없는 거잖아요.

바바 할아버지와 야마가타 아저씨가 있지만, 그 사람들은 엄밀히 따지면 기사단원이 아니기도 하니까.

"미안하지만 이번엔 포기해 줘요. 그 대신이라고 하긴 뭐하지만 니콜라 씨 일행이 돌아올 때까지 나라를 지키는 부대에는 매일 맛있는 양과자 간식을 대접할 테니까요."

"어?! 매일?! 그건 미리 말씀해 주셔야죠! 난 푸딩아라모드가 좋아요!"

흔들흔들 꼬리를 움직이기 시작하는 노에르 씨. 약삭빠르네.

"저어……. 출발하기 전에는 저도 맛있는 양과자를 먹어도 될까요……?"

머뭇거리며 나를 바라보는 레인 씨. 레인 씨도 달콤한 음식을 아주 좋아하는 듯했다. 어차피 겸사겸사니까 괜찮지 않을까. 원망을 받고 싶지는 않으니까.

내일은 다른 나라들의 기사단을 보내 '성목' 아래에 진지를 구축해야 한다.

그게 끝나면 모두 과감하게 공격이옵니다.

————때는 겐로쿠 15년 12월 14일.

에도의 밤을 뒤흔들며 울리는 야마가 유파의 북소리.

돌아가신 주군, 아사노 타쿠미노카미 님의 원통함을 풀고자 우리 아코의 신하 47명이 코케(高家)의 필두, 키라 님의 목을 받아 가리.

……추신구라의 세계에 빠져 있을 때가 아니다. 애초에 이 설정이어선 할복을 하게 되는 아사노 타쿠노미카미의 포지션이 나잖아. 불길하게.

그래도, 부디 바라건대 아코의 무사들처럼 모두 한 명도 빠짐없이 귀환……해서 할복을 하게 되잖아, 그 사람들. 안 되지. 그러니까 예시가 잘못됐다.

아무튼 모두 무사히 돌아와야 한다. 그런 결의를 새로 하며 나는 부탁받은 양과자를 준비하러 성의 주방에 걸어갔다.

▫ 제3장 일그러진 야망

"……좋아, 가자."

열린 【게이트】를 지나 아이젠가르드의 땅을 밟았다.

내 뒤를 이어 유미나, 스우, 에르제, 린제, 야에, 힐다, 사쿠라, 루, 린까지 모두 함께 【게이트】를 지나 '성목' 이 있는 숲으로 전이했다. 그에 더해 폴라도.

그리고 그 자리에 머물며 잠시 대기했다.

"어때?"

"나는 전혀. 특별히 문제없어."

"소인도 문제없습니다."

에르제와 야에가 몸을 가볍게 움직이며 그렇게 대답했다. 다른 모두도 상태가 나빠진다거나 하는 큰 변화는 없는 듯했다. 아니, 폴라. 너는 아마 영향이 없을 거야.

나도 큰 변화는 없네. 약간 텁텁한 느낌이지만 그냥 맛없는 음식을 먹은 정도의 수준이다.

아무래도 이 부근은 상당히 정화된 모양이다. 우리는 간신히 괜찮은 모양이지만, 누나들은 아직 상황을 더 살피는 편이 좋으려나?

"우와아. 많이 컸구먼~."

스우가 등 뒤에 높이 솟은 '성목'을 올려다보았다. 작았던 묘목의 흔적은 조금도 찾아볼 수 없을 정도로, 굵고 높은 나무 끝을 보려면 목이 아플 정도였다. 대체 몇 미터나 되는 거지?

이미 프레임 기어나 주변 숲의 나무들보다 훨씬 커서, 그야말로 '숲의 왕'이라고 말하는 듯한 풍모를 자랑했다.

"반짝거려서 예뻐."

"그러네, 요."

사쿠라와 린제가 올려다본 '성목'의 잎에서는 정화된 마소가 바람에 날려 반짝거렸다가 사라졌다. 정말 예쁘네.

"폐하 그리고 여러분. 이쪽으로 오시지요."

멍하니 '성목'을 바라보는 우리에게 먼저 도착했던 기사단의 부단장 니콜라 씨가 말을 걸었다.

주둔지의 커다란 텐트 안으로 들어가 보니 이미 각 나라의 기사단 단장과 부단장이 원탁에 대기하고 있었다. 물론 우리 기사단의 단장 레인 씨도 있었다.

결코 심각한 표정으로 작전을 짜고 있지도 않았고, 떠들썩하게 논의를 하고 있지도 않았다.

아주 느긋한 분위기 속에 차를 마시면서 담소를 나누는 모습이었다. 그래도 내가 텐트 안으로 들어가자 기립하더니 각 나라의 방식대로 경례를 했지만.

"상황은 어떤가요?"

"현재 특이 사항은 없습니다. 그 프레임 기어형 변이종……
페이크스라고 했던가요. 그것의 공격은 계속되고 있습니다
만, 숫자가 그다지 많지는 않아서 순서대로 휴식을 취하며 요
격하고 있습니다."

벨파스트 왕국의 부단장, 닐 씨가 대답했다. 뒤를 이어 레스
티아 기사 왕국의 부단장 프란츠 씨가 말했다.

"걱정되는 점은 상급종이 습격하지 않는 것입니다만……."

"아, 그건 아마 상급종은 여기까지 올 수 없어서 그럴 거예
요. 그렇다기보다는 갑자기 출현하지는 않을 겁니다."

"음? 왜 그런지요?"

"지금까지 출현한 상급종은 말하자면 방문객. 이계에서 이
쪽 세계의 다양한 장소로 우연히 출현하는 형태거든요. 그때
마다 우리는 장소를 찾아내 요격했습니다. 즉, 그들은 원하는
장소에 출현할 수 없다는 말이에요. 그리고 이번에 이곳을 습
격한 변이종은 아이젠가르드에서 태어난 이른바 재래종입니
다. 상급종이 온다고 해도 갑자기 공간을 찢고 나타나지는 않
을 겁니다."

온다고 한다면 아이젠가르드의 수도인 아이젠부르크 근처
에 있는 황금 궁전에서 느릿느릿 오겠지. 상급종은 워낙 거대
해 움직임이 둔하다. 아이젠부르크에 있는 아이젠타워에는
바스테트와 아누비스가 남겨 둔 감시 카메라도 있으니 여기

까지 오기 전에 발견할 수 있다.

아마 상대도 그걸 알고 있으니 페이크스[가짜 기사] 같은 걸 내보낸 게 아닐까.

"그렇지만 방심은 금물입니다. 척후대를 조직해 감시와 경계를 게을리하지 말아 주세요."

"네. 그쪽은 '홍묘' 여러분이 맡아 주셨으니 괜찮으리라 생각합니다."

레인 씨가 그렇게 가르쳐 주었다. 니아네가? 호오, 웬일이래? ……나중에 막 청구해 오지는 않을까?

그런 내 마음을 읽었다는 듯이 니콜라 씨가 말을 계속했다.

"대신에 폐하가 오시면 이곳에 목욕탕을 만들어 달라고 하셨습니다."

벌써 청구하고 갔어! 응, 물론 그 마음은 이해하지만!

"목욕인가요. 좋지요. 땀을 흘리고 싶은 마음은 잘 압니다."

"이 땅은 왠지 눅눅하니까요. 대낮에는 특히 후텁지근하고."

"우리 기사단은 여성 기사도 많아 그런 진정서도 많이 들어옵니다……."

예이예이. 만들게요. 각국의 단장, 부단장의 요청도 많아서 목욕탕은 저녁까지 만들기로 했다. 확실히 목욕하며 땀을 씻지 않으면 찝찝하겠지.

"그럼 저희는 식사 준비를 도울게요."

그렇게 말하더니 유미나, 루, 스우 세 사람은 텐트 밖으로 나가 가마를 만들어 둔 식사 배급소로 갔다.

"저희는 변이종들을 격퇴하는 데 힘을 보태겠습니다."

야에, 힐다, 에르제 세 사람은 반지의【스토리지】에서 전용기 슈베르트라이테, 지그루네, 게르힐데를 불러 전쟁터로 갔다.

"우리는 주변에 가벼운 결계를 칠게. 이곳에는 변이종만 있는 게 아니니까."

나머지 린, 린제, 사쿠라는 린제가 반지의【스토리지】에서 불러낸 헬름비게(비행 형태)를 타고 날아갔다. 너무 멀리 가면 '신마독'의 영향을 받으니 결계를 펼칠 수 있는 곳은 근처밖에 없을 텐데.

자, 나도 목욕탕을 만들어 볼까. 혼욕을 할 수는 없으니 남탕과 여탕을 나눠서 만들어야겠네.

나는 숲속으로 들어가 확 트인 장소를 찾았다. 전투 탓인지 트인 장소는 꽤 많은 편이었다. 일단 주변에 넘어진 큰 나무부터 옆으로 치웠다. 자연 파괴를 해 버린 셈이네…….

"일단 이쯤이면 될까."

흙 마법으로 먼저 욕조를 둘 장소를 파냈다. 일전에 '은월' 본점에서도 노천온천을 만든 적이 있어서 그런지 익숙하다. 물도 전이 파이프를 사용해 불러올 수 있고 배수도 가능하다.

앗, 남탕은 사람이 많으니 크게 만들어야 해. 여탕은 불만이

나오지 않도록 깔끔하게 만들어야 하고.

"자~. 그럼 해 볼까요."

나는 팔을 걷고 주변에 쓰러져 있는 큰 나무를 욕조 조립용 목재로 만들기 위해 자르기 시작했다.

◇ ◇ ◇

"오오~. 굉장해~! 본격적이잖아?! 역시 토야야!"

정찰을 나갔던 '홍묘'의 니아가 완성된 노천온천을 보고 환성을 질렀다. 그치? 굉장하지? 더 칭찬해 줘도 돼.

"그런데, 좀……. 지붕이나 벽이 있어 좋긴 하지만, 이래선 프레임 기어에 올라가면 훤히 다 보이지 않나요?"

'홍묘'의 부수령인 에스트 씨가 목욕탕에서 보이는 하늘을 올려다보며 그렇게 물었다. 물론 그쪽도 빈틈없이 대책을 세워 뒀다.

"이 노천온천 자체에 시각 저해 마법을 걸어 놓아서, 안에 누가 있을 때는 밖에서 들여다본들 숲의 나무로밖에 안 보여서 괜찮아요."

내가 그렇게 말했지만 여성진은 일단 밖으로 나가 다시 이 시설을 확인해 보았다. 밖에서는 단풍나무의 환영으로밖에 안 보일 텐데. 날 그렇게 못 믿나.

"혹시 버튼을 눌러서 무효화할 수 있다든가 그런 건 아니지?"

"그런 짓은 안 해. 그런 짓을 했다간 내 목숨이 위험하니까."

검은색 '왕관' 느와르를 데리고 온 노른이 그런 소릴 했지만, 나도 내 목숨은 소중하다. 약혼자가 있는 이 상황에 그런 목숨 아까운 줄 모르는 짓을 어떻게 해?

"불안하면 커다란 타월도 준비해 뒀으니 써. 일단 수영복도 놔뒀으니까 입으려면 입고."

지구의 일부 온천처럼 타월 착용 금지! 같은 규칙을 둘 생각은 없으니. 위생은 【클린】 마법을 부여해 일정 시간마다 발동하게 해 두었으니 아무 문제 없다.

"왜 그렇게 여성용 수영복을 많이 가지고 있는지 나로서는 조금 궁금한데……."

"아~. 그건 나도 궁금하던 점이야."

"그럼 편히 목욕하세요~."

'홍묘'의 간부인 유니와 유리의 딴지에서 도망치듯이 나는 재빨리 철수했다.

아니거든요? 그건 '패션 킹 자낙'의 자낙 씨에게 대량으로 양도받은 시제품 중에 섞여 있던 걸로, 내가 직접 산 건 아니에요!!

이미 주둔지가 되어 버린 '성목'의 주변에는 여기저기에 텐트가 쳐져 기사들이 각자의 생활을 보내고 있었다.

평소에는 거의 없는 다른 나라 기사들과의 교류도 활발해, 개중에는 서로 검 실력을 겨루는 사람이나 서로의 고향 이야기를 들려 주는 사람…… 이봐요, 잠깐. 왜 헌팅을 하고 그래요, 거기! 이렇듯 다양한 양상을 보이고 있다.

프레임 기어에 아직 익숙하지 않은 서쪽(뒤쪽 세계) 기사들에게는 이미 익숙한 이쪽 기사들이 타는 법을 가르쳐주기도 했다.

그러는 사이에도 몇 킬로미터 떨어진 곳에서는 변이종이나 페이크스와의 작은 전투가 끊임없이 펼쳐져 늘상 전투가 펼쳐지는 분위기에 휩싸여 있었다.

나는 그 주둔지에 있는 어떤 텐트 안으로 들어갔다.

"특이 사항은?"

"특별히 없습니다. 여전히 변이종의 침공은 있지만 이건 주변에 있던 녀석들이 모여서 습격한 정도로, '황금 궁전' 익 반응은 보이지 않습니다."

귀에 헤드폰형 통신기를 쓰고 장착된 모니터를 보고 있던 '정원' 의 관리인, 메이드 차림의 셰스카가 이쪽을 돌아보았다.

"아직 상대는 눈치채지 못한 걸까요?"

"아니~ 눈치채지 않았을까? 그 '신마독' 이 사라지면 자신이 위험하다는 것은 알고 있을 테니까."

작업복 차림의 '공방' 관리인 로제타와 '격납고'의 관리인 모니카가 같은 모니터를 올려다보면서 그런 이야기를 했다.

모니터에는 아이젠타워에 설치된 감시 카메라 시점으로 황금 궁전의 모습이 비치고 있었다.

황금 해골이 근처를 어슬렁거리는 이상한 광경은 마치 B급 좀비 영화를 보는 듯했다. 스켈레톤인데 좀비라니 이상한 비유지만.

"뭔가 꿍꿍이가 있을지도 모르겠네요."

'연금동'의 관리인인 플로라가 말한 대로, 그럴 가능성도 컸다. 상대도 이렇게 될 거라고는 예측했을 테니까. 조만간 어떤 작전을 실행할지도 모른다.

"일단 계속 감시 잘 부탁해. 로제타랑 모니카는 프레임 기어 정비도 잘 부탁하고."

"하~……. 마스터는 사람을 너무 거칠게 부려먹어요."

"옳소옳소! 상으로 애니메이션 보여줘, 애니메이션!"

우우~하고 야유를 쏟아내는 정비팀의 의견을 받아들여 전부 정리가 되면 로봇 애니메이션을 보여주기로 약속했다. 아니, 정확하게 말하면 약속할 수밖에 없었다. 두 사람은 즐거운 표정을 지으며 텐트 밖으로 나갔다. 어떤 의미로는 다루기 쉬워 편한 상대라고도 할 수 있지만.

"마스터. 저는 하드한 SM 메이드물로."

"넌 상 없어. 이 에로 메이드야."

하악하악 숨을 거칠게 쉬며 다가오는 셰스카에게 나는 씁쓸한 시선을 내던졌다. 여전히 애는 다루기 힘들다.

아직은 조금 텁텁한 느낌이 있긴 하지만 우리가 자유롭게 움직이니 문제없다고 보고 브륀힐드에서 엔데를 불러오기로 했다. 그 녀석도 타케루 삼촌의 권속이 되어 가는 중이라 어느 정도 영향은 받겠지만 전력은 전력이다.

황금 궁전에 있는 프레이즈의 장군, 제노인가 뭔가도 상대해 줘야 하니까.

엔데에게 전화해 준비하라고 말하고 【게이트】를 연결했다.

곧장 【게이트】에서 엔데를 시작으로 메르, 리세, 네이 세 사람도 주둔지에 도착했다. 물론 소동이 일어나지 않게 세 사람 모두 겉모습은 인간이다.

"상당히 빠른데 벌써 돌격하게?"

"아니, 아직. 무슨 일이 일어날지 모르니 미리 불렀을 뿐이야."

나는 엔데의 질문에 대답했다. 엔데 말대로 예정보다 빨리 불렀다. 이런 오차는 어쩔 수 없는 부분이다.

"좋은 향기가 나요!"

"메르 님, 이건 카레예요!"

"게다가 이 냄새는 돼지고기도 튀기고 있군……. 결론, 돈가스 카레."

엔데와 이야기하는데 후방의 프레이즈 세 여성이 킁킁 하고 주둔지에 떠도는 향기로운 냄새를 포착했다. ……돈가스 카레구나. 어떻게 그런 것까지 알아맞히는 건지.

아마 배급소에서는 루가 중심이 되어 음식을 만들고 있을 것이다. 권속 특성인 '신의 혀'를 입수한 루라면 궁극의 카레를 만들어도 이상하지 않다.

"일단 너희 텐트도 준비해 뒀으니 자유롭게 사용해 줘. 작전이 시작될 때까지는 자유롭게 지내도 되지만 다른 나라의 기사들과 제발 다투지는 말고."

"알았어. 그런데 토야. 미안한데……."

"……식사 배급소는 저쪽이야."

"미안. 저렇게 되면 음식을 먹기 전까지 진정을 못 해서……. 다들, 배급소는 저쪽이래. ……어라아?!"

엔데가 돌아봤지만 이미 세 소녀의 모습은 없었다. 대신에 배급소로 사이좋게 달려가는 뒷모습만이 보였다.

"앗?! 행동이 너무 빨라!"

당황하면서 엔데가 세 사람을 뒤쫓아 빠르게 달렸다.

뭐냐, 저 세 사람……. 엔데도 그렇지만 점점 얼빵해지고 있지 않아? 이전의 쿨하고 금욕적인 분위기가 완전히 사라졌다고 해야 할지…….

그건가. 다양한 즐거움을 알게 되어 타락한다든가……. 대신에 인간미는 늘었지만.

네 사람이 떠난 뒷모습을 바라보는데 휘오오오오오 하고 큰 소리와 함께 하늘에서 린제의 헬름비게가 수직으로 착륙했다.

그리고 콕핏이 열리더니 사쿠라와 린이 내렸다. 폴라 녀석은 떨어져 내려왔다. 야야, 너. 목이 꺾였잖아. 아무리 봉제인형이라지만 괜찮아?

린제의 헬름비게는 콕핏이 조금 넓다. 왜냐하면 변형할 때 조금 좁아지는 구조이기 때문이다.

그래서 비행기 형태일 때는 여자아이 두 명(+봉제인형) 정도는 뒷좌석에 넉넉히 탈 수 있다.

"전체적으로 결계를 치고 왔어. 웬만한 마수는 아마 접근하지 못할 거야."

"겸사겸사 비행형 변이종이 있어서 격추하고 왔어."

"격추한 사람은 저, 이지만요."

가슴을 펴는 사쿠라의 뒤를 이어 린제도 헬름비게에서 내렸다.

"아이젠부르크에서 몇십 대의 페이크스가 이쪽으로 오고 있어요. 앞으로 30분 정도면 도착하지 않을까, 해요."

"알았어. 모두에게 전해 둘게. 고마워."

린제의 보고를 듣고 나는 스마트폰의 지도 어플을 실행시켜 보았다. 이전에는 '신마독'의 영향으로 방해를 받아 도움이 안 되었지만, 지금은 정화된 환경이라 한정적이긴 해도 간신히 사용할 수준은 되었다.

"검색. 이곳을 중심으로 해서 페이크스 및 변이종."

〈검색 중……. 검색 완료. 표시합니다.〉

공중에 영상이 투영되었다. 꽤 많네.

황금 궁전에 돌입하기 전까지…… 즉, 누나들이 이곳에 있어도 괜찮을 정도로 정화가 진행될 때까지는 우리도 '성목'을 지켜야 한다.

엔데한테도 용기사(드라군)를 타고 출격해 도와 달라고 하자.

자, 반격을 시작해 볼까.

◇ ◇ ◇

"【유성검군(그라디우스)】."

반짝이는 48개의 유성이 주변의 페이크스(가짜 기사)에게 쏟아졌다.

콕핏을 꿰뚫은 【단검(대거)】은 그 내부에서 굴러떨어지는 황금 해골을 향해 궤도를 바꾸었다.

"형상 변화 구체(모드 체인지 스피어)."

【단검(대거)】이 둥근 구체로 변형하여 황금 해골을 통째로 짓뭉개 부수었다. 【그라비티】로 무게를 더한 그 일격으로 황금 해골은 핵까지 압박받아 으깨졌고, 타고 있던 페이크스(가짜 기사)와 함께 용해되어 사라졌다.

"역시 평범한 변이종과 비교하면 성가시네. 핵을 찾지 않아도 된다는 점은 좋지만."

　나는 자신의 전용기인 레긴레이브의 콕핏에서 작게 숨을 내쉬었다.

　저쪽에서는 중기사들이 손에 든 배틀 해머로 페이크스들을 몰아붙였다. 해머 계열이 황금 해골을 으깨서 결정타를 날리기에는 더 편하기 때문이다.

　"검색. 아이젠가르드의 정화 범위 분포도."

　〈검색 종료. 표시합니다.〉

　콕핏 정면에 장착해 둔 스마트폰이 아이젠가르드의 지도를 표시했다. 파란 곳이 정화된 부분이고, 빨간 곳이 아직 '신마독'이 남아 있는 부분인가.

　지도상으로는 이미 황금 궁전까지 정화 지역이 도달해 있었다. 이런 상태라면 이제 '신마독'의 효과는 없다고 봐도 충분했다.

　슬슬 누나들을 불러 '성목'을 노리는 변이종을 맡기고 우리는 사신을 토벌하러 가야겠는걸?

　레긴레이브에서 내린 나는 누나들에게 연락한 뒤 【게이트】를 사용해 이쪽으로 불렀다.

　이쪽으로 건너온 모로하 누나와 카리나 누나 그리고 타케루 삼촌은 주변의 모습을 살피면서 가볍게 몸을 움직여 보았다.

　"음. 평소 같지는 않지만, 대충 움직일 수는 있겠어."

　"아직 '신마독'의 영향이 있나요? 꽤 많이 정화되었는데요."

모로하 누나의 말을 듣고 나는 조금 불안해졌다. 그게 표정에 드러났는지 카리나 누나와 타케루 삼촌이 작게 웃었다.

"독이 퍼진 대지와 연결되어 있으니까. 인간의 모습으로 변해 있다지만 우리는 하급신. 작은 오염도 민감하게 느낄 수밖에 없어. 하지만 조금 불쾌할 뿐이지 문제는 없어 보여."

"이 정도야 기합으로 충분히 이겨낼 수 있다. 여기는 우리에게 맡기고 너는 해야 할 일을 해라. 성에서 세계신님도 보고 계시니까."

아무래도 괜찮은 모양이다. 격려를 하듯이 세 사람이 내 어깨를 두드려 주었다. 모로하 누나들이 있는 이상, 이곳은 절대적으로 안전하다. 그렇다면 나는 내가 해야 할 일을 최선을 다해 하면 그만이다.

나는 【스토리지】에서 모로하 누나에게는 정재로 만든 대검과 장검, 카리나 누나에게는 활과 손도끼, 타케루 삼촌에게는 엔데에게도 줬던 건틀릿을 건네주었다. 타케루 삼촌은 엔데와 커플룩처럼 똑같은 물건이었다. 그 녀석도 기뻐하겠지. 응, 이건 절대 짓궂은 일을 하려는 게 아니야.

세 사람 모두 무기를 손에 들더니 참을 수 없다는 듯이 전쟁터로 달려갔다. 빨라. 얼마나 적에 굶주려 있었길래?

분명 맨몸으로 페이크스와도 싸우겠지……? 응, 여긴 이제 괜찮아.

레긴레이브를 【스토리지】에 되돌려 놓고, 나는 모두가 있는 곳으로 돌아갔다.

"출진입니까?"

"출진이군요?"

텐트 안으로 들어가 보니 야에가 애용하는 검 '투화'를, 힐다가 내가 만났을 때 선물했던 정검을 손에 들고 자리에서 일어났다. 이곳에도 싸우고 싶어 안달난 사람들이 있었구나.

"응. 조금 전에 누나들을 여기로 불렀거든. '성목'은 더 걱정하지 않아도 돼. 이제는 황금 궁전으로 가서 사신을 공격하면 그만이야."

모두가 작게 고개를 끄덕였다. 다들 지나치게 긴장한 모습도 없이 평소 그대로였다. 역시나라고 할지 뭐라고 할지. 담력이 크다. 제일 긴장한 사람은 내가 아닐까?

전화로 엔데 일행을 부르고 이어서 기사단장인 레인 씨에게도 이제부터 황금 궁전으로 가겠다고 전달했다.

"알겠습니다. 부디 무사히 귀환하시길."

"네. 그럼 잠시 다녀오겠습니다."

우리는 【게이트】를 열고 아이젠가르드의 수도, 공도 아이젠부르크로 전이했다.

그곳으로 가는 사람은 나와 유미나를 비롯한 약혼자들 모두, 그리고 엔데와 메르, 네이, 리세 프레이즈 세 여성까지 총 14명이었다. 미안하지만 폴라는 집을 지켜야 한다.

【게이트】로 전이해 아이젠부르크 땅을 밟은 우리는 그 광경

을 보고 잠시 할 말을 잃었다.

전이한 곳 앞쪽으로는 황폐한 거리와 검고 두꺼운 구름 그리고 무수히 많은 사체가 굴러다니는 광경이 펼쳐져 있었다.

일찍이 마공왕이 지배했을 때, 기공(機工) 도시라고 불렸던 모습은 흔적도 없을 만큼, 아이젠부르크는 폐허가 되었다.

"이야기는 들었지만 너무 처참해……."

에르제가 주변을 둘러보면서 작게 중얼거렸다.

바스테트 일행이 보고했던 대로 사체는 상한 곳이 적었다. 반면에 옷은 너덜너덜해서 오래도록 비바람에 노출되었다는 사실을 알 수 있었다.

모든 사체는 고통스러운 표정을 지으며 숨을 거둔 모습이었다. 음, 이건 거의 호러인데…….

"토야 씨!"

"우엇?!"

린제의 말을 듣고 뒤를 돌아보니 길가에 쓰러져 있던 남자 사체가 일어나 우리를 습격하려 했다.

눈의 까뒤집고 칠칠치 못하게 혀를 내민 채로 습격하는 그 모습은 좀비 그 자체로, 말로 표현하기 힘든 공포를 느꼈다.

"【슬립】!"

"우거, 억!"

신음을 내며 지면에 넘어진 좀비가 땅에 얼굴을 강하게 부딪쳤다.

아~. 깜짝이야. 갑자기 다가오니 아무래도 무섭네.

"【불꽃이여 오너라, 소용돌이치는 나선, 파이어스톰】!"

좀비가 넘어지자 곧장 린제가 불꽃 마법을 날렸다. 넘어져 발버둥을 치던 좀비가 불꽃에 휩싸여 그대로 불탔다……고 생각했는데, 좀비는 불타지 않고 암금색 스켈레톤으로 다시 태어났다.

"역시 그랬구나. 황금 해골은 영혼을 먹힌 인간의 슬픈 말로 였어. 저기 심장을 봐."

린의 말대로 황금 해골의 흉부를 보니, 흉골에 숨은 듯이 존 재하는 골프공 크기의 붉은 '핵'이 보였다. 틀림없이 이 녀석 은 변이종으로 변했다.

"레스티아류 검술, 오식(五式) 나선(螺旋)!"

그 황금 해골의 흉골을 순식간에 달려든 힐다가 검끝으로 적 중시켰다.

살짝 비틀어 공격한 그 일격은 쉽게 황금 뼈를 부수었고, 그 아래에 있던 핵까지 분쇄했다.

핵이 부서진 황금 스켈레톤은 검은 연기를 내뿜으며 걸쭉하 게 용해되어 사라졌다.

역시 이렇게 황금 해골을 만들어 내는 거였어.

"아무래도 너무 시끄럽게 떠든 모양이야, 토야."

"응?"

엔데의 목소리를 듣고 황금 해골에서 시선을 떼고 주변을 돌아보니 주변에 굴러다녔던 사체가 잇달아 일어나 우리에게 다가왔다. 으억. 징그러!

"저자들에게 정화 마법은 안 통하는 겐가?"

"평범한 좀비라면 소멸하겠지만 저게 움직이는 이유는 안쪽의 뼈가 원인이니…… 아마 소용없을 거야."

"흐음."

린이 안 된다고 말하자 스우가 아쉬운 듯 한숨을 내쉬었다. 스우는 빛 속성을 지녔다. 평범한 언데드 군단이라면 일망타진할 수 있었을지도 모르지만…….

"【얼음이여 휘감아라, 결빙의 주박, 아이스바인드】."

이쪽으로 오던 좀비들이 사쿠라가 날린 마법에 다리가 얼어 움직임을 멈췄다. 그리고 이어서 곧장 린이 마법이 작렬했다.

"【오너라 풍염(風炎), 화염의 선풍, 이그니스 허리케인】!"

우리를 중심으로 엄청난 불꽃 회오리바람이 일어 주변을 불태웠다. 바빌론의 【도서관】에 있던 마도서에서 얻은 불과 바람을 이용한 합성 마법이었다.

그 위력은 엄청나, 우리에게 모여들던 좀비들의 육체를 잇달아 태워 숯으로 만들어 버렸다.

하지만 이 정도 마법으로도 육체를 소멸시키지는 못했다. 저 뼈는 '마법이 통하지 않는다'는 프레이즈의 특성도 이어받았으니까.

하지만 바로 이어 야에, 힐다, 루, 에르제 거기에 더해 엔데까지 달려들어 순식간에 황금 해골의 약점인 핵을 잇달아 부수었다. 나도 아무것도 안 하면 좀 그러니 브륀힐드로 핵을 몇 개인가 꿰뚫었다.

"아무래도 도시 안의 사체는 모두 황금 해골로 변했다고 봐야겠네."

"그런데 왜 갑자기 습격한 걸까요? 지금까지 움직이지 않았는데……."

쌍검을 칼집에 넣고 루가 해골이 녹은 잔해를 바라보며 중얼거렸다. 그 의문에 대답한 사람은 뜻밖에도 엔데였다.

"이것들은 프레이즈와 공통의 특성을 지녔거든. 아마 모두의 심장 소리에 반응한 게 아닐까? 실제로 메르네한테는 눈길도 주지 않았잖아."

그러고 보니 그러네. 정말 메르네에게는 황금 해골이 전혀 접근하지 않았다.

메르, 네이, 리세. 이 세 사람은 변이종에게 감지되지 않게 핵 주변에 모든 소리를 차단하는 작은 【프리즌】을 펴 두었다. 그래서 변이종으로 변한 황금 해골이 접근하지 않은 건가. 차단한 건 심장 소리가 아니라 프레이즈 특유의 공명음이지만.

"말하자면 우리는 길가에서 자는 마수 옆을, 북을 울리며 걸어가는 셈이야. 그러니 당연히 일어날 수밖에 없어."

그렇구나. 응, 무슨 말을 하는지 잘 알겠다. 그러니 당연히 습격당할 수밖에.

"아무튼 이런 곳에는 볼일 없어. 얼른 황금 궁전으로 가자."

나는 【스토리지】에서 레긴레이브를 불러냈다. 모두도 자신의 기체를 불러내 조종석에 올라탔다.

네이와 리세만큼은 엔데가 탄 용기사의 손 위에 탔지만. 용기사는 경량화해서 콕핏이 작다. 그래서 메르 한 명을 더 태우는 게 고작이다.

비행 형태인 린제의 헬름비게에 타도 되겠지만, 두 사람 모두 메르 곁에서 떨어질 생각이 없는 모양이었다.

나와 린제는 하늘을 날고, 모두는 지상을 달려 곧장 황금 궁전으로 향했다.

〈토야는 좋겠다. 하늘을 날 수 있어서. 용기사도 날게 해 줘.〉

"플라이트 기어가 있으면 용기사도 날 수 있어."

〈그 무식하게 큰 방패를 들고 있으면 빨리 못 움직이잖아. 궁합이 너무 나빠.〉

엔데가 투덜댔지만 그건 어쩔 수 없다. 애초의 콘셉트가 다르니까. 용기사는 지상을 달리는 데 특화한 기체다. 물론 나의 레긴레이브는 모든 기체의 노하우 중에 좋은 점만 취해 만든 거지만.

교외를 빠져나가 공도 아이젠부르크를 벗어나자 끝없이 펼쳐진 황야가 나타났다.

그곳은 검게 피어오른 구름이 햇빛을 가려 대낮인데도 날이 저문 것처럼 어두웠다.

황야를 똑바로 나아가자 불길한 빛을 발하는 황금 군생 결정체가 보였다. 아직 꽤 멀리 떨어져 있는데도 보이는 걸 보면 굉장히 거대한 군생 결정인 듯했다. 확실히 궁전처럼도 보인다.

일단 거리를 두고 정지했다. 자, 이제 어떻게 하면 좋을까.

"분명히 우릴 눈치채고 있겠지?"

〈눈치챘을 거예요. 궁전 앞에 있는 황금 해골들이 이쪽으로 오고 있어요.〉

유미나의 말을 듣고 카메라를 확대해서 보니, 그 말대로 궁전 앞에서 우르르르 무질서하게 배회하고 있던 황금 해골이 이쪽으로 걸어오기 시작했다.

〈여긴 내가 나설 차례일까?〉

우리보다 한 걸음 앞으로 나선 기체는 린이 모는 검은 기체, 그림게르데였다.

〈개전을 알리는 봉화는 내가 피울게. 화려하게 한번 가 볼까.〉

당당히 앞에 선 그림게르데의 흉부 장갑이 열리자 개틀링포 두 개가 모습을 드러냈다. 그리고 등 뒤에 있던 대형 캐넌포 두 개가 천천히 어깨로 이동했다.

좌우 팔에 장비된 6문짜리 개틀링포 및 머리의 발칸포, 그리고 견장갑, 허리 부분, 다리 부분에 장비된 2단 8문 미사일포트가 앞을 노렸다.

발뒤꿈치의 앵커가 내려왔다. 준비가 완료됐다.

〈일제 사격.〉

린의 선언과 함께 일제히 그림게르데에서 폭풍우처럼 포탄이 발사되었다. 프레임 기어의 사격 시스템은 기본적으로 탄환이 떨어지지 않는다. 바빌론의 탄약고에서 계속 탄환이 전송되기 때문이다. 탄약고가 텅 비면 탄환이 떨어질 수도 있지만 그렇게 되기 전에 그림게르데가 먼저 오버히트해 버린다.

비처럼 쏟아지는 엄청난 포탄을 맞고 황금 해골이 산산조각나 이리저리 튀었다. 핵에 맞았는지 어떤지는 모른다. 대지도 해골도 모두 한꺼번에 날아가 버렸으니까.

폭발음과 파쇄음. 호우처럼 포탄이 쏟아지는 가운데, 산산조각이 난 황금 해골이 반짝반짝 빛나며 공중을 날았다.

〈참으로 화려하군요…….〉

〈저만큼 연사할 수 있다니 굉장, 해요.〉

그렇긴 해. 이건 거의 【익스플로전】을 쉬지 않고 연사하는 거나 마찬가지니까. 게다가 발사하는 포탄마다 위력을 바꿔서. 저 정도의 일제 사격은 린과 나 이외에는 아마 무리다.

중단되는 일 없이 발사되는 포탄 스콜. 그 위력은 대지를 파내 지형마저도 쉽게 바꾸어 버렸다.

넓은 범위에 압도적인 파괴력을 보여 주는 섬멸전 포격형 프레임 기어. 그게 그림힐데였다.

몇 분 후. 겨우 포탄의 비가 그쳤다. 이어서 그림게르데가 하얀 연기를 뿜으며 움직임을 멈췄다.

그림게르데는 일제 사격 후에 일정한 쿨타임이 필요하다는 약점이 있다.

뜨겁게 달아오른 기체를 냉각하기 위해 장갑에 새겨진 각인 마법이 발동되어 마술 회로에 냉각 마법이 전개되어 갔다. 그러자 검은 보디에 파란빛의 라인이 무수히 이어지며 증기를 분출했다. 재기동까지는 약 20초. 그 사이에 그림게르데는 완벽한 무방비 상태가 된다.

이런 약점이 있어 일반적인 전투 중에는 린도 일제 사격을 하지 않는다. 주변에 자신을 지켜 줄 아군기가 여럿 있을 때나, 확실히 안전한 곳에서 쏠 수 있을 때만 사용한다.

뭉게뭉게 크게 피어오르던 흙먼지가 걷히고 보니 이쪽으로 오던 황금 해골의 80~90퍼센트가 움직임을 멈추고 검은 연기를 내뿜으며 소멸되고 있었다.

〈임금님. 무슨 소리가 들려……. 갈라지는 듯한 소리……. 정면, 저 결정체의 산이야.〉

사쿠라의 귀가 그것을 포착했을 때, 황금 궁전의 일각에 있던 결정 기둥이 뿌리부터 부러지더니 부러진 곳에 생긴 구멍으로 페이크스 집단이 우르르 기어 올라왔다.

손에 다양한 암금색 무기를 들고 질서 있게 움직이는 그 모습에서는 묘한 위화감이 들었다.

〈토야, 메르가 제노 장군의 공명음을 포착했나 봐. 저 집단 중에 그 녀석이 있어.〉

"뭐라고?"

엔데의 통신을 듣고 나는 카메라를 줌으로 전환했다. 많은 페이크스(가짜기사) 중에 장갑이 뾰족뾰족한 형태인 페이크스가 몇 대인가 섞여 있었다. 그리고 그중의 한 대가 유난히 크고 머리에 볏 같은 형태를 지녀 딱 봐도 리더로 보였다. 저건가?

〈틀림없어. 저기에 제노가 타고 있을 거야. 그리고 주변에 뾰족한 페이크스(가짜기사)에 타고 있는 녀석들, 저것도 아마 결정계 프레이지아에서 불러온 제노의 부하겠지. 다른 기체와는 움직임이 다르거든.〉

프레이즈의 전투종. 그중에서도 최강이라고 하는 제노 장군. 새로운 적이 우리가 가는 길을 막아섰다.

전장에 높다란 노랫소리가 울려 퍼졌다. 사쿠라가 탄 흰 기체, 로스바이세에서 울퍼 퍼지는 가창 마법이었다. 그 노랫소리는 일정 시간, 우리의 다리를 가볍게 해 주고 적의 발을 무겁게 한다. 프렌치 팝의 유명곡이 흐르는 가운데, 우리는 페이크스(가짜기사) 무리와 격돌했다.

"형상 변화(모드체인지) 돌격창(랜스)."

내 전용기인 레긴레이브의 등에 있는 12장의 수정판이 융합해 커다란 수정 돌격창으로 변화했다.

"【액셀 부스트】!"

나는 가속 마법을 걸고 지면 위로 아슬아슬하게 살짝 뜬 채로 공중을 질주했다. 그리고 페이크스(가짜 기사) 무리를 돌격창으로 잇달아 부수어 바다를 가르는 모세처럼 적진을 완벽히 둘로 갈라놓았다.

〈산산조각 나라!〉

스우의 오르트린데 오버로드가 손에 든 해머를 휘둘렀다. 이번엔 해머던지기의 해머가 아니었다. 진짜 워 해머였다.

특수 능력은 아무것도 없는, 오로지 타격 면적이 넓을 뿐인 단순한 철 덩어리. 하지만 거대한 오르트린데 오버로드가 들고 있는 해머는 그것만으로도 무시무시한 흉기다.

지금도 내가 부순 페이크스(가짜 기사)에서 떨어진 황금 해골을 저 거대한 해머로 납작하게 만든 참이다. ————유린. 그야말로 유린이었다.

스우가 탄 황금색으로 빛나는 오르트린데 오버로드와 둔탁한 암금색으로 빛나는 페이크스(가짜 기사)는 같은 금색이지만 격이 달랐다.

〈이얍!〉

마치 서투른 골프 스윙을 하듯이 오르트린데가 해머를 휘두르자, 여러 대의 페이크스(가짜 기사)가 산산조각이 나며 공중을 날았다.

그것을 후방에서 날아온 정탄(晶彈)이 페이크스(가짜 기사)에 타고 있던 황금 해골을 정확하게 꿰뚫었다.

유미나가 조종하는 은색 브륀힐데였다. 비할 데 없이 정확한 그 사격 덕에 우리는 등 뒤를 걱정할 필요가 없었다.

〈하아아아아아아아앗!〉

그걸 알기에 에르제도 저렇게 주저 없이 돌진할 수 있는 것이다. ……아마도.

에르제가 붉은 전신(戰神) 게르힐데로 습격해 오는 페이크스^{가 짜 기 사}를 잇달아 부숴 버렸다.

〈분쇄!〉

페이크스^{가 짜 기 사}의 콕핏을 게르힐데의 주먹이 박살냈다. 그와 동시에 팔에 장착된 파일이 약실에서 폭발한 【익스플로전】의 영향으로 튀어나가 콕핏에 타고 있던 황금 해골에 결정타를 날리듯 꽂혔다.

그리고 세심하게도 철저히 부순 해골을 혹시 몰라 짓밟기까지 했다. 핵이 남아 있으면 성가시니까.

〈코코노에 진명류(眞鳴流) 오의, 봉자일돌(蜂刺一突)!〉

〈레스티아류 검술, 오식(五拭) 나선(螺旋)!〉

보라색 갑옷 무사와 오렌지색 기사가 서로의 등을 서로에게 맡기듯이 눈앞에 있던 페이크스^{가 짜 기 사}의 콕핏을 각각 꿰뚫었다. 야에의 슈베르트라이테와 힐다의 지그루네다.

마치 팽이처럼 두 기의 프레임 기어가 등을 맞대고 회전하면서 적진을 돌파해 나갔다. 그럴 때마다 암금색의 잔해가 덜컥

거리며 주변에 흩뿌려졌다.

그리고 그곳으로 날아온 포탄이 재차 결정타를 날렸다. 장거리 타입인 C유닛을 장비한 루의 발트라우테가 날린 포탄이었다.

에메랄드그린 기체에서 발사된 포탄은 적의 머리 위에서 뿔뿔이 분해되었다. 그것이 시동 버튼이라는 듯, 포탄에 가득 담겨 있던 수많은 작은 정탄에 【그라비티】가 발동되어 몇 톤이나 되는 무게를 지닌 탄환이 소나기처럼 땅으로 쏟아졌다.

일전에 프레이즈 상급종에게 당했던 집속탄의 모방품이었다.

마찬가지로 오버히트 이후에 재기동을 한 린의 검은 그림게르데도 비처럼 쏟아지는 포탄을 날렸다.

그 위를 비행 형태로 나는 린제의 헬름비게. 파란 보디의 그 기체는 상공에서 전쟁터의 상황을 파악해 모두에게 실시간으로 전해 주었다.

그에 더해 헬름비게가 지상으로 날리는 【아이스월】로 인해 페이크스^{가 짜 기 사}들은 가는 길이 막혀 린제가 의도한 방향으로 움직일 수밖에 없었다. 역시 대단해.

문득 옆을 보니, 엔데의 용기사^{드 라 군}가 전장에서 벗어나고 있었다. 물론 적진에서 도망치는 건 아니다.

왜냐하면 그 뒤를 쫓듯이 뾰족한 페이크스^{가 짜 기 사}들이 따라가고 있었기 때문이다.

프레이즈의 장군인 제노인가 하는 상대는 엔데 일행에게 맡기기로 했기 때문에 나는 조금 전에 프레이즈 세 여성에게 걸어 두었던 【프리즌】을 해제했다. 그렇게 하여 엔데의 기체는 적의 지배종에게 자신들의 존재를 알렸다.

프레이즈의 '왕'은 여기에 있다고.

즉, 엔데의 기체는 미끼 역할이었다. 하지만 저 제노 장군이 이끄는 가시가 달린 부하는 숫자가 꽤 많아 보이는데 저 녀석 정말 괜찮을까?

"엔데! 굉장히 인기가 많아 보이는데 괜찮겠어?"

〈뭘. 토야 정도는 아니지. 우리를 쫓아서 이리로 오는 녀석들은 변이종이 아니야. 결정계 프레이지아에서 온 메르와 같은 지배종…… 프레이즈지.〉

변이종으로 변하지 않았다는 건가? 용케도 휩쓸리지 않았네……. 아니면 뭔가 이유가 있는 걸까?

"에르제, 사쿠라. 미안하지만 엔데를 도와줄 수 있을까? 어디까지나 서포트를 메인으로."

〈어쩔 수 없네. 믿음직하지 못한 동문을 지원해 줄게.〉

〈임금님의 발목을 잡으면…… 용서 못 해. 단숨에 쓰러뜨려.〉

〈토야……. 네 여친들 너무하지 않아?〉

"최고의 여성들인데 뭐가 불만이야?"

에르제와 사쿠라도 듣고 있는 통신에 대고 그렇게 말했다. 달리 뭐라고 대답하겠어?

엔데의 용기사^{드라군}를 뒤쫓는 가시 달린 페이크스^{가짜 기사}는 약 20기.

그들을 쫓아 에르제의 게르힐데와 사쿠라의 로스바이세가
달려갔다.

저기는 두 사람에게 맡겨두자. 우린 우리대로 얼른 해치워
야 하니까.

◇ ◇ ◇

"이쯤이면 될까."

엔데는 자신의 기체인 용기사(드라군)를 빙글 돌아 턴을 시키고 고기
동 모드를 해제한 뒤, 자신에게 다가오는 가시 달린 페이크스(가짜 기사)
와 정면으로 대치했다.

"정말로 괜찮겠어?"

"응. 이건 내가 결판을 내야 하는 문제니까."

뒷좌석에 낮아 있는 엔데의 연인이자 프레이즈라는 결정 생
명체의 정점에 선 '왕'이었던 메르가 조용히 고개를 끄덕였다.

메르의 결의가 굳다는 사실을 확인한 엔데는 용기사(드라군) 콕핏 해
치의 개폐 버튼을 눌렀다.

그러자 전면에 있던 모니터가 위로 이동하며 흉부 해치가 위
아래로 열렸다.

메르는 높이로 인한 공포를 전혀 느끼지 않는 기색으로 돌출

된 해치 위에 섰다. 그 모습은 그야말로 위풍당당. '왕'이라 부르기에 어울리는 모습이었다. 어딘가의 공왕과는 하늘과 땅 차이다.

토야가 주었던 인간 모습의 환상을 두르는 펜던트는 이미 벗었다. 그 아이스블루 눈동자는 똑바로 다가오는 페이크스(가짜 기사)들을 향해 있었다.

마찬가지로 용기사(드라군)의 오른손 위로 올라간 네이, 왼손에 올라간 리세도 원래의 모습으로 돌아가 '왕'을 수호하는 근위처럼 대기했다.

일정한 거리를 두고 페이크스(가짜 기사)들은 걸음을 멈추었다.

이윽고 용기사(드라군)와 마찬가지로 페이크스(가짜 기사)의 콕핏의 해치가 잇달아 열렸다. 안에서 모습을 드러낸 자들은 태양을 반사해 반짝이는 결정의 갑옷을 두른 프레이즈의 지배종들이었다.

그중에서도 주변 페이크스(가짜 기사)보다 유난히 크고 다른 분위기를 풍기는 한 남자가 태양 아래에 모습을 드러내자 메르 일행이 아주 조금 눈을 가늘게 떴다.

마치 피가 묻은 것처럼 새빨간 결정을 두른 지배종. 프레이즈에게 노화라는 현상은 없다. 핵에서 발생해 어느 시기를 경계로 성장은 멈춘다. 이건 이쪽 세계의 엘프나 요정족과 마찬가지다.

메르 일행 앞에 모습을 드러낸 남자는 인간으로 따지면 20대 중반 정도의 나이로 보였다. 그 눈은 맹금류처럼 날카로웠고, 불길한 미소를 짓고 있었다.

일찍이 결정계 프레이지아에서 몇만이나 되는 프레이즈들을 이끌고 습격해 오는 다른 종족과 마수들을 물리친 프레이즈의 대장군 제노. 그게 남자의 이름이었다.

"오랜만에 뵙는군요, '왕' 이여. 건강해 보이셔서 정말 다행입니다."

"난 이미 '왕' 이 아닙니다. 비위를 맞출 필요는 없습니다, 장군…… 아니, 제노. 하나 묻고 싶군요. 왜 결정계^{프레이지아}에서 나온 거죠? 그대에게는 차기 '왕' 을 돕도록 명령했을 터."

멀리 떨어져 있는데도 두 사람의 목소리는 거리와는 상관없이 잘 전달되었다. 지배종들에게 이런 일은 아무것도 아니었다.

다른 지배종 및 엔데에게도 두 사람의 대화는 잘 전달되었다. 아무것도 들리지 않는 사람은 후방에서 도와주러 달려온 에르제와 사쿠라뿐이었다. 아니, 들리기는 해도 뜻은 전달되지 않는다. 무슨 이야기를 하고 있다는 정도는 느낀 듯하지만.

"차기 '왕' 이라……. 실례지만 그분은 '왕' 의 그릇이 아닙니다. 그걸 인정했기에 그곳의 두 사람도 당신의 뒤를 쫓아 결정계^{프레이지아}를 뛰쳐나온 게 아닌지? 우리도 얼빠진 '왕' 을 섬기기 싫었을 뿐입니다."

제노의 말을 듣고 용기사^{드라군}의 손 위에 올라가 있던 프레이즈 자매가 제노를 노려보았다. 뭔가 말을 하려던 네이를 제지하고 메르가 대답했다.

"내 아우가 얼빠졌다고?"

"그렇습니다. 화합과 공존. 그런 나약한 생각 따윈 프레이즈에게는 불필요하지요. 방해되면 멸망시키고 필요할 때 빼앗으면 그만입니다. 그런 약한 마음가짐의 '왕' 따윈 도저히 섬기고 싶지 않군요. 싸움이라는 본능을 버린 자를 얼빠진다고 부른들 어쩔 수 없는 일이 아닐지요."

히죽거리는 제노와는 달리 메르는 전혀 표정의 변화가 없었다.

이 남자의 머리에는 '싸움'이라는 글자밖에 없었다. 기라의 형답게 사고방식은 전투종 그 자체였다. 남동생처럼 분별없이 싸움을 시작하지는 않지만 근본적인 면에서는 똑같았다.

"제가 '왕'을 쓰러뜨리는 것도 생각해 봤습니다만……. 그런 도련님과 싸워 봐야 마음은 설레지 않지요. 그때였습니다, 유라가 나타난 것은. '왕'인 당신과 싸울 수 있는 전쟁터를 제공한다길래 그 말을 받아들였지요. 묘한 금색 힘은 거절했습니다만."

"그렇군요. 역시 유라가 손을 내밀었던 것이었나요. 그래서요? 유라는 저 안에 있나요?"

"글쎄요……. 한동안 만나질 않아서 말입니다. 그보다도 '왕'이여. 슬슬 우리 전투종의 갈증을 풀어 주시지 않겠습니까?"

사나운 육식 동물처럼 제노가 웃음을 지었다. 싸워라, 라고 말하듯이.

"좋습니다. 이미 당신들에게 그 어떤 말도 통하지 않겠지요. 일찍이 '왕'이었던 자로서 당신을 마지막 길로 인도하겠습니다."

"기쁘기 그지없습니다."

공손히 메르에게 인사하고 자신의 페이크스[가 짜 기 사]로 돌아가는 제노. 엔데의 콕핏으로 에르제의 통신이 도착했다.

⟨그래서? 결국 대화는 어떻게 됐어?⟩

"결렬됐네. 처음부터 대화의 여지는 없었다고 해야겠지만. 그래도 사정을 알아두고 싶었으니, 어떻게 보면 예정대로야."

⟨그럼 주변 녀석들, 쓰러뜨린다?⟩

"맡길게."

엔데가 대답하자 곧장 페이크스[가 짜 기 사]들의 후방에 대기하고 있던 사쿠라의 로스바이세에서 노래가 흘러나오기 시작했다.

흥겨운 리듬에 맞춰 사쿠라의 노랫소리가 전장에 울려 퍼졌다.

여전히 원음 그대로 노래하는 중이라, 이쪽 세계의 사람은 그 의미를 알 수 없었다.

*영국의 2인조 뮤지션의 곡으로 일본에서는 '들썩들썩'이라는 별난 용어가 들어간 제목을 지었지만, 그 곡의 가치는 전혀 빛이 바래지 않았다.

그 곡에 고무된 것처럼 엔데 일행과 에르제의 순간 판단 능

---

*Wake Me Up Before You Go-Go

력 및 그 둘이 다루는 프레임 기어의 마황로가 활성화되었다.

〈가자, 게르힐데!〉

주먹을 맞부딪치며 붉은 파괴신이 전쟁터를 누볐다. 대지를 박차고 등 뒤의 부스터를 사용해 지상을 미끄러지듯이 움직여 단숨에 적의 기체로 바짝 다가섰다.

그리고 허리춤에 자세를 잡았던 주먹을 내질러 번개처럼 일격에 콕핏을 가격.

이어서 겸사겸사라는 듯이 콰앙! 하고 파일 벙커가 튀어나왔다. 그로 인해 타고 있던 지배종이 멀리 튀어나가며 산산조각 났다.

〈하나~!〉

주먹을 빼낸 게르힐데 옆에서 다른 페이크스(가짜 기사)가 검을 번쩍 들어 올리며 덤벼들었다. 그 공격을 회전하여 피하면서 게르힐데는 날카롭게 돌려차기를 날렸다. 발뒤꿈치에서 튀어나온 정재 블레이드가 페이크스(가짜 기사)를 콕핏을 중심으로 완전히 두 동강을 내며 파괴했다.

〈두~울!〉

즐겁게 가시가 달린 페이크스(가짜 기사)를 부수는 에르제의 기체를 보고 동문임에도 엔데는 조금 으스스한 느낌을 받았다.

"당연히 멀쩡한 아이가 토야의 반려가 될 리가 없긴 하지만……."

저곳에 있는 약혼자들은 크든 작든 이상한 점투성이다. 본인들 앞에서는 절대 말할 수 없지만.

엔데도 목숨은 아깝다. 어떠한 시간, 어떠한 세계에서든 여성을 화나게 하는 것만큼 어리석은 일은 없다.

"아무튼, 우린 우리의 적을 물리치면 되는 거야."

검과 방패를 장비한 제노의 가시 달린 페이크스를 향해 엔데의 용기사^{드라군}가 달려갔다.

네이와 리세는 싸움의 방해가 되지 않도록 지상으로 뛰어내렸다.

"엔데뮤온! 잘 들어라! 메르 님을 위험에 처하게 하면 네 제삿날인 줄 알아라!"

"최악의 경우 메르 님이라도 무사히 보내줘."

"너희 정말. 응원이나 격려가 뭔지도 모르는 거야……?"

두 사람이 비친 모니터를 보면서 풀썩 어깨를 늘어뜨리는 엔데. 그 모습을 보고 작게 웃는 메르.

"어머, 두 사람의 격려를 받고 싶었어?"

"아니……. 그런 건 아니었어. 네 응원만 있으면 난 충분하니까."

"후후, 고마워. 그럼 힘내. 응원할게."

"그래, 맡겨둬."

다리 부분의 힐이 후방으로 뛰어 오르고, 발끝의 앵커가 제거되면서 용기사^{드라군}가 고기동 모드로 이행했다.

마치 용이 포효하는 것처럼, 양쪽 다리의 소형 마황로가 으르렁거렸다. 아무래도 엔데의 기체도 의욕이 충만한 모양이었다.

"가자, 용기사(드라군)!"

스로틀을 활짝 열고 프레이즈의 '왕'을 태운 용기사(드라군)는 일찍이 없던 속도로 지상을 미끄러지며 내달렸다.

대지를 내달리는 용기사(드라군)를 등과 허리의 버니어가 더욱 가속시켰다.

그리고 등에서 정재로 만들어진 단검 두 개를 빼냈다. 제노가 탄 페이크스도 마주 오는 용기사를 보고 오른손에 든 암금색 검을 쳐들어 올렸다.

챙캉! 둔탁하고 육중한 소리가 나며 검과 단검이 맞부딪쳤다.

"큭……!"

엔데는 내심 놀라웠다. 프레이즈의 파편으로 만든 정재. 그걸 토야의 터무니없는 마력으로 강화한 단검을 이렇게 긴단히 받아낼 줄은 몰랐기 때문이다.

물 흐르듯이 반대쪽 손에 든 단검을 휘둘렀지만 이쪽도 방패에 막혔다. 아무래도 검과 마찬가지인 재질로 만들어진 듯했다.

"그 검과 방패는 평범하지 않은 것 같은데?"

〈큭큭, 그렇다. 유라가 특별히 가공한 물건이지. 그 녀석에게 빚을 져서 좀 마음에 안 든다만.〉

엔데의 눈에도 검과 방패에서 이상한 '기'라고 할 만한 뭔가가 떠도는 게 보였다. 그 흔들리는 아지랑이 같은 오라에서는 악한 힘이 느껴졌다.

"······나한테 이런 힘은 없었는데······."

엔데가 쓴웃음을 지으면서 무심코 그렇게 중얼거렸다. 이게 토야가 말한 권속화라는 건가? 하고 자신의 몸인데도 어이없다는 생각이 들었다.

이게 권속화라면 틀림없이 스승님인 타케루의 가호다. 기쁜 듯 기쁘지 않은 미묘한 마음을 맛보면서 엔데는 페이크스^{가 짜 기 사}와 거리를 벌렸다.

"일단은 저 녀석을 저 고물에게서 빼내야지."

엔데는 다시 용기사^{드 라 군}의 스로틀을 전면 개방하며 공격을 시도했다. 휘두르고 물러서고, 휘두르고 물러서는 히트&어웨이를 반복했다.

기동력을 살린 공격이야말로 용기사^{드 라 군}의 진면목. 조금씩이긴 하지만 대미지를 안겨 주려고 틈새를 노렸다.

〈흥! 약해, 너무 약하다 애송아! 이렇게 찔끔찔끔 공격해서 날 벨 수 있을 것 같나?!〉

공격해 온 용기사^{드 라 군}의 팔이 타이밍을 재고 있던 방패에 강타당했다. 방패가 도신을 막지 않고 그 팔을 공격한 것이었다.

갑작스러운 충격에 균형을 잃은 용기사의 목을 노리고 암금색 검이 가로로 날아왔다.

"큭!"

순간적으로 기체를 숙여 엔데는 그 검을 피했다. 아니, 정확하게 말하자면 미처 다 피하지 못해 오른쪽 혼 안테나의 끝이 절단되었다.

엔데는 몸을 숙인 채 양다리의 기어를 후진으로 넣고 후방으로 고속 이동했다.

〈놓칠까 보냐!〉

제노의 페이크스가 도망치는 용기사를 향해 방패를 던졌다. 방패는 고속으로 회전하며 날카로운 흉기가 되어 오른쪽 바퀴 하나를 부숴 버렸다.

"윽!"

갑자기 오른쪽 다리만이 작동되지 않아 균형을 잃은 용기사가 지면으로 쓰러졌다. 그 틈을 놓치지 않고 제노의 페이크스가 달려와 머리 위로 검을 치켜들었다.

"크으윽!"

순간적으로 단검을 이용해 쳐냈지만 그 충격에 용기사의 손목 프레임이 비명을 질렀다.

원래 용기사는 그 기동력을 유지하기 위해 장갑이 얇았고, 기본 프레임도 그렇게 튼튼하지는 않았다. 조금 전에 선보인 히트&어웨이가 기본 전법으로, 상대와 정면으로 맞붙기 위한 기체가 아니었다.

〈왜 그러냐?! 벌써 끝인가? 날 더 즐겁게 해라!〉

"기라도 그렇고 이 녀석도 그렇고, 전투종은 어울리기가 힘들어……. 미안, 메르. 조금 힘을 빌려줄 수 있을까?"

"물론이에요. 이건 나의 싸움이기도 하니까요."

〈음?〉

용기사가 손에 든 단검을 두 개 모두 지면에 떨어뜨렸다.

다음 순간, 파킥파킥파킥…… 하고 용기사의 팔꿈치 밖으로 수정 결정이 나타나 그 양팔을 뒤덮었다. 투명한 얼음 같은 그 것은 순식간에 용기사의 양팔을 감싸더니, 양 주먹에 도달하 자 뾰족한 부분이 두 개인 건틀릿으로 변했다. 마찬가지로 무릎 아래 정강이에도 수정으로 코팅되었다.

〈【결정무장(結晶武裝)】인가. 그래, 그렇게 나와야지.〉

프레이즈의 지배종은 정신을 전투 모드로 전환하여 그 몸을 결정으로 강화할 수 있다. 보통 이런 건 본인의 몸 이외에는 불가능하며 다른 사람, 그것도 생명이 없는 몸에 이런 일이 가능한 사람은 '왕' 뿐이었다.

단순히 결정체를 만들거나 거기에 상대를 가두는 정도라면 제노도 가능하다. 하지만 그것을 적절한 형태로 변화시키고, 다양한 부여를 하고 강화하는 일은 불가능하다.

지배종이 지닌 결정 조작 능력인 '결정술'의 천재. 그게 프레이즈의 '왕' 메르였다.

이 '왕'을 섬기던 때부터 제노는 마음속에 불타는 작은 불꽃을 계속 품고 있었다.

남동생 기라는 '왕'이 지닌 그 힘을 흡수해 자신이 '왕'이 되려는 욕망을 품었지만 제노는 달랐다.

차원을 넘고 세계를 건너는 방법까지 만들 정도의 천재인 이 '왕'을 자신의 힘으로 제압하고 싶었다. 자신의 힘을 과시하여, 싸움 끝에 그 '핵'을 완벽하게 부서뜨리고 싶었다.

증오는 아니었다. 굳이 따지자면 동경에 가까웠다. 지고한 존재. 그렇기에 제노는 자신이 파괴하고 싶다는 일그러진 욕망을 품었다.

하지만 '왕'은 홀연히 【결정계】^{프레이지아}에서 모습을 감췄다. 그때의 상실감은 말로 다할 수 없었다.

그 '왕'과 다시 이렇게 만나다니. 제노는 그 점에 관해서라면 유라라는 남자에게 진심으로 감사했다.

그러니 '왕'과의 싸움에 방해되는 자들은 제거해야만 한다. 이 기체에 탄 애송이를 일단 제거하자.

제노가 단 페이크스^{가짜기사}는 손에 든 검을 무기가 없는 용기사^{드라군}를 향해 아래로 휘둘렀다.

챙가앙! 큰 소리를 울리며 용기사^{드라군}가 페이크스^{가짜기사}의 검을 건틀릿으로 받아냈다.

〈아니?!〉

"자, 여기서부터는 스승님에게 직접 전수받은 기술로 상대할게."

포박하듯이 상대의 검을 쥔 손을 왼손으로 붙잡고 당기면서, 용기사는 바로 아래에서 오른손으로 팔꿈치 부분을 부숴 버렸다. 쿠지익. 그런 둔탁한 소리와 함께 제노가 조종하는 페이크스의 <ruby>오른쪽<rt>가 짜</rt></ruby> 팔꿈치가 파괴되었다.

페이크스도 장갑이 약한 부분은 역시 관절 부분이었다. 사람과 같은 동작을 하기 위해서 가동부는 그렇게 만들 수밖에 없었다.

그렇지만 일종의 변이종인 이상 재생이 가능했다. 평범한 페이크스라면 탑승한 황금 해골이 그 능력의 급소였지만, 제노와 그 부하들이 탄 가시 달린 페이크스는 그 능력을 탑승한 지배종이 보유했다.

원래 변이종은 프레이즈의 '변이종'이다. 황금 해골이 가능한 일을 지배종이 못 할 리가 없었다.

하지만 프레이즈와 변이종은 비슷하지만 달랐다. 자신의 몸처럼 자연스럽게 재생이 되지는 않았다.

그리고 그 틈을 놓칠 무신의 제자가 아니었다.

"무신류 비기, 신라나선장(神羅螺旋掌)."

조금 신기를 담은 용기사의 손바닥이 나선 모양 빛을 동반하며 페이크스의 콕핏을 가격했다.

〈크으윽?!〉

순간적으로 제노는 남은 왼손으로 그걸 막았다. 본능적으로 위기를 느끼고 한 행동이었는데 전쟁터에서 쌓아온 그 판단은 정확했다고 할 수 있었다.

소리는 컸지만 제노는 상대에게 가볍게 타격당한 정도로밖에 느껴지지 않았다. 하지만 막았던 페이크스의 왼팔은 막과자처럼 파괴되어 있었다.

"빗나갔나……."

〈그 힘은 대체 뭐냐……!〉

"비밀."

신기를 조종하는 신의 권속이라고는 해도 이제 막 되었을 뿐이라 초심자에 불과한 엔데에게 이 힘은 사실상 빌린 힘이나 다름없었다. 자유자재로 사용할 정도는 아니었다. 그래도 '기'의 컨트롤이 뛰어난 무신의 권속이라 그런 점은 철저하게 교육을 받았다. 그야말로 신물이 날 정도로.

"이 용기사의 전투 스타일이면 아까처럼 싸워야 제일 효율적일 뿐, 원래 난 무기를 들고 잘 싸우지 못하는 편이거든."

맷집이 약한 용기사를 이용해 무신류로 싸우면 상대를 때린 주먹은 부서져 사용할 수 없게 된다.

격투에 특화된 기체인 에르제의 게르힐데와 용기사는 다르다. 만약 게르힐데와 똑같은 스타일로 전투를 하려고 한다면, 용기사는 크게 개조할 필요가 있다. 하지만 엔데는 엔데대로 이 용기사가 마음에 들어 그렇게까지 할 필요는 없다고 생각해 개조를 거절했다.

원래 용기사은 치고받고 싸울 수 없지만, 메르의【결정무장】덕분에 엔데 본래의 스타일로 싸울 수 있게 되었다. 게다가 신기를 흘려도 버틸 수 있을 정도의 내구성도 확보됐다.

엔데는 이거라면 조금 무리를 할 수 있겠다고 판단했다. 그렇긴 해도 엔데의 실력으로는 앞으로 한 번 더 신기를 가다듬어 발산하는 게 한계이지만.

페이크스^{가짜기사}의 부서진 오른팔이 검의 형태로 재생되어 갔다. 간략화를 꾀해 재생 속도를 높인 모양이었다.

황금 검으로 변한 오른팔이 용기사^{드라군}를 습격했다. 용기사^{드라군}는 팔에 두른 【결정무장】의 건틀릿으로 그것을 막았지만, 추가로 예상치 못한 방향에서도 공격이 가해졌다.

〈이거나 먹어라!〉

갑자기 페이크스^{가짜기사}의 바이저 같은 눈에서 눈 부신 빛이 발사되었다.

"큭?!"

콕핏 안의 모니터가 갑자기 빛에 휩싸여 엔데는 순간적으로 페이크스^{가짜기사}의 모습을 놓쳤다.

다음으로 화면이 전환되어 나타난 모니터를 보니 페이크스^{가짜기사}는 그야말로 지금 당장 오른팔의 검을 창처럼 내뻗으려고 하는 순간이었다.

목표는 틀림없이 콕핏. 그것을 감지한 엔데가 꿰뚫리기 전에 회피한 덕분에 페이크스^{가짜기사}의 검은 콕핏이 아니라 용기사^{드라군}의 왼쪽 어깨에 깊숙이 박혔다.

〈쳇.〉

제노는 어깨에 꽂힌 검을 빼내려고 했지만 어째서인지 빠지지 않았다. 자세히 보니 어깨를 꿰뚫은 검끝이 결정화되어 용기사에 고정되어 있었다. 메르의【결정무장】의 힘이다.

"이번엔 우리 차례다. 받아라!"

〈아차……!〉

"무신류 비기, 신라나선장(神羅螺旋掌)."

　다시 신기를 두른 손바닥이 이번엔 텅 비어 있던 몸통에 작렬했다.

　가벼운 타격이었는데도 불구하고 고정된 오른팔을 용기사^{드라군}에 남겨두고 제노의 페이크스^{가짜기사}가 후방으로 산산조각 나면서 날아가 버렸다.

　여러 차례 바운드하며 산산조각이 난 페이크스^{가짜기사}는 움직이지 않게 됐다.

"시야를 가리다니, 비겁하게."

　신기를 모두 사용해 너덜너덜해진 용 기사 안에서 엔데는 혼자 그렇게 투덜댔다. 이 싸움을 아마도, 아니, 분명히 스승님인 무신도 보고 있을 것이다.

　방금 그 싸움은 아무리 변명해도 합격점이라고 하긴 어려웠다. 틀림없이 지옥 같은 특훈 코스가 기다리고 있겠지. 그렇게 생각하니 마음이 암담했다.

　하지만 이것으로 끝이 아니었다.

　움직이지 않게 된 페이크스^{가짜기사} 밖으로 제노가 기어 나오는 모습이 모니터 너머에서 보였다. 아무래도 멀쩡한 모양이었다.

〈'왕'이여! 우리의 '결정계(프레이지아)'를 버린 프레이즈의 '왕'이여! 나의 마지막 갈증을 해소해 주소서!〉

제노의 온몸을 뒤덮은 붉은 결정이 증식하기 시작했다. 결정이 갑옷처럼 몸을 감싸더니 제노는 험악하고 불길하고 흉악한 모습으로 변해 갔다.

제노의 【결정무장】이다. 제노의 싸움은 아직 끝나지 않았다. 애초에 자신의 몸이 아닌 페이크스(가짜 기사)로 싸운 건 그에게 애피타이저에 지나지 않았다.

"여기서부터는 제가 나서겠습니다. 지켜봐 주세요, 엔데뮤온."

"마지막을 여성한테 맡긴다니 좀 그렇긴 하네……."

그렇게 말하면서도 막을 수 없다는 사실을 잘 아는 엔데는 순순히 용기사(드라군)의 콕핏을 열어 주었다.

탓, 하고 메르가 가볍게 해치를 차더니 공중으로 뛰어올랐다.

그리고 마치 중력을 컨트롤하듯이 가볍게 천천히 낙하하며 메르는 매우 안정적으로 지면에 착지했다.

그 옆으로 네이와 리세가 달려왔다.

"네이, 리세. 여러분은 가담하지 말아 주세요. 모두 저에게 맡겨두시면 됩니다."

"하, 하지만, 메르 님……!"

"명색에 이전 '왕'인 제가 도전을 받아들이지 않고 도망칠 수는 없습니다. 게다가…… 오랜만의 싸움에 조금 가슴이 뛰고 있기도 합니다."

가볍게 미소를 짓고 메르가 앞으로 걸어 나갔다. 정면에는 【결정무장】을 한 제노가 버티고 서 있었다.

천천히 걸어가는 메르의 몸이 아이스블루 결정으로 뒤덮여 갔다. 메르는 얼음 드레스를 입고 있는 것처럼 섬세하고 우아한 모양의 갑옷을 몸에 둘렀다. 그에 더해 온몸을 장미 줄기 같은 것이 휘감기 시작했다. 마치 푸른 장미의 화신 같았다.

메르가 걸음을 멈췄다. 대치하는 빨강과 파랑.

"이미 말은 필요 없겠지요. 그 몸을 완벽히 부숴 드리겠습니다, '왕'이여."

"할 수 있다면 해 보세요. '왕'이라는 지위와 이름은 버렸지만 힘까지 버리지는 않았습니다. 그 힘을 충분히 맛보며 부서지세요."

불길하게 웃는 제노에게 표정을 바꾸지 않고 그렇게 고하는 메르.

"그렇게 나와야지!"

광기에 휩싸인 듯이 웃으면서 제노가 돌격했다. 양팔에 검의 형태를 만들며 도약한 제노가 붉은 칼날로 메르를 덮쳤다.

"【프리즈마 로즈】."

메르의 온몸을 두르고 있던 장미 줄기가 움직이더니 몇 개나 되는 방어망이 되어 제노의 공격을 막았다. 이 장미 줄기는 메르의 의지에 따라 자유롭게 움직이는 무기이자 방어구였다.

물 흐르듯이 제노의 팔을 휘감은 장미 줄기는 그를 높이 들어 올려 땅에 가차 없이 내리쳤다.

제노의 오른팔이 뜯겨 나갔다. 자유롭게 움직이는 메르의 장미 줄기는 쓰레기를 버리듯이 찢어진 오른팔을 던져 버렸다.

"크하하하하하하!"

제노는 웃으면서 일어나 남은 왼팔로 수많은 붉은 수정 화살을 만들어 날렸다.

메르는 표정 하나 바꾸지 않고 수정 장미 줄기로 그것을 쳐 내 떨어뜨렸다. 하지만 땅에 떨어진 화살이 지면에 박히며 갑자기 대폭발을 일으켰다.

굉음과 함께 메르를 중심으로 지면이 폭발해 날아갔다. 흙먼지가 피어올라 주변이 보이지 않게 되었지만, 불어오는 바람이 곧장 흙먼지를 멀리 날려 보냈다.

흙먼지가 개고 보니 그곳에는 상처 하나 없는 메르가 태연하게 서 있었다.

그런 메르를 향해 오른팔이 재생된 제노가 다시 돌진했다. 재생된 오른팔은 커다란 창 모양이 되어 '왕'을 꿰뚫기 위해 일직선으로 날아들었다.

"끝이다!"

창이 그 가슴을 꿰뚫기 바로 직전, 메르의 모습이 사라졌다.

순식간에 제노의 등 뒤에서 나타난 메르는 수많은 장미 줄기로 단숨에 제노를 구속했다. 빙글빙글 제노의 몸을 휘감은 가시 줄기에서 긴 가시가 튀어나와 붉은 수정 몸을 꿰뚫었다.

그리고 메르는 하나의 장미 줄기를 높이 들어 올렸다.

"【프리즈마 길로틴】."

장미 줄기 끝에 나타난 커다란 손도끼 같은 육중한 칼날이 멍석말이를 당한 듯 빙글빙글 휘감긴 제노를 위아래로 두 동강을 내버렸다.

상반신과 하반신. 메르는 두 개로 양단된 제노를 또다시 쓰레기처럼 지면에 내다 버렸다.

몸이 부서지면서 제노의 마음은 공포와 환희로 가득 찼다. 압도적인 '왕'의 힘으로 부서진다는 공포와 그것을 맛본다는 환희.

"크하하하하! 이거다! 싸움이란 이래야지! 죽음과 마주하며 자신보다 강한 상대에 맞서는 기쁨. 그리고 승리를 향한 갈망! 멋지구나! 내 삶은 바로 여기에 있다!"

"이해할 수 없네요."

팔만을 이용해 서 있는 제노의 허리에서 엄청난 속도로 하반신이 재생되었다. 메르는 공격을 하지 않고 그 모습을 그냥 지켜보기만 했다.

불과 몇 초 만에 완전히 온몸이 재생된 제노는 몸이 더욱 커져 수정 수인처럼 변했다. 그 목 부근에는 유난히 붉게 빛나는 '핵'이 보였다.

제노는 이미 눈에 핏발이 설 정도로 제정신이 아니었다. 이 남자는 어쩌면 죽을 자리를 찾고 있었을지도 모른다. 용기사 모니터 너머에서 바라보던 엔데는 그런 생각이 들었다. 메르 역시 그것을 눈치챘을 거라는 사실도.

"【극정무장(極晶 武裝)】……. 좋습니다. 상대해 드리겠습니다."

"크아아아아아아!"

야수처럼 울부짖으며 제노가 메르에게 달려들었다.

목 부근의 핵이 눈부실 정도로 붉게 빛났다. 제노가 지닌 모든 힘을 해방했기 때문이었다. 그렇기에 그건 체력, 정신력, 더 나아가서는 생명력까지 모두 담은 건곤일척의 일격이었다.

주변의 엄청난 파괴음이 울려 퍼졌다.

이윽고 정숙이 찾아온 뒤, 엔데 일행의 눈에 날아든 광경은 모든 힘을 담은 제노의 일격을 왼손으로 확실히 막아 낸 메르의 모습이었다.

그 손에는 작은 금조차 나 있지 않았다.

메르는 제노의 주먹을 그대로 천천히 꽉 쥐면서, 안색 하나 바꾸지 않고 산산조각을 내 버렸다.

"만족하셨나요?"

제노는 아무런 대답도 하지 못했다. 【극정무장】은 프레이즈 지배종이 생명을 극한까지 깎아 두르는 수의(壽衣). 제노는 이미 의식을 잃은 상태다.

눈을 감은 메르의 등 뒤에서 장미 줄기 창이 날아와 제노의 목을 꿰뚫었다. 유리구슬처럼 붉은 '핵'은 산산이 부서졌고, 그와 함께 프레이즈의 장군이라 불렸던 존재는 우수수수 물리적으로 붕괴되었다.

싸우는 것밖에 몰랐던 지배종 한 명이 그 생애를 마쳤다.

몸을 돌린 메르는 동료들이 있는 곳으로 걷기 시작했다. 프레이즈의 전(前) '왕'은 예전의 부하였던 남자의 잔해를 한 번도 돌아보지 않았다.

【유성검군】으로 핵이 꿰뚫린 변이종이 검은 연기를 피우며 소멸했다.

주변에는 이미 움직이는 변이종을 찾아볼 수 없었다. 몇 마리인가 황금 해골이 우르르 배회했지만 스우의 오르트린데 오버로드가 묵묵히 그 커다란 발로 짓밟아 버렸다.

"증원은 없는 건가."

불길하게 우뚝 솟은 황금 궁전으로 카메라를 돌렸다. 이게 마지막……일 리는 없겠지? 우리를 기다리는 건가?

〈토야 오빠, 에르제 씨 일행이 와요.〉

유미나의 통신을 듣고 돌아보니 에르제의 게르힐데, 사쿠라의 로스바이세에 이어 엔데의 용기사가^{드라군} 이쪽으로 오는 중이었다.

으응? 엔데 녀석, 고기동 모드가 아니잖아? 뭐야, 꽤 당했네.

카메라를 확대해서 용기사를^{드라군} 보니 혼 안테나는 부러지고, 한쪽 다리의 바퀴는 어디 가고 없고, 어깨에는 구멍이 뚫려 있었다.

아~아. 로제타가 울겠어. 수리하려면 한바탕 고생하겠네.

"생각보다 많이 당한 것 같은데?"

〈의외로 상대가 만만치 않았거든. 그래도, 결판은 내고 왔어.〉

통신을 보내자 여전히 초연한 엔데의 목소리가 날아왔다. 아무래도 본인은 무사한 모양이었다. 그러는 중에 에르제가 통신 중간에 끼어들었다.

〈결판을 낸 사람은 메르잖아. 나도 다 봤거든? 스승님이 나중에 뭐라고 하실지 아주 기대가 돼.〉

〈토야, 네 색시들은 다들 성격이 나쁘지 않아?!〉

"최고의 여성들인데, 뭐가 불만이야?"

이 바보 녀석. 나한테 묻지 마. 희생자는 너 한 명이면 족해.

바보는 내버려 두기로 하고, 우리는 황금 궁전을 향해 앞으로 나아갔다. 황금 궁전이라고는 하지만, 겉모습은 황금으로

된 산이었다. 실제로는 황금도 뭐도 아니겠지만.

각진 돌기나 기둥이 무질서하게 뻗은 험준한 산처럼 보이네.

일단 입구 같은 것은 보이지만, 높이가 4미터 정도밖에 되지 않아 프레임 기어를 타고 들어가기는 좀 힘들어 보였다.

"다들, 여기서 일단 내리자."

나는 지상에 착지한 레긴레이브에서 내린 다음 기체를 【스토리지】에 집어넣었다. 다른 모두도 반지의 【스토리지】에 똑같이 기체를 수납했고, 엔데도 전의 그 프레파라트에 용기사를 가두었다.

중턱 근처에 있는 입구를 향해 우리는 산을 올랐다. 말이 그렇다는 거고 【레비테이션】으로 둥실둥실 떠오른 다음 모두를 데리고 【플라이】로 날아가는 것뿐이었지만.

입구는 깔끔한 직사각형으로 잘린 듯이 보였다. 높이 4미터, 폭이 2.5미터 정도인가.

금색으로 눈탁하게 빛나는 그 잎은 마치 통로처럼 똑바로 뻗어 있었다. 엄청 수상하다고 할지 미심쩍다고 해야 할지…….

딱 봐도 함정 있습니다, 라고 말을 하는 것처럼 적의 모습을 찾아볼 수가 없었다.

어차피 앞으로 나아갈 수밖에 없긴 하지만. 그래도 조심해서 나쁠 건 없다.

"【프리즌】."

나를 중심으로 방어막을 펼쳐 두자.

"좋아. 가자. 엔데는 뒤를 주의해서 봐 줘."

"알았어."

모두와 함께 똑바로 통로를 걸었다. 타박, 타박. 우리의 발소리만이 울려 주변의 고요한 분위기가 더욱 두드러졌다.

어디에서 적이 나올지 알 수 없다. 그렇게 긴장하면서도 우리는 앞으로 걸음을 내디뎠다.

"꽤 기네, 요?"

린제가 뒤를 돌아보면서 중얼거렸다. 이미 입구는 작게 보이기 시작해, 어느덧 보이지 않게 되었다. 아무래도 길은 완만히 경사가 진 모양이었다. 즉 우리는 지하로 내려가는 중이다.

어두워져서 린제가 【라이트】를 켜 주었다.

"이대로 산을 무너뜨려 소인들을 생매장할 셈이 아닐지요?"

"뭐야, 그런 소리 하지 마!"

야에의 말을 듣고 에르제가 딴지를 걸었다. 【프리즌】이 있으니 생매장은 안 된다고 가르쳐 주자 모두 가슴을 쓸어내렸지만.

"응?"

"앗."

"오?"

나와 메르 그리고 엔데가 걸음을 멈추었다. 두 사람 모두 방금 그걸 감지한 건가?

"왜 그러시나요?"

루가 걱정스럽게 물었다. 아무 말 하지 않으면 약혼자들이 더 불안해할 테니 설명해 주자.

"방금 공간의 흔들림이 느껴졌어. 아마 이 앞은 다른 공간으로 연결되어 있을 거야."

"다른 공간이라니……. '격납고' 처럼?"

"응. 너희 세계와 이웃해 있으면서도 그 어디도 아닌 공간……. 말하자면 만들어진 유사 '차원의 틈새' 야."

엔데가 보충 설명을 해 주었다. '차원의 틈새' 란 우리 세계로 찾아온 프레이즈들이 있던 장소이자, 다른 세계와 연결이 가능한 공간이다……라고 세계신님이 분명히 말했었다.

◇ ◇ ◇

"뭐라 하면 좋을까. 정확히 설명하긴 좀 힘들다만…… 토야가 이전 세계에서 다녔던 학교가 있지 않은가. 그 건물의 교실 하나하나가 다른 세계라고 한다면, 내가 학교 교장에 해당하겠지."

"네에……."

갑자기 무슨 말씀을 하시는 건지. 물론 세계신님은 영화에 나오는 마법 학교의 교장선생님 같은 모습이긴 하지만.

"그곳의 교실과 복도를 가르는 벽과 문은 이른바 '세계의 결계'이고, 계단을 위로 올라가면 더욱 고위의 세계에 갈 수 있다……고 하면 될까. 그렇다면 이곳 신계는 옥상에 해당하나? 나는 이 학교에서 가장 많은 힘을 가지고 있지만, 교실 하나하나에서 무슨 일이 일어나는지까지는 모르지. 모두 자습 중이라 할 수 있네. 물론 이게 진짜 학교라면 교육자로서 그래선 안 되는 것이겠지만, 예를 들어 하는 이야기니 이해해 주게."

그야 교실의 숫자가 무지막지하게 많고 몇 층 건물인지도 모를 정도의 학교라면 전부 파악하기는 힘들지도 모르지만. 그 교실에는 담임 선생님도 없는 거니까.

"그래서 말이네. 자네들이 말하는 '프레이즈'를 복도에 떼지어 있는 파리나 모기 같은 벌레라고 예를 들겠네. 그들은 문을 열면 그 틈을 노려 교실에 침입하는 자들이고, 자네들은 그걸 퇴치하는 게야."

"네, 어렴풋하지만 알겠어요."

"이 복도에 해당하는 곳이 '차원의 틈새'라 할 수 있지. 보통은 세계를 건너기 위해 꼭 지나야 하는 곳이야. 이곳을 지나지 않고 교실에서 교실로 전이할 수 있는 존재는 신족뿐이지. 세계를 뛰어넘는 '이공간 전이'가 그에 해당한다고 보면 되네."

그렇구나. 어느 세계든 옆에는 '차원의 틈새'가 있고, 그곳을 걸어서 프레이즈나 엔데가 오는 건가.

그리고 이 나쁜 벌레들이 복도에 모여 있고.

"성가시네요."

"성가시지. 복도에 살충제라도 뿌리면 좋겠지만 익충까지 죽여 버리게 되니 말일세."

내 머릿속에 프레이즈와 함께 땅에 널브러져 있는 엔데의 모습이 떠올랐다.

역시 그건 너무 심한 일인지도 모른다. 뭐든 생각대로 되지는 않는다고 생각하며 나는 세계신님이 타준 차를 마셨다.

회상 끝.

그 '차원의 틈새'와 비슷한 공간에 우리는 발을 들인 모양이었다.

"유도됐다고…… 보면 될까요?"

"글쎄? 하지만 되돌아갈 수는 없어."

내가 더욱 앞으로 걸음을 내디뎠다. 이윽고 길고 길었던 통로가 끝나자 큰 홀 같은 장소가 나타났다. 천장이 높아 위가 보이지 않는 곳이었다. 어딘가 모르게 신전 같이 보이기도 했다. 사신의 신전인가?

"토야 오빠, 저기 보세요……!"

"음……?!"

유미나의 목소리를 듣고 시선을 앞으로 돌렸다. 그곳에는 암금색의 거대한 고치 같기도 하고 알 같기도 한 뭔가가 자리 잡고 있었다.

크다. 프레임 기어보다도 크다. 세워 둔 알 같은 모양으로, 그 주변에는 거미줄 같은 실이 들러붙어 있었는데 그 황금색 실은 바닥과 벽에 뿌리를 박고 있었다. 벌레의 번데기처럼도 보인다.

그리고 그 번데기 위에 선 한 명의 남자.

"유라……."

메르의 입에서 남자의 이름이 새어 나왔다.

암금색 결정체로 몸을 두르고 얼음 같은 두 눈으로 우리를 바라보는 흰 남자.

"오랜만이다, '왕'이여. 살아서 다시 만날 줄은 몰랐다만. 그리고 그쪽도 오랜만이군, 모치즈키 토야."

"와, 기억하고 있었구나. 넌 확 바뀌어서 거의 다른 사람이 됐네?"

예전에는 수정 같은 몸이었는데, 지금은 암금색의 금속이라 변이종으로 변했다는 사실은 명백했다. 이지적이고 창백한 얼굴과 몸을 뒤덮은 다크골드 결정체. 사신의 권속으로 전락한 야심가.

"프레이즈라는 낡은 몸을 버리고 새로운 몸과 힘을 얻었다.

아니, 진화했다고 해야 하나? 너도 마찬가지지 않나. 모치즈키 토야."

"똑같이 취급하지 마. 난 너와는 달라."

이런 거랑 똑같이 취급을 당하다니 딱 질색이다.

"그런가? 하지만 너한테는 보일 텐데? 이 고치에서 피어오르는 신의 기운을. 인간의 상상을 초월한 궁극적인 힘의 편린을!"

유라의 말대로 분명히 아까부터 내 눈에는 불길한 신기(神氣)가 보였다. 눈앞의 고치인지 알인지 알 수 없는 물체에서.

예전에 대치했던 그 니트신보다도 커다란 신기였다. 대체 얼마나 많은 인간의 부정적 감정을 흡수한 건지.

나는 건 모드 브륀힐드로 사신의 고치를 겨눴다.

"혼자 도취되어 있는데 미안하지만 신은 신이라도 그 녀석은 사신(邪神)이야. 고생한 모양이지만, 그건 부숴 버리겠어. 우리 세계에는 필요 없으니까."

"필요한지 불필요한지 결정하는 사람은 너희가 아니다. 나다."

유라가 손가락을 따악 울리자 귀울림이 심할 정도로 큰 소리가 큰 홀에 울려 퍼졌다.

다음 순간, 황금색 바닥에서 파킥파킥파킥, 하는 소리를 내며 성에 기둥 같은 금속 기둥이 뻗어 나오더니, 그 기둥이 유체처럼 구불거리며 해골 모습으로 변해 갔다.

개중에는 드워프들이 만든 '드베르그'처럼 높이 3미터 정도의 파워드 슈트를 입은 해골도 있었다. 저건 아마도 아이젠가르드의 고렘 병사를 흡수해 만들었겠지. 그보다 역시 우리가 오길 기다리고 있었구나.

무수히 많은 해골들이 와글거리며 바닥에서 잇달아 나타나더니 손에 든 시미터처럼 구부러진 검을 들고 우리에게 돌격했다. 하지만 키잉, 하는 소리와 함께 시미터는 튕겨 나갔다. 【프리즌】의 효과였다.

"방해군."

"아니……!"

유리가 깨지는 소리와 함께 【프리즌】이 부서져 흩어졌다. 유라의 손끝에서 레이저 비슷한 것이 발사되더니 【프리즌】을 꿰뚫었기 때문이었다.

빌어먹을. 썩어도 신은 신이라는 건가. 황금 해골 정도라면 몰라도 그 권속인 유라의 강력한 공격까지는 못 막는 건가.

【프리즌】이 깨지자마자 황금 해골의 공격이 다시 시작되었다.

나는 마구 휘두르는 해골의 검을 피하고 블레이드 모드로 변환한 브륀힐드의 검끝으로 해골의 가슴뼈 안쪽에 있는 핵을 찔렀다.

그리고 곧장 건 모드로 변환해 쓰러뜨린 해골의 뒤에 있는 다른 해골의 가슴을 노려 방아쇠를 당겼다.

"코코노에 진명류 오의, 취자연돌(嘴刺連突)!"

연속으로 날린 야에의 찌르기가 한 치의 오차 없이 몇 개의 핵을 부서뜨렸다.

나, 야에, 힐다, 루, 에르제, 엔데, 네이, 리세가 해골들 앞을 가로막았고 뒤쪽에 있던 유미나, 린제, 스우, 린, 사쿠라, 메르가 우리를 지원했다.

"【프리즈마 로즈】."

메르의 양손에서 뻗어 나온 수정 장미 줄기가 주변의 황금 해골을 구속해 그대로 압박해 완벽하게 파괴했다. 그리고 바닥에 떨어진 핵을 장미 줄기가 채찍을 치듯이 가차 없이 때려서 부쉈다. 비밀의 여왕님 같아. 무서워!

사쿠라가 노래로 보조 마법을 발동했다. 린제가 얼음 마법으로 무리 짓는 해골의 다리를 얼렸고, 엔데와 에르제가 핵을 잇달아 부쉈다. 리세와 네이도 신검(神劍)을 들고 순조롭게 적을 격파했다. 스우와 린도 방어 마법으로 해골들의 공격을 멋지게 막았다.

〈크각!〉

파워드 슈트 같은 드베르그 모조품이 우리에게 달려들었다. 그리고 60~70센티미터 정도 되는 주먹으로 우리의 얼굴을 내리치려고 했다.

"【파워라이즈】."

나는 신체 강화 마법을 사용해 정면으로 그 주먹을 한 손으로 막았다. 이대로 팔을 뜯어내 버릴까도 생각했지만, 그 전에 유미나의 콜트 M1860 아미의 복제품에서 발사된 총알이 정확히 드베르그 변이종의 핵을 꿰뚫었다. 휴우. 역시나.

이런 녀석들은 몇 마리가 나타나든 무섭지는 않지만 역시 거추장스럽다.

여러 명과 싸울 때는 먼저 머리를 노려야 한다. 가능하면 화려하게. 아무 말 없이 다가가 힘껏 때리라고 할아버지는 말했는데, 생각해 보면 꼭 틀린 말은 아니다.

"엔데, 좀 부탁할게."

"응?"

나는 지면을 박차고 【플라이】를 이용해 단숨에 번데기 위에 서 있는 유라를 향해 날아갔다. 그리고 블레이드 모드로 전환한 브륀힐드를 그대로 유라의 정수리에 내리꽂았다.

하지만 그걸 칼날로 변환한 팔로 막는 유라. 쳇, 막다니. 그런 나를 보고 유라는 날 깔보듯이 웃었다.

"너라면 이렇게 나올 거라고 생각했다."

"호오, 그러셔. 그럼 그 이후에는 어떻게 하려고?"

너의 얕은 생각 따윈 훤히 다 보인다는 듯한 태도를 보고 발끈한 나는 도발하듯이 웃으며 그렇게 답했다.

"이렇게다."

"어?"

유라를 중심으로 몇 겹에 달하는 장벽이 전개되었다. 그 자체는 별로 놀랄 일이 못 되었다. 몸을 지키기 위해 방어 장벽과 마력 장벽을 펼치는 것쯤은 나나 엔데도 자주 하는 일이다.

놀란 이유는 그 장벽이 나까지 둘러쌌다는 점이다. 대체 뭘 하려는 건가 하고 생각하는데, 그다음 순간 내 주변으로 보이는 모든 것이 사라져 버렸다.

"토야, 오빠?"

전투 중인데도 유미나는 그런 멍한 목소리를 흘리고 말았다.

번데기 위에 있던 유라라는 남자를 공격하던 토야가 황금색 빛과 함께 흔들리더니 그 자리에서 사라져 버렸기 때문이었다.

유미나는 토야의 【텔레포트】일까 생각했다. 하지만 조금 전에 사라지는 모습은 토야기 사용 하는 【텔레포트】와는 달랐다.

그 변이 지배종…… 유라가 분명히 무슨 짓을 했기 때문이다. 이 자리에서 가장 방해가 되는 존재를 사라지게 한 것이다.

유미나…… 아니, 유미나를 포함한 토야의 약혼자들은 굉장히 동요했다.

약혼자이자, 동시에 토야의 권속이기도 한 그들. 그런 그들이기에 모두 토야가 이 지상 어디에 있든 그 존재를 느낄 수 있었다. 언제 어떤 때라도 확실히 '연결' 되어 있다는 느낌을 받을 수 있었다.

하지만 지금 그 '연결'이 끊어졌다. 이 세계 그 어디에서도 토야를 느낄 수 없어졌다. 토야라는 존재의 소멸. 자신의 몸 절반을 잃은 듯한 깊은 상실감이 약혼자들을 엄습했다.

"뭐, 뭐가 어떻게 된 것입니까?!"

"토, 토아 씨?! 토야 씨!"

"임금님⋯⋯!"

다른 모두도 적든 많든 혼란에 빠졌다. 지금 상황에서 이래 선 곤란했다. 머리로는 알지만 유미나는 그걸 어떻게 타파하면 좋을지 방법이 전혀 떠오르지 않았다. 기술은 둔해졌고, 주의력은 산만해졌다.

모두의 연계가 무너져 잇따른 황금 해골의 공격에 서서히 밀리기 시작했다.

어쩌지? 눈에 눈물이 고이기 시작한 유미나의 귀에 짜악! 손뼉을 치는 소리가 메아리쳤다.

〈자, 거~기~까~지~. 다들 진정해.〉

"어⋯⋯?! 카렌 형님?!"

갑자기 들린 익숙한 목소리를 듣고 주변을 둘러봤지만 아무도 없었다. 엔데 일행에게는 들리지 않는 듯했다. 토야의 약혼자인 자신들에게만 그 목소리는 전해지고 있었다.

〈토야는 무사해. 살~짝 격리되었지만, 곧 돌아올 테니 안심해도 돼.〉

그 목소리를 듣고 유미나는 진심으로 안도했다. 이 형님은 자유분방하고 사람을 놀리기 좋아하지만, 이런 상황에 거짓말하지는 않는다. 형님이 돌아온다고 말한 이상 반드시 토야는 돌아온다. 유미나는 그렇게 확신할 수 있었다.

다른 약혼자들도 감정을 추슬렀는지 조금씩 밀리던 전세를 반전시켜 황금 해골을 쓸어 버리기 시작했다.

〈그보다도 '거기'는 조금 위험하니 도망치는 편이 나아.〉

"네?"

유미나가 카렌의 목소리에 반응하자마자 쿠구구구구구구……하고 지면이 갑자기 흔들리기 시작했다.

"지진? 하지만 이건……?"

"쳇, 공간 붕괴인가……!"

엔데가 황금 해골을 때리면서 내뱉듯이 그렇게 중얼거렸다.

"아무래도 도망치는 편이 좋겠어. 곧 이 공간은 붕괴될 거야. 말려들기 전에 탈출해야 해. 메르, 부탁해도 될까?"

"네. 그런데 토야 씨는요?"

"그 녀석은 쉽게 당하지 않아. 당연히 자신의 힘으로 돌아오겠지."

신뢰와는 다르지만 엔데는 토야가 당연히 무사할 거라고 확신했다. 자신의 스승인 무신(武神). 그보다도 더 높은 세계신의 권속이다. 죽인다고 해서 죽을 사람이 아니다. 걱정하면 할수록 손해다. 그런 체념도 많이 섞여 있었다.

그런 엔데를 두고 메르는 자신의 양손에서 뻗은 장미 줄기를 사용해 자신을 중심으로 한 원형진을 그렸다.

"모두 이 안으로! 서둘러!"

황금 해골을 쓰러뜨리면서 한 명, 또 한 명, 그 원형진 안으로 들어갔다.

마지막으로 엔데가 원형진 안으로 뛰어든 순간, 원형진 밖에 있던 황금 해골이 장미 줄기에서 튀어나간 가시에 꿰뚫려 저 멀리 날아갔다.

그 틈에 메르가 공간 전이를 시작해 모두는 그 자리에서 사라졌다.

계속 요동치는 차원의 틈새 공간에서 점점 커지는 땅울림 소리에 섞여 파지직, 하고 뭔가가 깨지는 소리가 들렸다······.

"……여긴 어디지?"

모두가 일제히 사라진 게 아니라, 내가 전이된 모양이다.

주변을 둘러봤지만 상하좌우 어디를 봐도 아무것도 보이지 않았다. 어두워서 그렇다기보다는 아무것도 없었다. 노을빛 공간에 둔탁하게 빛나는 황금 안개가 자욱이 끼어 있었다.

정령계와 비슷하지만 달랐다. 정령의 힘은 전혀 느껴지지 않았다.

"어서 와라. 나의 '니플헤임'에."

눈앞에 있던 유라가 과장되게 허리를 굽혔다. 억지로 데리고 와 놓고 어서 오고도 뭐고도 없잖아. 웃기는 녀석이네.

"……니플헤임?"

"그렇다. 내가 시간을 들여 만든 작은 정원이지. 어떤 세계와도 연결되어 있지 않은, 하나이면서 전체인 공간. 신의 힘이라고 하더라도 이곳에서 탈출하긴 어렵지. 유일한 난점이라면 창조자가 내부에 있지 않으면 발동하지 않는다는 것일까."

유라의 이야기를 듣고 이건 이른바 고유 결계라는 사실을 깨달았다. 신의 힘이 있어도 탈출하기 곤란한 결계. 그곳으로 자신과 함께 날 끌어들인 건가.

【이공간 전이】를 발동해 탈출하려고 시도했지만 실패했다. 전이할 좌표를 제대로 파악하기 힘들었기 때문이다.

감각으로 따지면 나침반도 지도도 없이 후지산의 숲속에 내던져진 기분이었다. 얼마나 가면 될지 전혀 판단할 수 없고, 이정표가 될 만한 것도 발견할 수 없는 곳이다. 그것만 발견하면 탈출할 수 있을 듯하지만 신기가 확산되어 제대로 파악하기가 어려웠다.

"굉장한 세계를 만들었네. 그런데 여기서 널 쓰러뜨리면 이 세계는 사라지는 거 아냐?"

나는 건 모드로 전환한 브륀힐드를 여유로운 미소를 짓고 있는 유라에게 내밀었다.

"현명한 판단은 아니군. 분명히 창조자가 사라지면 세계도 사라질 테지. 하지만 그건 동시에 너도 사라진다는 말이다."

"쳇……."

처음부터 알고는 있었지만. 그걸 알고 날 끌어들인 걸 테고.

이 녀석의 목적은 날 쓰러뜨리는 게 아니다. 이 장소에 내 발을 묶어 놓고 싶을 뿐이다.

그렇다면 이젠 계속해서 【이공간 전이】를 하기 위해 발판이 될 만한 세계를 찾아볼 수밖에 없다.

"너무 그렇게 서두르지 않아도 너라면 돌아갈 수 있겠지. 그

때까지 그 세계가 어떻게 되어 있을지는 알 수 없지만 말이다."

"뭐?"

웃는 유라의 등 뒤로 다양한 광경이 비쳤다. 브륀힐드, 벨파스트 왕국, 레굴루스 제국, 스트레인 왕국, 성왕국 아렌트……. 다양한 나라의 영상이 떠올랐다.

이런 걸 보여 줘서 뭘 하려는 거지?

"넌 우리 동포가 왜 유난히 적을까 생각해 보지 않았나? 분명 우리는 출현하는 '장소'를 선택할 수는 없다. 하나, '동시에 출현하는 것'은 시간을 들이면 불가능하지 않아."

"설마 너……!"

유라는 히죽 입꼬리를 끌어 올리며 등 뒤를 돌아보았다.

그곳에 비친 모든 나라의 공간에 찌지직, 하고 금이 가는 모습을 나는 그저 눈으로 좇고만 있었다…….

"레, 레리샤 님! 전 세계 곳곳에서 차원의 균열이 확인되고 있습니다! 이대로는……!"

"큭……!"

이 이상 사태를 가장 먼저 눈치챈 곳은 모험자 길드였다. 각

길드 지점에 설치된 감지판이 일제히 반응을 보였기 때문이다.

게다가 출현 시간은 거의 동시라고 한다. 전 세계의 모험자 길드에 연락했지만 제시간에 늦지 않을지 어떨지 알 수 없었다. 레리샤는 입술을 깨물었다.

이곳, 브륀힐드 근교에서도 공간의 균열이 발생했다. 하지만 이 나라에는 프레임 기어가 준비되어 있어 간신히 버틸 수 있을지도 모른다.

그러나 다른 나라는 그렇지 않다. 출현 장소도 그 숫자도 모두 안다. 그렇지만 나타난 변이종에 맞설 사람은 나라의 기사나 병사들, 그리고 모험자들이다. 큰 희생이 발생할지도 모른다.

변이종은 인간을 죽이고 동족으로 만든다고 한다. 이건 세계의 위기다. 레리샤는 손에 들고 있던 스마트폰을 바라보았다.

"공왕 폐하……! 아직인가요……?!"

레리샤는 결전을 벌이기 전에 젊은 공왕이 말했던 '비장의 수'를 기다리고 있었다.

"부디……! 빨리……!"

기도하는 레리샤의 귀에 변이종이 출현했다는 보고가 잇달아 들려오기 시작했다…….

■ ■ ■ ■ ■ ■ ■ ■ ■ ■

"폐하! 서둘러 피난해 주십시오!"

"바보 같은 소릴. 왕이 백성들보다 먼저 도망치면 어쩌나."

왕좌에 앉은 벨파스트 국왕은 전혀 당황하지 않고 피난을 재촉하는 귀족들을 그렇게 쏘아붙였다.

다만 귀족들이 당황하는 것도 이해할 만하다. 벨파스트 왕국에 나타난 공간의 균열은 왕도의 바로 코앞이었기 때문이다.

숫자는 5천 정도. 그게 단숨에 왕도로 밀려오면 왕성도 오래 버틸 수는 없다.

일부 얼빠진 귀족들은 당장에라도 도망치고 싶겠지만 국왕이 피난하기 전에 자신들이 도망치면 곤란하다는 사실 정도는 잘 알고 있는 듯했다.

"그보다 소드레크 자작. 왕국군과 기사단은 왕도의 수비를 확고히 다졌는가?"

"네! 성벽 밖에는 이미 방어진을 쳤습니다. 또한 왕도의 모험자들도 힘을 빌려주었습니다."

이센식 갑옷을 걸친 날카로운 눈매의 소드레크 자작이 국왕에게 그렇게 대답했다. 허리에 찬 칼도 이센의 물건이었다. 벨파스트 제일의 검술사인 그도 전선에 나선다.

"아이젠가르드에서 싸우는 자들을 위해서도 왕도를 꼭 지켜야 해. 부탁하네."

"네!"

그렇게 말하면서도 벨파스트 국왕은 갑자기 진동을 울리는 스마트폰을 꺼내 누구의 연락인지를 확인했다.

"미스미드의 수왕인가……. 네, 여보세요."

〈여어, 벨파스트 국왕 폐하. 그쪽은 어떤가.〉

"왕도 부근에 출현 징후가 있어 야단법석이지."

〈하하하! 우리도 그러네. 왕궁 전사단을 전부 그쪽으로 보냈지만 이대로는 힘든 싸움이 될 것 같아.〉

심각한 내용과는 달리 미스미드 수왕의 목소리는 매우 들떠 있었다. 원래부터 싸움을 좋아하는 양반이긴 하다. 이제부터 시작될 큰 싸움이 기대되어 가슴이 크게 뛰고 있겠지만 단지 그뿐만이 아니라는 사실을 벨파스트 국왕은 꿰뚫어 보았다.

"―――――아직인가?"

〈토야도 참 애를 태우는군. 슬슬 오지 않을까 싶네만.〉

두 사람이 이렇게까지 여유로운 이유는 토야의 '비장의 카드'를 알고 있기 때문이었다.

그게 뒤늦게 시작되리라고는 생각하지 않았다. 그때가 오면 언제든 움직일 수 있도록 항상 준비해 놓을 뿐이다.

각자의 성에서 불안으로 가득 찬 가신들을 바라보며 두 왕은 그때를 기다렸다.

■ ■ ■ ■ ■ ■ ■ ■ ■ ■

"신관 전사단과 성기사단을 바로 보내세요. 이건 성전(聖戰)입니다. 신의 시험이라고 해도 좋습니다. 사랑하는 사람을 지키기 위해 최선을 다해 주세요. ————신의 축복이 있기를."

"네!"

알현의 방에서 신관 전사단과 성 기사단의 단장들이 빠져나갔다.

다행히 라밋슈 교국은 성도 이스라에서 먼 장소에 균열이 발생했다. 하지만 근처에는 마을도 도시도 있었다. 모험자 길드에서 피난 지시가 내리긴 했겠지만 낙관은 할 수 없었다.

라밋슈 교국의 교황은 손안의 스마트폰을 품에 꼭 껴안고 기도했다. 자신이 믿는 신과 그 신의 사자인 젊은이에게.

"교황 예하."

"필리스………."

누군가가 말을 걸어 고개를 들어 보니, 어느덧 추기경 로브가 너무 잘 어울릴 만큼 관록이 붙은 필리스가 서 있었다.

필리스는 교황의 오른팔이자, 유일하게 함께 신을 알현한 동포였다. 그런 그녀도 교황처럼 손에 스마트폰을 쥐고 있었다.

"아직 '그건' 오지 않았나요?"

"네. 하지만 반드시 구원의 빛이 오리라 믿습니다."

"네. 공왕 폐하도 아이젠가르드에서 싸우고 계실 겁니다. 우리도 싸워야 합니다. 그때가 오면 필리스도 잘 부탁드립니다."

"네. 이 세계를 구하기 위해 이 한 몸 바치겠습니다."

두 사람 역시 그때를 기다렸다.

■ ■ ■ ■ ■ ■ ■ ■ ■ ■

"아무래도 엄청난 일이 벌어지고 있나 봐."

스마트폰에 새로 배포된 뉴스 어플로 현재 상황을 확인하면서 사루토비 호무라는 한숨을 내쉬었다.

"변이종이 전 세계에……. 괜찮을까?"

브륀힐드의 기사 대기소에서 마찬가지로 스마트폰을 보고 있던 후마 나기가 고개를 들었다.

"괜찮아. 각국의 모험자 길드에서 토벌 멤버를 모으는 중인 것 같고, 공왕 폐하도 이 사태를 예견하셨으니까."

냉정하게 대답한 사람은 브륀힐드의 여자 닌자 세 소녀 중한 명, 키리가쿠레 시즈쿠였다. 이 소녀도 역시 손에는 스마트폰을 들고 있었다.

"그렇다면 폐하께서 말한 '그게' 배포되는 거야?"

"아마도. 아니면 이 상황을 해결할 수 없잖아."

"기대되기도 하고~ 무섭기도 하고~……."

"각오를 단단히 다지세요. 여러분도 브륀힐드의 기사니까요."

"""와앗?!"""

세 사람의 등 뒤에서 소리도 없이 나타난 사람은 자신들이 소속된 첩보 부대의 대장, 츠바키였다. 전혀 기척을 깨닫지 못한 세 사람은 놀라서 큰 소리를 내고 말았다. 그런 세 사람을 보고 츠바키는 아직 수행이 부족하다는 생각이 들어 셋에게 특훈을 시켜야겠다고 마음먹었다.

"해야 할 일은 알고 있겠죠?"

"네네네, 넵! '배포' 되면 곧장 각지로 날아갈 거예요!"

"좋아요. 다른 분들과 밀접히 연락을 취해 연계해서 행동할 것. 부디 제멋대로 행동하지 말 것. 호무라, 알겠죠?"

"어?! 왜 저한테만 그런 말씀을?!"

제일 침착하지 않은 부하에게 못을 박아 두고 츠바키도 스마트폰을 꺼냈다. 츠바키도 조금이지만 긴장했다. 설마 이런 일이 벌어질 줄이야. 여전히 상식을 벗어난 주군 탓에 천하의 츠바키도 한숨을 쉴 수밖에 없었다.

■ ■ ■ ■ ■ ■ ■ ■ ■ ■

"박사님. 변이종들이 나타나기 전에 '배포' 안 하시나요?"

"결계가 찢어지기 일보 직전까지 기다리자. 쏟아부을 수 있는 마력은 많은 편이 좋잖아?"

'성벽'의 관리인인 리오라에게 헐렁한 흰 가운을 펄럭이며 어린 소녀 모습의 바빌론 박사가 그렇게 대답했다.

정면에 늘어선 많은 모니터에는 전 세계에 나타난 공간의 균열이 비치고 있었다. 영상은 누가 보내냐면, 에르카 기사와 같이 만든 수십 기의 벌 모양 스파이 고렘이었다.

"전 세계에서 78군데……. 거의 대부분의 나라에서 출현 징후가 나타나고 있습니다. 이대로 변이종이 출현하면 틀림없이 5천 년 전처럼 참극이 반복될 겁니다."

"그렇게 두진 않아. 티카, 마력 탱크 쪽은 어때?"

"마스터가 며칠이나 주입한 양에 더해 '탑'에서도 이쪽으로 돌리고 있으니, 아주 충분할 정도로 모였어요. 문제없이 공급할 수 있을 거예요."

"응, 좋아좋아."

'연구소'의 관리인 티카의 말을 듣고 박사는 히죽 웃으며 고개를 끄덕였다.

그 어플의 배포 책임자는 박사다. 조금 전 리오라에게는 그렇게 말했지만 이런 일발 역전을 성사시키는 '비장의 카드'는 타이밍이 생명이다. 제일 효과적일 때 발동해야만 한다.

"상대가 한창 기세를 올리며 들떠 있을 때 빠앙, 하고 실행해야지……. 정신적으로도 대미지를 줘야 하니까. 물론 변이종이라기보다는 유라라는 얼빠진 남자한테 말이야."

그렇게 말하며 박사는 주머니에서 꺼낸 가느다란 에테르 스틱을 입에 물고 잠시 한숨을 돌렸다.

"토야를 빼돌렸다고 생각할지도 모르지만, 아무래도 우릴 너무 쉽게 본 모양이야. 우리는 5천 년 전의 복수를 하는 셈이니, 사양하지 않겠어."

과거에 프레이즈가 대침공을 했던 것도 유라의 지시였다는 사실은 이미 네이라는 지배종에게 들어서 알고 있었다.

박사에게 조국이란 그냥 태어난 나라에 불과해 충성을 맹세하는 일은 없었지만, 그래도 적게나마 친구도 있었다.

그들의 원수를 갚는다는 주제넘은 말은 할 생각이 없지만, 그 기회가 온 이상 하지 않을 이유가 없다.

"박사님. 레굴루스 서부의 균열이 터졌습니다. 변이종이 쏟아져 들어옵니다."

"마찬가지로 스트레인 왕국 북부의 균열도 붕괴. 잇달아 변이종이 출현하고 있습니다."

"피해를 낼 수는 없으니, 시작해야겠네. 좋아, 오퍼레이션 '풀문' 발동. 어플 배포 시작!"

"알겠습니다. 배포 개시!"

리오라의 가느다란 손가락이 커서를 이동해 '그것'이 드디어 배포되었다.

일제히 공간을 찢고 변이종들이 지상에 나타났다. 브륀힐드에, 벨파스트에, 레굴루스에……. 전 세계 도처에서 출현해

진군을 시작했다.

일단 보기에 상급종은 없었다. 있다고 해도 그 녀석들은 매우 크다. 결계를 빠져나오는 데 시간이 걸린다.

"큭큭큭. 우리 동포들은 이 세계의 인간, 아니, 살아 있는 모든 생물을 동족으로 받아들이겠지. 모두를 변이종으로 만들어 그 정점에 내가 설 생각이다. 그리고 그 힘을 이용해 세계를 건너고, 이윽고 신의 나라마저 이 손에 넣게 될 테지……!"

전 세계에 나타나 무리를 지어 진군하는 변이종들을 보고 유라가 희열에 젖었다. 전 인류의 변이종화. 그리고 신계 침략. 그게 이 녀석의 노림수인가.

………이 녀석은 바보가 아닐까?

나는 그 등 뒤로 보이는 변이종들을 보면서 크게 한숨을 내쉬었다.

"왜 그러지? 할 말도 생각이 나지 않는가? 열심히 자신의 무능이나 저주해라. 신의 힘을 가지고 있든 어떻든, 어차피 왜소한 인간. 너 따위의."

"우리 세계에는 정말 많은 이야기가 있는데."

나는 유라의 말을 끊으며 말을 꺼냈다. 이 녀석의 이야기를 들어줄 이유 따위는 없고, 슬슬 '배포' 될 때라고 생각해 나는 품에서 스마트폰을 꺼냈다.

"많은 주인공이 있고, 당연히 악역도 정말 다양해. 그리고 그 악역은 대체로 몇 가지 패턴이 정해져 있어. 이런 악역은 이렇게 행동하고, 이런 악역은 또 이렇게 행동하고, 뭐 그런 식으로…… 한마디로 뻔한 타입이 있다는 얘기지."

"……하고 싶은 말이 뭐냐?"

"아니. 너 같은 타입이 하는 짓은, 동료를 인질로 잡아서~ 같은 패턴이 많아. 이 경우에는 내 지인이나 친구겠지. 그래서 이렇게 될 가능성도 크지 않을까 생각했어."

이렇게 말하긴 뭐하지만 상대의 약점을 공략하는 것은 나쁘지 않은 수다. 나도 자주 사용하기도 하고. 하지만 그런 짓을 당한다는 사실을 알고만 있으면 우리도 대책은 충분히 세울 수 있다. 미안하지만.

오, 왔다 왔어.

"호오. 그래서? 여기에 갇혀 있는 네가 뭘 할 수 있다는 말이지?"

"나는 아무것도 안 해. 모두가 해 줄 테니까. 이 녀석으로."

나는 스마트폰의 화면에 이제 막 배포된 어플을 유라에게 보여 주었다. 근데 박사에게 맡겨두긴 했지만, 아이콘을 이렇게 만들었을 줄이야…….

내 얼굴이 일러스트 느낌으로 데포르메된 아이콘 아래에는 이렇게 적혀 있었다.

'모치즈키 토야' 어플이라고.

◇ ◇ ◇

"왔다————————!!"

미스미드의 수왕이 벌떡 일어나 스마트폰을 보면서 주먹을 불끈 쥐었다.

대부분의 가신들은 깜짝 놀라 눈을 휘둥그렇게 떴지만 재상인 그라츠 등, 토야에게 스마트폰을 건네받은 일부 신하들은 수왕과 마찬가지로 불끈 주먹을 쥐며 승리 포즈를 취했다.

수왕은 곧장 다운로드를 시작했지만 어플리케이션이 기동되기까지의 몇 초간 기다리는 시간이 너무 답답하게 느껴졌다.

떨리는 손가락으로 다운로드가 끝난 토야의 아이콘을 터치했다. 다음 순간, 수왕의 온몸에서 넘칠 듯한 힘이 솟구쳤다.

"오오오오! 이게⋯⋯!"

왕궁의 안뜰로 뛰쳐나간 수왕은 마력을 집중시켰다. 괜찮다. 가능하다.

"【플라이】!"

수왕의 온몸이 둥실 떠오르며 상승하기 시작했다.

"날았다! 날았다고! 하하하하하!"

옆을 보니 재상 그라츠 일행도 【플라이】로 하늘을 날았다. 그보다 유익인인 그라츠는 자기 날개로 날면 되지 않나 싶어 수왕은 어이없다는 표정을 지었다. 아마 단순히 마법을 시험해 보고 싶었던 거겠지. 수왕도 그 마음은 모르는 바 아니지만.

"【스토리지】!"

아무것도 없는 공간에서 검을 빼냈다. 수정처럼 투명한 정검이었다.

이 【스토리지】는 이 어플을 위해서만 준비된 공유 대여 창고였다. 다양한 무기와 방어구, 식량 등이 축적된 창고다. 누가 무엇을 꺼냈는지는 기록되기 때문에 부수거나 잃어버리면 나중에 요금이 청구된다고 한다.

"그라츠! 한번 먼저 다녀오마."

"앗! 폐하?!"

【플라이】를 사용해 수왕은 남쪽으로 날아갔다. 자신의 【액셀】까지 발동했더니 터무니없는 속도가 나왔다.

"이거 참 좋구나! 순식간에 전쟁터에 도착하겠어!"

남쪽 평원을 습격하는 변이종들의 무리를 왕궁 전사단 병사들이 요격하려는 모습이 보였다. 숫자상으로는 두 배 이상 차이가 났다.

수왕은 공중에 정지해 【스피커】를 발동하더니 아래에 있는 병사들을 격려했다.

〈미스미드의 병사들이여! 두려워 말아라! 우리 나라의 힘을 저 반짝거리는 고물들에게 가르쳐 주자! 내가 함께 있다! 힘껏 싸워라!〉

우오오오오오오오오오오오오오!! 무기를 하늘 높이 쳐들고 병사들이 함성을 질렀다. 수왕은 손을 병사들에게 내밀고 지원 마법을 발동했다.

〈【바람이여 발하라, 축복의 순풍, 테일 윈드】, 【빛이여 발하라, 굴곡의 장벽, 스킨배리어】!〉

속도를 올리는 바람 마법과 방어력을 올리는 빛 마법이었다. 이렇게 하면 상당히 유리하게 싸울 수 있다.

〈미스미드 전사단, 돌격ーーーーーー!!〉

〈오오오오오오오오오오오오오오오오오!!〉

전투가 시작되었다.

"하앗!"

창을 한 번 휘두르자 마치 두부처럼 변이종이 핵과 함께 두 동강 났다. 역시 정재로 만들어진 창이다. 날도 전혀 이가 빠지지 않았다.

레굴루스 황제는 늙은 몸에 솟구치듯 넘쳐나는 힘을 느끼고 있었다.

이번엔 마법을 시험하기 위해 '그것'을 발동했다.

"【슬립】."

습격해 오던 변이종들이 일제히 넘어지자, 프레임 기어에 올라탄 레굴루스의 기사들이 잇달아 변이종을 찔러 결정타를 날렸다. 이 중기사는 공유 【스토리지】에 수납되어 있었다.

〈폐하! 위험합니다! 부디 후방으로 물러나 주십시오!〉

"바보 같은 소릴. 이런 때에 후방에 있으면 어떡하나. 토야가 비웃을 걸세."

중기사에 올라탄 레굴루스의 기사들이 하하 웃었고, 레굴루스의 황제는 다시 창을 번뜩였다. 그러자 개미형 변이종이 핵을 꿰뚫려 검은 연기와 함께 소멸했다.

젊은 시절에는 야심에 불타 싸움에 몰두하던 나날을 보냈던 레굴루스의 황제였다. 나이와 함께 그 열기는 식었지만, 지금 이 순간 그 열기가 되살아났다.

"즐겁구나! 마치 젊은 시절로 되돌아간 기분이야!"

어린아이처럼 창을 휘두르며 잇달아 변이종을 제압하는 레굴루스 황제. 맨몸으로 진장을 누비는데도 전혀 힘들지 않았다. 물론 그건 젊은 시절의 경험 덕분이기도 했다.

"레굴루스의 기사들이여! 짐을 따르라! 제국에서 이 녀석들을 없애 버리자!"

〈오오오오오오오오오오! 황제 폐하 만세!〉

레굴루스에서 연이어 변이종의 빛이 사라져 갔다.

◇　◇　◇

"냥냥냥냥냥냥!!"

냥타로가 날린 질풍노도 같은 찌르기가 핵을 관통해 변이종이 소멸되었다. 이제 마지막 한 마리. 이 장소에 출현한 변이종은 모두 무찔렀다.

"다음은 어디에 있냥?"

정재로 만든 레이피어를 칼집에 넣으면서 냥타로가 카트시 동료인 아토스에게 물었다.

아메리칸쇼트헤어 같은 털 무늬를 지닌 아토스는 끈으로 묶어서 목에 건 스마트폰의 지도 기능을 사용해 검색했다. 아토스는 고양이 손으로 섬세하게 스마트폰을 다뤘다.

"로드메어 연방의 동쪽, 개다래비어라는 마을 근처야. 열 마리 정도 출현했어."

"마을 이름이 맛있어 보이네."

아토스의 스마트폰을 들여다보면서 몸집이 큰 페르시안 고양이처럼 생긴 포르토스가 중얼거렸다.

"열 마리 정도라면 우리로도 충분하겠네. 그럼 갈까, 제군."

샴고양이의 우아함이 몸에 밴 아라미스가 검을 빼자, 다른 모두도 검을 빼고 함께 하늘을 향해 치켜들었다.

"""고양이는 모두를 위해서, 모두는 고양이를 위해서!"""

"【텔레포트】! 냥!"

자신의 주인인 사쿠라도 사용하는 무속성 마법을 사용해, 냥타로 일행은 다음 전쟁터로 전이했다.

변이종의 몸을 날카로운 발톱으로 찢어 버리고, 그 거대한 몸으로 부서진 잔해를 핵까지 짓눌러 부숴 버렸다.

토야를 주인으로 모시는 시로가네가 이끄는 드래크리프 섬의 드래곤들은 남쪽의 젬 왕국에 나타난 변이종을 제거하고 있었다.

"철저히 소멸시켜라. 이건 나의 주인 모치즈키 토야 님의 명령이다."

〈삐.〉

〈뽀.〉

〈빠.〉

스마트폰을 든 은발 청년 버전의 시로가네가 크게 팔을 들어 올리자, 그 옆에 있던 고렘 메이드인 루비, 사파, 에메랄이 세대 모두 그 흉내를 냈다.

〈크아아아아아아아아아아아!〉

비늘 색이 여러 가지인 드래곤이 습격해 오는 변이종을 요격
했다. 불꽃 브레스는 흡수되어 버렸지만 흰 비늘을 지닌 드래
곤이 얼음 브레스를 내뿜자, 지면이 곧장 얼음으로 뒤덮여 얼
음에 말려든 변이종들은 움직일 수 없게 되었다.

그 틈을 놓치지 않고 드래곤들이 공격을 개시하면 시로가네
가 지원 마법으로 발톱과 이빨을 강화해 주어, 쉽게 변이종들
을 마구 갈라 버렸다.

변이종 중 한 마리가 빛을 집중해 거대한 레이저를 시로가네
에게 발사했다.

"【실드】."

시로가네는 당황하지 않고 방어 마법을 펼쳐 레이저를 막았
다. 상급종의 입자포가 아닌 한 【실드】를 파괴할 수는 없다.

"역시 토야 님의 마법입니다. 굉장합니다."

스마트폰을 꽉 쥐며 시로가네는 자신의 주인을 칭송했다.
시로가네는 그 힘을 이렇게 사용할 수 있어 최고의 기쁨을 느
꼈다.

그런 주인의 적은 즉, 자신의 적이었다. 시로가네는 눈앞에
있는 황금 벌레들을 한 마리도 놓치지 않겠다고 새삼 다짐했
다.

"섬멸하라. 이 지상에서 모두 없애라."

〈삐.〉

〈뽀.〉

〈빠.〉

◇ ◇ ◇

"오~오~오~. 다들 멋지게 활약하네……."

"이…… 이게 뭐냐……! 인간들에게 이런 힘이……. 이 자식, 무슨 짓을 한 거냐?!"

조금 전까지의 그 냉정함은 어디로 갔는지, 유라는 분노와 의문과 초조함이 뒤섞인 표정으로 나를 바라보았다.

"알고 싶어?"

"무슨 짓을 했냐고 묻지 않나!"

"안 가르쳐 줄 거야."

나는 진심으로 깔보는 듯한 웃음을 지으며 유라를 자극했다. 그러자 유라가 이를 갈면서 나를 마치 죽일 것처럼 분노에 찬 표정을 지었다. 뭐야, 멋진 표정도 지을 줄 아네. 아니면 이쪽이 원래의 얼굴인가?

'모치즈키 토야' 어플리케이션.

그 이름대로 내 능력을 모두 사용할 수 있는 어플이다. 모든 마법을 사용할 수 있고, 신체 능력이 몇 배나 수직 상승한다. 단, 신화 능력은 사용할 수 없지만.

스마트폰을 매개로 바빌론에 철저하게 저장해 둔 내 마력도 공급되기 때문에 마법은 마음껏 쓸 수 있다.

이게 내 비장의 카드. 상황상 모두를 지킬 수 없다면 스스로 자신을 지킬 수밖에 없다고 판단해 생각한 카드로, 어떻게 보면 전부 다른 사람에게 떠넘기는 작전이다.

지금까지 나와 인연을 맺은 친한 사람들에게 세계의 명운을 맡겼다. 무책임하다고도 할 수 있는 방법이라서 가능하면 사용하고 싶진 않았지만.

모두의 세계는 모두가 지킨다고 세계회의에서 임금님들도 말했으니 이번엔 의지하도록 하자.

그리고 내 스마트폰에도 이 어플이 배포되었다는 말은, 저쪽 세계와 이곳이 연결되어 있다는 말이었다. 시간은 다소 지연된 모양이지만.

나는 일부러 보란 듯이 스마트폰을 조작해 전화를 걸었다.

"아, 여보세요. 응. 괜찮아. 오히려 살았어. 나이스 타이밍이야."

"……잠깐. 누구한테 이야기하는 거지?"

"응? 아, 이상한 공간에 갇혀서. 이제 괜찮지만."

"설마 멀리 있는 사람과 이야기하는 건가……? 마, 말도 안 돼. 그럴 리가 없어! 어떻게 목소리가 닿는 거지?!"

"시끄럽네. 민폐야."

또 나중에 얘기하자고 말하고 나는 박사와의 통화를 끊었다.

흥분하는 이유야 이해가 되지만. 이 고유 결계는 말하자면 유라의 왕국이다. 그의 허가 없이는 아무도 들어올 수 없고 나갈 수도 없다. 소리든, 빛이든, 모두.

그 왕국에서 내가 누군지도 모르는 사람과 통화를 했다. 그러니 당연히 흥분할 수밖에.

다른 사람들이 가지고 있는 스마트폰은 박사가 만든 마공학식이지만, 내 스마트폰은 다르다. 세계신님이 직접 재생해 준 신기(神器)다.

예전에 세계를 넘었을 때, 통화가 되지 않아 곤란했던 적이 있다. 그건 바빌론에 설치된 차원문과 링크해 해결했지만, 세계가 융합된 지금은 별로 의미가 없어졌다.

하지만 또 그런 일이 있으면 곤란하리라 생각한 나는 마침 지상에 온 세계신님에게 부탁해 【이공간 전이】를 이용한 시스템을 적용시켜 달라고 했다.

언젠가 내가 자력으로 지구에 돌아갔을 때를 위해서라며 세계신님은 기쁘게 파워업을 해 주었다. 시간으로 따지면 1초 정도 만에 끝나 버렸지만……

내가 갇혔는데도 초조해하지 않았던 이유는 이것 덕분이었다. 최악의 경우 이 녀석을 이정표 삼아 카렌 누나가 날 데리러 오면 탈출할 수 있으니까. ……너무 한심한 일이라 하지 않았을 뿐이다.

아무튼 우리 세계의 좌표축을 알게 된 이상 이런 곳에 있을 이유는 없다.

사실은 이 바보 녀석에게 한 방 날려주고 싶었지만, 여기서 그런 짓을 했다간 이 결계가 어떻게 될지 모른다. 신화(神化) 하면 어떻게든 버틸 수 있을지도 모르지만, 불리할지 모르는 도박은 할 필요가 없다.

"네이한테 들었어. 넌 작전이나 전략은 세우지만 실제로 손은 대지 않는다고? 현장에도 나서지 않고, 실제로는 적이나 상대를 보지도 않는다며?"

"그게 어쨌단 거지? 장기 말이 되어 움직이는 자가 있으면 굳이 자신이 뭘 할 필요는 없지 않나."

"그거야. 너의 바보 같은 점은. 상대를 너무 얕보잖아. 보아하니 '신의 힘'이라는 걸 손에 넣어 잔뜩 들뜬 모양이지만……."

"무슨 헛소릴! 너도 마찬가지 아니냐!"

밉살스럽다는 듯이 화를 마구 터뜨리는 유라. 어? 이 녀석은 나를 자기와 같은 타입이라고 생각하는 건가?

"너…… 그 사신…… 아니, 사신이 흡수한 신이 어떤 존재인 줄 알아?"

"그 정도는 안다! 신이 직접 이야기를 해 주었으니까! 수많은 신들 중에서도 등급을 매길 수 없는 존재. 그 어떤 것에도 얽매이지 않고, 어떤 색에도 물들지 않는 무색의 신이라고……. 〈푸하하.〉 뭐가 웃기냐!"

노발대발하는 유라를 슬쩍 보고 나는 배를 껴안으며 웃었다. 아니, 그건 착각이야! 무색이 아니라 무직이겠지!

크흐흐흐. 배 아파. 아아, 그래, 그렇구나. 그렇게 된 거구나.

그 허세만 가득한 니트신. 역시 이 녀석에게 자기 좋을 대로 엉터리 설명을 했어.

〈무슨 일 하세요?〉
〈(자택) 경비 관련 일을…….〉

비슷한 건가?

이전에 '지배의 향침'으로 드래곤들을 조종하여 세계 정복을 꾀했던 용왕을 보고도 비슷하게 웃었지만, 이 녀석들은 같은 타입인가.

힘이 있는 뭔가를 이용해 그걸 발판 삼아 목적을 이루려고 하는 녀석. 상처받기를 그 무엇보다도 싫어해 자신은 진두에 서지 않는 녀석. 상대를 한 수 아래라고 단정하고 효율적으로 쓰레기 청소라도 하듯이 제거하려고 하는 타입.

그래서 허점을 찔리고 만다.

유라에게 있어 나…… 아니, 내 동료 이외에는 피라미로밖에 안 보였나 보다. 있어도 아무런 도움도 안 되는 방해꾼이라고. 교만도 이만저만이 아니다.

"하나 가르쳐 줄게. 네가 주운 신은, 신들 중에서도 최하급인 '종속신'이라고 해서, 말하자면 아직 심부름꾼이라는 역할도 부여받지 못한 신이야. 아니, 천상계에서 탈주한 죄로 그것도 박탈당했으니 그보다 더 아래인가?"

"뭐⋯⋯?!"

사람들의 영혼을 마구 먹고 사신과 융합했으니 이전보다 강해졌을지도 모르지만. 그래서 성가신 거지만. 적어도 그 황금해골의 숫자만큼은 먹었을 테니까.

아무튼, 나는 그걸 굳이 가르쳐 줄 의무는 없다.

"아무튼 네 야망은 이제 곧 좌절될 거야. 여기서 손가락 빨면서 잘 보고 있어."

"이 자식⋯⋯!"

나는 스마트폰으로 보내진 좌표축을 인식해 고정한 다음 【이공간 전이】를 발동했다. 유라가 뭔가 말을 하려고 했지만 나는 순식간에 원래의 세계로 귀환해 버렸다.

"우오오?! 프, 【플라이】!"

갑작스러운 낙하에 당황해 나는 【플라이】를 발동했다. 지상 수백 미터 상공으로 이동하고 말았다. 위험하게! 역시 【이공간 전이】는 미세한 조정이 어려워⋯⋯. 여긴 정말 원래의 세상 맞겠지?

눈 아래를 내려다보니 바로 근처에서 도시와 높은 탑이 보였다. 저건 공도 아이젠부르크의 아이젠타워인가? 꽤 많이 벗어났네⋯⋯.

"응, 돌아오긴 왔나 봐. 자, 모두가 있는 곳으로……."

타워의 맨 꼭대기에 내려가 스마트폰으로 검색해 보니, 모두는 내가 있는 아이젠부르크보다 훨씬 뒤쪽으로 이동해 있었다. 아무래도 황금 궁전에서 탈출한 모양이다. 모두에게도 그 어플리케이션이 배포됐을 테니 무사하리라고는 생각하고 있었지만.

"?!"

갑자기 안도해서 긴장을 풀고 있던 내 등골이 서늘해졌다. 이 기척은……!

"아니……?!"

내가 황금 궁전 쪽으로 시선을 돌려보니, 뭔가 커다란 빛이 하늘로 떠오르는 중이었다.

마치 황금 아지랑이처럼 한들한들 흔들렸다. 나는 안다. 저건 신기(神氣)다.

하지만 세계신님이나 카렌 누나처럼 맑은 신기가 아니었다. 불길하고, 일그러지고, 많은 부정적 감정이 응축된 듯한 어두운 신기였다.

그 연기 같은 신기가 황금 궁전 상공에서 천천히 형태를 만들어 갔다.

이 기묘한 모양을 어떻게 말로 표현하면 좋을까.

상반신은 누에나방 같은 곤충의 형태였다. 큰 촉각과 복안을 지녔고, 벌레와 마찬가지로 팔이 여섯 개고, 등에는 거대한 나방의 날개 여섯 장이 돋아나 있었다.

　반면에 하반신은 복부에서부터 뱀 같은 긴 몸통이 아래로 뻗어 있었다. 그리고 꽤 길쭉한 뱀의 배 같은 형태가 신기를 두르고 천천히 구불거렸다.

　일찍이 이 땅에서 싸웠던 마공왕이 되살린 거대 고렘 헤카톤케이르. 그것보다도 훨씬 컸다.

　다만 이전에 봤던 짐승 같은 겉모습은 전혀 찾아볼 수 없었다.

　그 녀석은 천천히 커다란 날개를 펄럭이며 강하했다. 그 거대한 몸 탓에 날지는 못하는 걸까. 물질화한 암금색 거체로 인해 아래에 깔린 황금 궁전은 짓눌려 산산조각이 났다.

　부서진 궁전의 잔해 위로 그 녀석은 천천히 내려섰다. 마치 이 땅의 지배자처럼.

　"저게…… 진화한 사신……."

　불길하게 반짝이는 복안이 똑바로 나를 쳐다보았다.

　키기기기기기기기기기기기기기기긱…….

　칠판을 손톱으로 긁는 듯한 불쾌한 소리를 내면서 사신이 크

게 날갯짓을 했다.

날개에서 반짝거리는 인분 비슷한 가루가 날렸다. 이전에 아이젠가르드에 자라난 황금 거목이 흩뿌린 그 포자랑 비슷한 것일까?

원한을 남기고 죽은 지나, 부정적 감정에 크게 휩싸인 인간을 변이종으로 변모시킨 악마의 포자.

신의 권속인 우리에게는 영향이 없지만, 저걸 방치하면 인류의 대부분이 변이종으로 변할지도 모른다.

"레긴레이브!"

나는 지상에 있는 내 전용기를 부른 뒤, 아이젠타워에서 뛰어내렸다. 그리고 【플라이】를 사용해 콕핏에 올라타 스마트폰을 세팅하고 레긴레이브를 기동했다.

모니터에 비친 사신은 천천히 이쪽으로 목을 돌렸다.

부옹부옹부옹부옹…… 하고 커다란 촉각 사이에 빛이 모여들었다. 설마……!

"큭!"

나는 레긴레이브를 급속 발진해 저공비행으로 아이젠타워에서 벗어났다.

3초 후, 발사된 거대한 빛 구슬이 아이젠타워에 직격하자 쿠웅, 하는 들은 적도 없는 굉음과 함께 엄청난 폭풍이 뒤쪽에서부터 기체를 덮쳤다.

"【프리즌】!"

나는 레긴레이브를 장벽의 우리에 가두었다. 이리저리 날린 잔해나 철골이 【프리즌】에 닿아 튕겨서 날아갔다.

화산 폭발이 일어난 것처럼 버섯구름이 뭉게뭉게 피어났고 돌이 비처럼 쏟아졌다.

【프리즌】에 부딪치는 돌을 헤치며 상승해 상공에서 확인해 보니, 아이젠가르드의 수도인 공도 아이젠부르크는 완전히 파괴되어 있었다.

이미 황금 해골로 죽음의 도시로 변했는데, 이제는 폐허조차도 아니게 되었다.

상급종의 유사 하전입자포보다도 훨씬 강한 위력이었다. 저게 다른 나라의 왕도에 발사될 수도 있다고 생각하니 등골이 오싹해졌다.

아마 저건 【프리즌】이나 【실드】로도 막지 못할 것이다. 【리플렉션】으로도 튕겨 낼 수 있을지 어떨지…….

"여기시 꾸물거러 봐야 소용없어. 일단 공격이다."

레긴레이브 등에 있는 12장의 수정판이 기체에서 분리되었다가 서로 합체, 융합해, 거대한 하나의 대검을 만들었다.

"형상 변화: 대정검."
(모드 체인지) (그레이트 소드)

나는 폭이 넓고 거대한 이등변삼각형으로 보이는 검을 레긴레이브로 붙잡고 신기를 흘렸다.

정재는 마력의 전달률이 무시무시할 정도로 높은데, 마찬가지로 신기와의 궁합도 좋다.

순식간에 성검(聖劍)을 만든 나는 그것을 들고 레긴레이브를 사신 쪽으로 발진시켰다.

그러자 나를 기다렸다는 듯이 사신의 팔 여섯 개가 각각 손끝으로 레이저 빛을 발사했다.

일직선으로 뻗는 빛의 화살을 공중에서 피하면서 나는 사신에게로 향했다.

대정검을 쳐들고 사신의 가느다란 팔(그래도 레긴레이브의 높이보다도 굵지만) 하나를 잘라 버렸다. 정재로 만든 검에 신기까지 둘렀는데도 상당히 저항이 강했지만, 간신히 자르는 데는 성공했다.

잘린 팔은 지면에 떨어져 산산이 부서졌다.

키기기기기기기기기기기기기긱……

사신이 불쾌한 소리를 내더니 잘린 팔이 부걱거리며 재생되기 시작했다. 역시 재생 능력이 있었나.

〈【불꽃이여 꿰뚫어라, 적열(赤熱)의 거창, 버닝랜스】!〉

나는 공중에 거대한 불꽃 창을 출현시켜 사신의 날개로 집어던졌다.

불꽃 창은 황금 날개를 멋지게 관통해 커다란 바람구멍을 냈다. 하지만 사신의 크기와 비교해 보면 담배로 종이에 구멍을 뚫은 수준밖에 되지 않았다. 그리고 눈 깜빡할 사이에 재생되었다.

"마법이 흡수되지 않아. 프레이즈의 특성을 지닌 건 아닌가?"

프레이즈는 마력을 흡수해 그것을 재생 능력이나 자신의 견고한 방어력으로 활용할 수 있다. 사신에게는 그런 능력이 없다는 말일까? 아니, 필요 없는 건가?

그런 걸 흡수하지 않아도 신력으로 재생할 수 있고, 조금 전과 같은 레이저도 발사할 수 있다.

"너무 커서 어떻게 하면 죽을지도 잘 모르겠네……."

평범한 생물이라면 머리나 심장이 찌부러지면 죽을 텐데. 어? 애초에 신이 죽긴 죽나? 아니, '신마독'이 있으니까 죽긴 죽겠지만…….

생각을 하고 있는데 다시 사신이 여섯 팔을 움직여 레긴레이브를 향해 레이저를 쏘았다.

"우엇!"

조종간을 조작해 종이 한 장 차이로 피했━━━━어야 하는데, 사신이 큰 날개로 돌풍을 일으켜 레긴레이브가 공중에서 균형을 잃고 말았다.

이런! 그런 생각을 했을 때는 이미 레이저 공격을 정면으로 맞아 레긴레이브가 멀리 튕겨나고 말았다.

"큭……!"

〈방어 장벽에 35%의 대미지.〉

스마트폰에서 음성이 흘러나왔다. 레긴레이브의 기체에 펼쳐진 방어 장벽 덕에 본체에는 대미지가 없었다. 하지만 앞으로 두 발 정도 더 맞으면 방어 장벽은 돌파당한다.

레긴레이브의 자세를 바로잡고 나는 눈앞의 사신을 노려보았다. 저 녀석에게는 도저히 감정이 있어 보이지 않았다. 본능으로 나를 적이라 판단하고 공격하는 것 같았다.

몇천, 몇만이나 되는 인간의 부정적 감정의 집합체. 그게 형태를 이룬 사신. 그걸 통솔하는 인격적 존재가 없는 게 아닐까.

아무래도 그 니트신은 정말로 소멸해 버린 듯했다. 근성이 없네…… 니트니까.

내 마음을 읽었기 때문은 아니겠지만, 사신이 화가 났다는 듯이 수많은 레이저를 다시 난사했다. 위험해?!

안 되지, 안 돼. 긴장을 풀면 당해.

말하자면 이 녀석은 처음 보는 보스 캐릭. 어떤 공격 수단을 가졌는지, 어떤 약점이 있는지 모르니까 딱 그거다. 더 신중하게 상대해야 한다.

내 머릿속에서 모 유명 RPG의 라스트배틀 곡이 흘렀다. ………흘렀………. 어? 흐르고 있다고?

어? 정말 흐르고 있잖아?! 외부 마이크가 밖에서 흐르는 소리를 포착해 콕핏에 전달하고 있었다.

나는 레긴레이브의 카메라를 옆으로 돌려 보았다.

"아니?!"

모니터에는 공중에 떠올라 '창고'에 있던 스피커가 내장된 기타로 흥겹게 라스트보스 곡을 연주하는 소스케 형, 음악신의 모습이 비쳤다.

"오오오~~~. 화려하게 한판 붙고 있어!"

"이 정도나 되는 사신은 좀처럼 보기 힘들어. 귀중해."

술병을 들고 떠 있는 사람은 스이카, 즉, 술의 신. 손에 든 봉지에서 포테이토칩을 꺼내 먹고 있는 사람은 연애신인 카렌 누나.

둘 다 공중에 떠서 사신을 바라보고 있었다.

"앗, 왜 다들 여기에 있어요?!"

"견학이야, 견학. 농경신은 성목 쪽으로 갔고 무신, 검신, 사냥신도 거기서 반짝거리는 녀석들과 한판 하고 있지만, 우린 한가하니까."

니헤헤. 스이카가 웃었다. 견학이라니……. 일단 이건 인류의 존망을 건 싸움인데요…….

"남동생이 잘하고 있나 보는 거야. 토야의 세계로 예를 들면 보호자 참관?"

"참 불편한 보호자 참관이네!"

신들이 견학하는 가운데 싸우다니 이게 무슨 경우야! 마음이 전혀 진정되지 않잖아!

"우리는 손을 대면 안 된다고 세계신님이 말씀하셨으니, 정말 견학만 할 거야. 어드바이스 정도라면 헤도 댄다고 했지먄안."

발음도 제대로 못 하는 녀석에게 무슨 어드바이스를 받으라는 건지. 전혀 기대가 안 된다. 그냥 술에 취했을 뿐이잖아.

갑자기 소스케 형의 기타 곡조가 바뀌었다.

그와 동시에 사신이 그 커다란 뱀처럼 생긴 꼬리를 나를 향해 채찍처럼 휘둘렀다.

세 명의 신들은 슈웃, 하고 순식간에 어디론가 전이했다. 앗, 치사하게!

"큭!【텔레포트】!"

카렌 누나 일행을 따라 나도 순간이동으로 그 자리를 피했다.

대지를 뒤흔드는 듯이 땅을 울리면서 황금 꼬리가 지면을 강타했다. 저걸 맞으면 한 방에 납작한 과자가 되겠어.

"어떻게 하면 저거에 대미지를 줄 수 있지?"

"사신이란 신기와 신의 유물 등에 하계의 원념과 부정적 감정 등이 융합하여 태어나는 존재. 이른바 물건에 깃든 신 같은 거야. 그러니 신의 힘이 아니면 통하지 않아."

다시 나타난 카렌 누나가 그렇게 말했다.

"신의 힘이라니……. 그건 신기잖아요? 그거라면 아까부터 쓰는 중인데요……."

"그건 신기지만 신기가 아냥. 토야 오빵, 여전히 구질구질하게 미련을 못 버리고 있구나. 섞였어. 섞여 있다고! 양조주야. 양조주도 나쁘진 않지만 증류주가 더 좋아! 알아? 스피리츠! 스피리츠마리야!"

"……카렌 누나, 통역 좀 부탁합니다."

발음도 정확하지 않은 데다 뭐가 뭔지 알기 힘든 예시를 들었다. 이 술주정뱅이. 누가 양조주야. 미련이라니 무슨 소린데?

"즉, 지금 토야는 어중간한 상태야. 신과 인간. 마력과 신력.

뒤섞인 신기는 그 힘을 제대로 발휘하지 못해. 완전한 신이 되면 우리처럼 사신과 얽히지 못하게 되니, 육체는 그대로 두고 순수한 신기만을 추려낼 필요가 있어."

"즉…… 무슨 말인가요?"

"각오를 다지라는 말. 사신을 쓰러뜨리고 신의 계단을 올라가는 거야."

카렌 누나의 말을 듣고 정신이 번쩍 들었다.

미련이란 그건가…….

아직 어딘가에서 인간으로 살고 싶다는 마음이 있었던 건 사실이다. 지금 당장 완전한 신이 되지는 않겠지만, 이 레일을 그대로 타고 가면 이제 돌아오지 못한다는 생각이 들어 두려웠다.

아니, 이미 그 레일에 올라탄 상태다. 느릿하게나마 달리기 시작했다. 그런데도 계속 뒤쪽을 신경 썼다. 스이카의 말대로 구질구질하게도 미련을 버리지 못했다.

마음속 어딘가에 '사신을 쓰러뜨리지 않으면 신이 되지 않아도 된다'라는 마음이 남아 있었을지도……. 하지만 그런 마음은 지금까지 힘을 빌려준 모두를 배신하는 것이다.

"마음을 단단히 다져. 지금의 토야는 마치 자기를 차버린 여친에게 계속 구질구질하게 미련을 두는 좀스러운 잉여 인간이야. 그러다 스토커가 되는 수가 있어."

"비유가 너무 처절하잖아요! ……네, 어렴풋하지만 알겠어요. 고마워요, 카렌 누나."

"후후, 그래, 많이 고마워해."

카렌 누나가 몸을 뒤로 젖히며 으쓱한 표정을 지었고, 소스케 형도 기타를 열심히 켰다. 아니, 왜 레벨업할 때의 효과음이에요? ……레벨업했다는 얘기인가?

"치사해~! 내가 어드바이스해 줬는데! 스피리츠! 갓 스피리츠~!"

아니, 네 설명은 너무 알기 힘들었어.

술병을 안고 빙글빙글 도는 술의 신을 보고 어이없어하는데, 다시 아래에서 레이저가 빗발쳤다.

그러자 조금 전과 마찬가지로 세 신은 그 자리에서 전이해 버렸다.

〈그럼 힘내.〉

그런 목소리를 남기고 셋은 사라졌다. 분명 어딘가에서 편히 쉬며 이 싸움을 지켜보고 있겠지. 신들에게 이건 작은 이벤트 수준이려나?

"그럼 이벤트를 흥겹게 만들어 볼까?"

나는 온몸을 휘도는 신기를 해방했다. 스이카는 '섞여 있다'고 말했다. 요컨대 마력이 포함되지 않은 순수한 신기를 만들라는 말이다.

참고해야 하는 사람은 세계신님이다. 내 신기는 세계신님과 같은 성질을 지녔다. 일찍이 라밋슈 교국에서 체험한 그 숭고

한(당연한가) 신기. 나는 그 수준까지 신기를 정련했다. 신기하게도 마음속은 매우 잔잔했다.

문득 머릿속에서 섬광이 내달렸다. 작은 번뜩임이자, 커다란 폭발이기도 한 그런 빛. 빅뱅처럼 뭔가가 탄생하는 빛.

정신을 차려 보니 어느새 온몸에 신기가 넘쳐나고 있었다. 이전처럼 '바깥에 두른' 그런 느낌과는 달랐다. '내면에 충만한' 느낌이다.

됐다. 페트병의 뚜껑을 '딱' 하고 열었을 때 같은, 프라모델의 부품을 '짤각' 하고 끼웠을 때 같은, 그런 감각이었다.

왜 가능했을까. 그것마저도 모르겠을 정도로 순조롭게 완성됐다.

이것도 틀림없는 나라는 사실을 받아들일 수 있었다.

그 힘은 레긴레이브의 온몸을 휘도는 에테르리퀴드를 통해 기체 전체를 휘감았다.

레긴레이브가 손에 든 대정검^{그레이트 소드}에도 흘러넘칠 정도의 신기가 흘러들었다.

카렌 누나의 신기는 핑크, 모로하 누나의 신기는 스카이블루가 금색에 조금 섞인 듯한 연한 색이었지만, 변화한 나의 신기는 실버…… 아니, 백금색^{플라티나}으로 빛났다.

백금색의 반짝임을 발산하는 신기. 세계신님의 황금 신기와도 다른 나만의 색.

사신이 또다시 레이저를 날렸다.

그걸 피하면서 나는 조금 전과 마찬가지로 사신의 팔을 잘랐다. 이번엔 마치 무를 썰 듯이 썩둑 잘랐다.

키기기기기기기기기이이이이이익!

잘린 팔의 단면에서 검은 연기를 내뿜으며 처음으로 사신이 통증을 느끼는 것처럼 괴로워했다. 잘린 부분도 재생되지 않고 녹아내린 듯이 짓물러 떨어졌다.

좋아. 이거라면 이길 수 있어!

〈토야 오빠! 괜찮으세요?!〉

갑자기 유미나의 목소리가 통신을 타고 들렸다. 모니터를 보니, 빈터가 된 공도 아이젠부르크 저편에서 전용기를 타고 모두가 이쪽으로 오고 있었다.

그와 동시에 사신의 커다란 촉각 사이에 빛의 구슬이 모이기 시작했다. 조금 전보다도 빛의 구슬이 커지는 속도가 더 빨랐다. 앗, 거긴 안 돼……!

공도를 지워 버린 그 일격이 내가 아니라 이쪽으로 오는 모두를 향해 발사되었다.

◇　◇　◇

발사된 빛의 구슬을 막으려고 나는 【텔레포트】를 발동하려고 했지만 그보다 먼저 마력의 발동이 느껴져 나는 움직임을 멈췄다.

다시 울려 퍼지는 폭발음과 엄청난 폭발이 제2의 크레이터를 만들었다. 만약 저곳에 모두가 있었다면 그냥 숯이 되는 정도로는 끝나지 않았을 위력이었다.

나는 작게 안도의 숨을 내쉬었다. 눈 아래에 서 있는 모두의 전용기(발큐리아)를 보면서.

빛의 구슬이 발사된 순간 모두 【텔레포트】로 내가 있는 곳으로 전이해 왔다.

사쿠라의 힘이 아니었다. 약혼자들에게도 바로 그 '모치즈키 토야' 어플리케이션이 배포되었다. 그래서 모두가 각자 【텔레포트】를 발동해서 이곳으로 온 것이었다.

〈토야 오빠, 무사하셨군요.〉

"모두 미안해. 유라 그 바보한테 갇혀서, 나오는데 조금 시간이 걸렸어."

일단은 모두에게 사과했다. 걱정을 끼친 건 사실이니까. 앗, 어라?

"엔데 일행은?"

이곳에는 전용기(발큐리아) 아홉 기뿐. 엔데랑 동료들…… 메르, 네이, 리세의 모습도 없었다.

〈메르 일행이라면 변이종 퇴치를 하러 갔어. 용기사(드라군)는 너덜너덜해졌으니, 사신 상대로 맨몸은 좀 그렇잖아.〉

게르힐데에 탄 에르제가 내 질문에 대답해 주었다. 확실히 '모치즈키 토야' 어플이 있어도 저걸 상대로 맨몸으로 싸우긴 좀 힘들다.

〈저게 사신입니까…….〉

〈큰 건 좋아하네만, 벌레는 싫으이.〉

모두가 천천히 이쪽으로 시선을 돌리는 사신을 바라보았다. 사신은 커다란 복안으로 우리를 응시했다. 아무래도 저거에서는 감정이나 의지가 느껴지지 않았다. 본능만으로 움직이는 듯한 느낌이었다.

사신의 촉각 끝에서 파직파직 전기 같은 것이 튀기 시작했다. 온다!

"다들, 넓게 퍼져!"

내 목소리를 듣고 전용기 전원이 【플라이】를 발동해 하늘로
^{발큐리아}
대피했다.

그 직후, 촉각에서 커다란 전격이 발사되어 우리가 있던 장소를 잇달아 에어냈다.

일격, 일격이 매우 컸다. 참 성가신 녀석이야.

〈토야 씨. 저어, 좀 묻고 싶은 게 있는, 데요…….〉

"응? 뭔데?"

〈조금 전부터 저희에게 흐르는 힘은 토야 씨의 힘, 인가요?〉

"어?"

린제의 말을 듣고 집중해서 확인해 보니, 모두의 기체에서

백금색 신기가 아지랑이처럼 피어오르고 있었다.

어라? 이건 내 신기랑 똑같아⋯⋯!

권속화한 모두에게도 내 힘이 흐르고 있는 건가?

그러고 보니 아무리 어플로 내 마법을 사용할 수 있다고는 해도 【플라이】로 기체를 통째로 날게 하고, 【텔레포트】로 전이하기란 보통은 무리다.

설마 이 힘으로 증폭돼서?

〈뭐라고 하면 좋을까요⋯⋯. 따뜻한 힘이에요.〉

〈임금님이 바로 옆에서 느껴져. 절대 지지 않을 거라는 생각이 들어.〉

〈후후. 달링의 사랑이구나.〉

〈토야 님의 사랑! 무적이에요, 저희는!〉

그게 뭐야. 부끄럽게. 그만해! 그 말대로일지도 모르지만, 직접 말하니 부끄러워!

〈그럼 이 사랑에 대답하기 위해서라도, 여러분, 온 힘을 다해 저 사신을 무찔러요!〉

유미나의 목소리를 듣고 모두가 고개를 끄덕이더니, 각자가 신기를 해방했다. 나보다 약하긴 하지만 확실히 아무것도 섞이지 않은 순수한 신기였다.

그 모습을 보고 나는 정신이 번쩍 들었다. 약혼자들은 이미 각오를 다지고 있었다는 사실을. 신의 권속으로서 나와 함께 인생을 걸어갈 선택했다는 사실을. 거기에는 아무런 망설

임도 없었다는 사실을.

　제일 우유부단한 사람은 나였다는 말이구나……. 한심해.

　〈그럼 가자!〉

　가장 앞장을 선 사람은 에르제였다. 에르제는 비행하면서
사신의 팔에서 쏟아지는 레이저를 하늘거리며 모두 피했다.

　〈【투기 해방】! 필!살! 【캐넌 브레이크】!〉

　사신의 팔 하나에 게르힐데의 파일벙커가 작렬했다. 너무
거대해서 한 번에 파괴하지는 못했지만 커다란 균열을 내는
데는 성공했다.

　무수히 많은 균열이 생긴 팔은 재생하지 않고 검은 연기를
냈다. 에르제의 신기가 재생을 방해하기 때문이다.

　〈흐아아아아아아앗!〉

　〈하아아아아아아앗!〉

　그곳으로 보라색과 오렌지색 기체가 돌진. 야에의 슈베르트
라이테와 힐다의 지그루네였다. 백금의 반짝임을 두른 외날
검과 대검을 손에 들고 둘은 균열이 난 팔을 향해 돌격했다.

　〈코코노에 진명류 오의, 용아렬참(龍牙烈斬)!〉

　〈레스티아류 검술, 육식(六式) 굉뢰(轟雷)!〉

　프레임 기어 두 기가 교차하듯이 균열이 난 팔을 X자로 갈랐
다.

　그 팔은 마치 유리 세공처럼 부서져 지면으로 떨어졌다.

　검은 연기가 나는데도 사신은 자신의 팔을 자른 프레임 기어

세 기를 향해 촉각에서 거대한 전격을 날렸다.

하지만 【텔레포트】로 세 기는 순식간에 그곳에서 이탈했다.

사라진 세 기의 모습을 찾는 사신의 복안에 【메가 익스플로전】이 부여된 정탄이 적중했다.

키기기기기기기긱!

거대한 폭발로 인해 사신의 상반신이 흔들렸다. 그리고 이번엔 목 부분에 정탄이 적중. 다시 굉음과 폭염이 사신을 덮쳤다.

〈역시 커서 그런지 맞히기 쉽네요.〉

라이플형 장비를 갖춘 유미나의 브륀힐데가 또다시 정탄을 발사했다. 이번엔 사신의 복부에 적중. 대폭발을 일으켰다.

크게 파괴하지는 못했지만 균열을 내는 데는 성공했다.

이어서 사신의 어깨에서도 폭발이 일어났다. 이번엔 브륀힐데가 아니라 루가 탑승한 발트라우테의 포격이었다. 에메랄드그린인 기체는 포격형 C유닛으로 교체되어 있었다.

〈정말 맞히기 쉬워요. 명중률이 나쁜 저도 쉽게 맞힐 수 있으니까요.〉

키기기기기기기기이이이이이이이익!

사신의 날개에서 귀에 거슬리는 불협화음이 발산되었다. 그리고 불쾌한 소리와 함께 충격파가 기체를 관통했다. 소리에 신기를 실어 날린 모양이었다. 【그라비티】가 걸린 듯한 알 수 없는 압력이 걸려 기체가 삐걱삐걱하고 울리는 소리가 들리는 듯했다.

우리가 접근하지 못하게 하려는 심산이겠지만, 안타깝게도 우리에게는 가희가 있다.

〈그렇게 두지 않아!〉

사쿠라의 로스바이세에서 강력한 노랫소리가 울려 퍼졌다.

이 곡은 예전에 변이 상급종의 핵을 찾을 때 사용됐던 곡이다.

바로 '사랑의 힘'이라는 직설적인 제목의 곡으로, 타임슬립으로 유명한 영화의 주제가다. 세계를 움직이는 힘. 그게 사랑의 힘.

그 앞에서는 어떤 녀석이든 무력하다. 사신조차도 그건 마찬가지다.

불협화음이 사쿠라의 노래에 지워지며 기체에 가해지던 압력도 사라졌다.

〈다음은 내 차례구먼!〉

스우가 탄 황금 거신, 오르트린데 오버로드가 【스토리지】에서 그걸 꺼냈다.

대(對) 상급종전 전용 기가 그라비티 웨폰, 【골드해머】. 거대한 가시가 달린 흉악한 황금 공.

긴 쇠사슬이 연결된 그 손잡이를 쥐고 오르트린데 오버로드가 붕붕 황금 공을 휘돌리기 시작했다. 종회전에서 횡회전으로. 그와 함께 【그라비티】와 【프리즌】이 만들어 내는 마중력이 해머 내부에 점차 축적되었다.

키기기기기기기기기기긱!

부풀어 오른 신기에 반응해 사신이 레이저를 빗발처럼 쏘았다. 오르트린데는 무방비 상태였지만, 스우와 모두에게는 '모치즈키 토야' 어플이라는 강력한 아군이 있었다.

〈【리플렉션】!〉

반투명한 벽이 오르트린데의 정면에 펼쳐져 빗발치는 레이저를 모두 반사해 저 너머로 튕겨냈다.

그 덕분에 파직거리며 불꽃이 튀기 시작한 골드해머를 스우는 최대의 힘을 담아 사신을 향해 던질 수 있었다.

〈먼지가 되어라아아아아!〉

마중력 덩어리가 된 황금 공이 사신을 향해 날아갔다. 역시나 위협을 느꼈는지 사신은 그 황금 공을 긴 꼬리를 이용해 때려 떨어뜨리려고 했다.

펑, 하고 눈부신 섬광과 공기가 떨릴 정도의 굉음이 주변을 가득 채웠다.

키기기기기기기기기긱?!

사신의 긴 꼬리가 절반 정도나 모래처럼 하늘하늘 바람에 날아갔다. 그리고 골드해머도 역시 같이 소멸되어 버렸다.

〈음, 실수했구먼.〉

이전의 오르트린데였다면 골드해머를 사용한 뒤에는 반동을 견디지 못해 기능이 정지될 수밖에 없었다. 하지만 개량을 거듭한 데다, 이번엔 '모치즈키 토야' 어플에서 마력을 공급

받아 간신히 계속 움직일 수 있는 모양이었다.

〈한 번 더 골드해머를 먹이고 싶었다만, 저게 마지막 남은 하나여서 말일세.〉

〈충분해. 나머진 우리에게 맡겨.〉

린의 목소리를 듣고 나도 스우도 뒤를 돌아보았다.

그곳에는 거대한 대포를 든 린의 그림게르데와 린제의 헬름비게의 모습이 있었다.

거대 마포(磨砲) '브류나크'. 대(對) 상급종전용 최종 병기. 막대한 마력량과 치밀한 마력 컨트롤이 필요한 무기로, 특수한 드릴탄을 발사하는 대포다.

내 레긴레이브로는 컨트롤이 어렵고, 린과 린제로는 마력량이 부족해 한 발밖에 쏘지 못하는 물건.

마력의 충전에도 상당한 시간이 소요된다. 사용하기가 힘든 무기이지만, 이렇게 될 거라고 예상을 했었는지 두 사람은 전투가 처음 시작됐을 때부터 마력을 충전했었던 모양이었다. 이미 포신의 측면에 있는 마력 미터는 풀파워로 채워져 있었다.

〈충전률 100%, 예요!〉

〈발사!〉

꿍음과 함께 발사된 거대한 드릴탄이 일직선으로 날아가 사신의 복부에 꽂혔다.

키리리리리리리리리링! 하고 드릴탄이 고속으로 회전하기 시작했다. 파킥파킥, 사신의 배를 깨버리면서 드릴은 무자비하게 앞으로 돌진했다.

키기기기기기기기기기기이이이익?!

사신이 외마디 비명처럼 삐걱거리는 소리를 내면서 배를 파고드는 드릴탄을 바라보았다.

금속 같은 몸을 부수면서 나아가는 드릴탄은 드디어 사신의 복부를 관통해 등 뒤로 빠져나갔다.

인간의 몸으로 비유하자면 사신의 배에는 골프공 정도의 크기의 바람구멍이 뚫린 셈이었다. 보통이라면 죽지만, 사신에게는 내장이 없다. 하지만, 신기로 인한 타격은 매우 크리라 생각한다.

키기기기기기기기기기기기기기기기기기기기기이이이……는………시이인……이다…….

"아니?"

사신의 움직임이 멈추고 그 몸에서 들어 본 적이 있는 목소리가 들려왔다. 이 목소리는……!

〈나는 신이다……. 절대자인 최고의 신이다……. 그 누구도 날 거역할 수는 없다……. 신에게 거역하는 어리석은 지상의 벌레들이여, 심판을 받아라!〉

사신의 몸 여기저기에서 빛이 넘쳐났다. 무지개색 안개 같은 것이 분출될 때마다 사신의 몸에는 균열이 갔다.

우직우직우직, 하고 날개가 돋아난 등이 크게 세로로 갈라져 갔다. 누에나방의 날개는 빠져 떨어졌고, 지상에 격돌하며 크게 부서졌다.

갈라진 등에서는 뭔가가 기어 나왔다. 마치 CD나 DVD의 뒷면 같은 무지개색 입자가 형태를 만들며 커다란 박쥐 같은 날개를 그렸다.

세 쌍. 총 여섯 장의 박쥐 날개. 형태는 그렇게 보였지만 어딘가 무기질하달까 마치 인공물 같은 인상이었다.

그에 이어서 모난 등. 허물을 벗듯이 기어 나와 쭉 뻗은 팔도 여섯 개. 하지만 이번엔 벌레처럼 가느다란 팔이 아니었다. 크고 굵고, 팔꿈치 아래로는 갑옷 같은 갑각으로 뒤덮여 있었다.

뱀 같은 하반신을 찢고 나타난 다리는 마치 갑옷을 입고 있는 것처럼 매우 굵었다. 절반으로 줄어들었던 꼬리에서는 굵은 가시투성이의 새로운 꼬리가 튀어나왔다.

투구 같은 형태였던 머리에는 흉흉한 모양의 뿔 두 개가 자라났다.

누에나방 같았던 몸이 와르르르 잇달아 벗겨져 떨어지고 탈피하듯이 '그것'은 우리의 눈앞에 모습을 드러냈다.

그 몸은 지금까지처럼 암금색이 아니라 무지개색으로 빛났다.

전체적인 모습을 보고 나는 생명체의 생기가 느껴지지 않는다고 생각했다.

마치……. 아니, 아마 이건 기계를 모방한 모습일 것이다. 프레임 기어를 추악한 형태로 일그러뜨리고 생명체와 융합시킨 듯한 무지개색의 사신.

헤카톤케이르와 비슷하지만 그쪽은 악마라는 이미지가 강했다. 하지만 이쪽은 프레이즈 다운 모습이 남아 있었다. 헤카톤레이르가 로봇이라면 사신은 안드로이드 같은 이미지였다.

생물을 모방했지만 생물은 아닌, 그런 불쾌한 모습이다.

〈신을 거역하는 어리석은 녀석들……. 지상을 황폐하게 하고, 더럽히고, 탕진밖에 할 줄 모르는 못난 인간들……. 어리석구나…… 어리석구나어리석구나어리석구나어리석구나! 아무 말 없이 나를 따랐으면 됐을 것을!〉

이 목소리는…… 틀림없다. 쳇. 사라지지 않았던 건가.

"힘이 넘쳐 보이네, 니트신."

〈……? 네놈은……?! 그때의 애송이인가! 이 자식, 네 탓에!〉

"남 탓하지 마. 처음부터 네가 뿌린 씨앗이잖아."

〈닥쳐라아아아아아!〉

투구에 있는 뿔의 끝에서 전격이 발생하더니 세 갈래로 나뉘어 벼락이 나를 습격했다.

"【실드】!"

【리플렉션】을 사용하면 다른 모두에게 맞을 가능성도 있어 나는 방어벽으로 막았다.

흰 연기를 내면서 사신은 한 걸음 앞으로 발을 내디뎠다. 긴 꼬리도 그에 맞춰 스르륵 움직였다.

〈이놈이고 저놈이고 내 방해만 하다니! 이 무능한 놈들! 모두 나한테 맡겨뒀으면 완벽한 세계를 구축해 줬을 것을! 전쟁도 빈곤도 없고, 모두 평등하게 관리 통제되어 질서 잡힌 아름다운 세계를 왜 거부하나! 지상에 살아가는 자들은 모두 신의 종. 그걸 관리한다는데 뭐가 잘못된 것이냐! 어리석은 자를 이끌어 주는 것이 신의 본분이다!〉

마치 당연히 그러해야 한다고 말하는 듯한 모습을 보고 나는 어이가 없어 뭐라 말도 안 나왔다. 세계신님이 이 녀석을 종속신 이상으로 급을 올려 주지 않은 일은 올바른 판단이었다는 말이다. 예전에는 그 생각을 고쳐먹을지도 모른다고 기대했을 수도 있지만, 이제는 그럴 필요가 없다.

"형상 변화 단검."

레긴레이브가 들고 있던 대검이 순식간에 48개의 단검으로 모습을 바꾸고 위성처럼 기체 주변에서 고리가 되어 떠다녔다.

백금색 신기가 불타는 불꽃처럼 단검을 감쌌다. 세계를 멸망시키려는 적이니 봐줄 필요는 없겠지?

"【유성검군】."

레긴레이브가 발사한 48개의 백금 유성은 기계화 사신의 팔을, 날개를, 다리를, 가슴을, 머리를, 잇달아 꿰뚫고 지나갔다. 나는 그렇게 맹렬한 48개의 화살을 전력으로 때려 박았다.

사신을 관통한 48개의 백금 별은 레긴레이브의 곁으로 귀환해 다시 위성처럼 주변을 돌았다.

〈크오오오오오오파 이 자식! 이 자식, 애송이이이이이이이이이! 고작 인간 주제에 신이라도 된 마냥 정통 신인 나에게 이런 짓을………! 용서할 수 없다! 용서할 수 없다! 갈기갈기 찢어 주마! 신이 만들어 낸 존재에 불과한 하등 생물이!〉

"입 다물어. 하나 가르쳐 줄게. 지구에서는 네가 말한 지배자가 모든 것을 관리하고 통제하는 세계를 디스토피아라고 불러. 기억해둬."

레긴레이브 주위를 도는 48개의 위성이 다시 백금색으로 빛났다. 이 녀석은 여기서 물리칠 생각이다. 망상만을 내뱉는 독선적인 신의 몰락한 모습은 이만 소멸시키겠다. 언제까지고 넋두리를 들어 줄 만큼 나도 세계도 한가하지 않다.

"【유성검군】."

다시 백금색 유성군이 사신에게 쏟아져 내렸다.

◇　◇　◇

〈인간이었던 주제에! 수많은 세월을 신으로서 살았던 나에게 설교하는 것인가! 불경하구나! 무례하구나! 심판을 받아라아아아아아!〉

내가 날린 【유성검군】에 꿰뚫리면서도 사신은 울부짖으며 수천이나 되는 벼락을 날렸다. 하나하나가 엄청난 위력으로, 움직임이 느린 스우의 오르트린데 오버로드와 린의 그림게르데가 전격을 맞고 말았다.

"두 사람 모두 괜찮아?!"

〈나는 괜찮으이. 방어 장벽^{배리어월}이 40퍼센트 정도 줄었네만.〉

〈나도 마찬가지야. 앞으로 한 번 정도는 더 버틸 수 있어.〉

레긴레이브나 약혼자들의 전용기^{발큐리아}에 탑재된 방어 장벽^{배리어월}은 기체를 향한 공격을 자동으로 막아 준다. 하지만 그것도 절대적이 아니라 한계를 넘으면 꿰뚫리고, 몇 번씩 공격을 받으면 사라진다.

방어 장벽^{배리어월}은 상당한 마력을 투입해 만들었는데, 조금 전 사신의 전격은 그걸 위태롭게 만들 정도의 위력이었다는 건가.

【텔레포트】를 발동해 피하려고 해도 저 번개는 너무 빠르다. 전이 마법을 다루는 데 아직 익숙하지 않은 사쿠라 이외의 모두는 피하기 어려울지도 모른다.

〈약아빠진 짓을! 그럼 이건 어떠냐!〉

사신은 여섯 개의 팔 각각에 있는 모든 손가락에서 레이저를 발사했다. 총 30개나 되는 광선이 온 사방에서 우리를 덮쳤다.

〈큭!〉

〈꺅!〉

〈크으윽!〉

힐다와 린제, 그리고 야에가 레이저를 직격으로 맞았다.

방어 장벽은 파괴되지 않았지만 강한 위력으로 인해 튕겨 나가 균형을 잃고 말았다. 게다가 레이저를 연달아 맞고 다시 튕겨 나갔다. 이런! 이대로 가다간 방어 장벽이 버티지 못해!

〈스타더스트 셸!〉

모두의 앞을 가로막은 오르트린데 오버로드의 왼손에서 수많은 별 모양 빛이 만들어졌다.

그것은 빛의 방어벽이 되어 쏟아지는 레이저로부터 모두를 지켜 주었다.

그리고 레이저의 조준이 멈춘 그 순간을 노려 이번엔 오르트린데 오버로드의 오른팔이 팔꿈치에서 고속으로 발사되었다.

〈캐넌 너클 스파이럴!〉

황금 화살이 된 로켓펀치는 멋지게 사신의 목을 강타해 조금이지만 사신의 장갑 일부를 부쉈다. 그리고 사신을 때린 오른팔이 세차게 튀어 오르트린데에게로 되돌아왔다.

〈어떠냐!〉

〈이 자식들……! 거기에 있는 애송이라면 또 모를까, 한낱 인간 따위가 나를, 신인 나를 상처 입혔다는 거냐……! 인정할 수 없다……! 인정 못 한다! 어떻게 이걸 인정할 수 있단 말이냐아아아아아!!!〉

사신은 온몸에서 무지갯빛 신기를 분출하면서 포효와 함께 온 사방으로 전격을 날렸다.

"너는 이미 신도 뭐도 아니잖아? 지상에서 태어난 사신이지. 신 이하의 짝퉁 신이야."

〈닥쳐라아아아아아아아아아아아아!〉

사신의 여섯 개 손바닥이 각각 빨간색, 파란색, 녹색, 갈색, 노란색, 검은색의 빛을 모으기 시작했다. 저 빛은……!

〈속성 마법이 올 거야! 조심해!〉

린의 목소리가 콕핏에 도달했다. 다음 순간, 빨갛게 빛나는 손바닥에서는 초거대 화구(火球)가, 파랗게 빛나는 손바닥에서는 얼어붙은 눈보라가, 녹색으로 빛나는 손바닥에서는 무시무시한 회오리바람이, 갈색으로 빛나는 손바닥에서는 무수히 많은 암석이, 노란색으로 빛나는 손바닥에서는 매우 굵은 레이저가, 검은색으로 빛나는 손바닥에서는 공포를 유발하는 악령 모습의 검은 연기가, 각각 우리를 향해 발사되었다.

먼저 가장 빠르게 도착한 레이저를 모두가 멀찍이 흩어지며 피했다. 그 이후에 습격해 온 화구, 눈보라, 회오리바람, 암석을 【실드】나 【리플렉션】 등으로 버티고, 아마도 【에너지 드레인】 계열의 저주일 검은 연기만큼은 【텔레포트】로 피했다.

사신이 발사한 레이저가 저 멀리 뒤쪽에 있던 산을 날려 버리고, 사방으로 튄 화구가 대지를 불태우고, 눈보라는 대기를 얼어붙게 하였다.

자연 파괴도 정도가 있지. 사신이니까 세계를 파괴하는 것도 당연한 일인지도 모르지만.

〈나는 신이다! 절대 불멸의 최고신이다! 이 세계의 유일한 신이자, 모든 것의 지배자다! 그러니 너희는 나에게 무릎을 꿇어야만 한다! 그게 올바른 모습이다!〉

"계속 들으니 피곤해지네⋯⋯. 몇 번이든 말해 줄게. 너는 신도 아니고, 우리가 너한테 무릎을 꿇어야 할 이유도 없어. 결국 너는 독선적으로 자신의 갈망을 주절거리는 나르시시스트일 뿐이야."

말해 봐야 입만 아프지. 이미 이 녀석에게는 말이 통하지 않는다. 불쌍하다는 생각마저 든다.

자신이 신들에게 인정받지 못했다는 사실을 인정하지 못하고 있다. 자신이 옳다, 주변 녀석들이 이상할 뿐이다. 자기 생각을 이해하지 못하는 녀석은 무능하다. 그런 생각이 너무 뻔히 들여다보인다.

마치 어린아이의 투정이다. 몇만 년이나 종속신으로 살았는데 아무것도 배우지 못한 것일까. 그렇다면 얼마나 많은 세월을 헛되게 보냈다는 걸까.

"불쌍한 녀석이구나."

〈감히 뚫린 입이라고! 신에게 대항하는 어리석은 녀석이!〉

"⋯⋯너, 스스로는 못 느낄지 모르지만 인간에게서 흡수한 부정적인 감정의 영향을 그대로 받고 있거든? 분노, 증오, 질투, 그런 감정들이 폭발해 히스테리를 일으키는 인간이랑 똑같은 모습이야."

〈인간과 내가 똑같다고…………? 웃기지 마라아아아아아!〉

사신의 꼬리에서 수십 개나 되는 가시가 로켓처럼 하늘로 발사되었다. 그 가시가 폭발하더니 내부의 더 작은 가시가 우리에게 비처럼 쏟아졌다.

상급종의 집속탄이란 똑같은 건가……!

"【프리즌】!"

나는 결계 마법을 펼쳤다. 이전이라면 사신의 신기에 뚫렸을 테지만, 백금색 신기로 두른 지금은 가시가 비처럼 쏟아졌는데도 꿈쩍도 하지 않았다.

다른 모두도 각자 방어 마법을 펼쳐 빗발치는 가시를 막으려고 했다. 하지만 그때 사신이 여섯 개의 팔을 일제히 아래에서 위로 휘둘렀다.

그 순간, 지면에 떨어졌던 무수히 많은 가시에서 대량의 금가루가 날려 올라와 【프리즌】을 펼쳤던 나 이외의 모두를 습격했다.

〈이건……!〉

〈이게 뭐죠?!〉

〈으, 윽! 힘이…… 빠지고 있어……!〉

황금 가루를 뒤집어쓴 기체가 균형을 잃고 지면으로 추락했다. 나도 현기증이 나고 구역질이 일었다. 이건……!

〈크하하하하하! 괴로운가?! 내 몸에 남은 '신마독'을 모두

털어 주마! 일단은 네 권속들을 고통과 함께 서서히 죽여 주마! 그리고 그다음에는 신을 거스른 애송이, 너를.〉

"입 다물어……."

신마독? 유미나랑 약혼자들을 죽이겠다고……? 떳떳한 신이 되지 못했다고 해서 지상에서 마구 날뛴 아이만도 못한 썩은 신이 이제는 나의 소중한 사람들을 빼앗겠다는 거야?

그런 걸 용서할 리가 없잖아. 웃기지 마. 웃기지 말라고!

"웃기지 말라고, 이 자식아……! 뭐든지 남 탓이나 하며 꼴사납게 화풀이나 해대는 니트 자식이……!"

〈이놈……! 또 뚫린 입이라고.〉

내 안에서 솟구친 신기가 점점 부풀어 오르더니 결국에는 폭발했다.

온몸을 휘도는 혈관이라는 혈관에서 힘이 샘솟고, 온몸의 털구멍이란 털구멍에서 신기가 분출되는 감각. 세차게 불타는 불꽃처럼 백금색 빛이 모든 것을 감쌌다. 어느새 현기증이나 거북한 느낌이 모두 날아가 버렸다.

〈뭐, 뭐냐?! 왜 그렇게 신기가 강한 거지?!〉

"【형상 변화: 대정검】."
모드 체인지   그레이트 소드

48개의 단검이 집결해 다시 이등변삼각형 모양의 대검을 형성했다. 이래선 아직 작다. 저 망할 녀석을 잘라내려면 더 큰 검이 필요하다.

그렇게 생각했더니 백금색 신기가 검에 모여들어 더욱 검을 크게 만들었다.

신기가 단단히 뭉쳐 아름다운 백금으로 빛나는 거대한 성검을 만들었다. 나는 알 수 있다 이건 사신을 파괴하는 파사(破邪)의 검이다.

이건…… 신기로 다양한 것들을 생성할 수 있는 능력인가?

신기한 기분이었다. 이 힘을 어떻게 쓰면 될지 손에 잡힐 듯이 모두 이해되었다. 마치 자기 몸의 일부처럼.

〈마! 말도 안 돼?! 【신기창조(神器創造)】를 순식간에?! 그건 상급신의……!〉

"네 존재를 지워 주마."

성검을 가볍게 들어 올린 레긴레이브가 경이로운 속도로 사신에게 다가가 순식간에 팔을 잘라냈다.

〈크갸아아아아아아아?! 이, 이건 뭐냐. 이 불타는 듯한 통증은!!!!!〉

잘린 팔은 지면에 떨어지기 전에 숯덩어리가 되어 후두두 떨어지더니 먼지가 되어 사라졌다.

나는 그대로 하강해 사신의 꼬리를 성검으로 바로 위에서 써걱 베었다. 마치 무를 써는 것처럼 순식간에 무지갯빛 꼬리가 절단되었다.

〈크갸갸갸아아아아아아아?! 애송이! 이놈! 이 자식아아아아아아!〉

"쫑알쫑알 참 시끄럽네. 최고의 신이잖아? 조금은 참을 줄도 알아야지. 아니면 네가 말하는 신이란 그렇게 울부짖는 한심한 존재였어?"

〈주겨주마아아아아아아아!!〉

사신이 좌우의 팔로 레긴레이브를 붙잡으려고 했지만 물론 그런 정도로 붙잡힐 리가 없었다. 나는 반대로 내게 다가온 손가락을 몇 개인가 잘라 버렸다.

〈크어어어어어어어어어?! 이놈! 이놈! 어째서냐?! 몇천 년이나, 몇만 년이나, 신의 수하로 일해온 내가, 왜 이런 꼴을!! 세계 하나 정도는 괜찮지 않으냐! 이런 작은 세계 하나 넘겨주지 못할 정도로, 신들은 도량이 좁단 말이냐?!〉

"너에겐 작은 세계일지도 모르지만 우리에게는 무엇과도 바꿀 수 없는 세계거든. 그걸 모르니 넌 신이 될 수 없는 거야."

세계를 자신의 자존심을 채울 도구로밖에 보지 못하고, 열심히 사는 지상의 사람들을 먼지로밖에 보지 않는, 그런 신을 누가 숭배할까.

세계신을 비롯한 신들은 지상에 과도하게 간섭하지 않는다. 그건 지상에서 살아가는 사람들을 믿기 때문이다. 쓰러져도, 길을 잘못 들어도, 그를 통해 배우고 앞으로, 더욱 좋은 세계로 나아갈 수 있다고 믿기 때문이다.

처음부터 지상의 사람들을 어리석은 존재라고 단정한 이 녀석과는 다르다.

먼저 상대를 헤아려 주어야 한다. 그렇지 못하면 신으로서

자격이 없다.

나도 아직 신이 될 자격을 모두 갖추고 있지는 않다. 하지만 절대 이 녀석처럼은 되지 않는다. 지금까지 날 도와주었던 사람들, 만나던 사람들 모두를 위해서도.

"【카피】."

들고 있던 백금색 빛을 발하는 검이 레긴레이브의 손에서 떠나 두 개로 나뉘었다. 이윽고 그것은 네 개가 되고, 여덟 개가 되고, 최종적으로는 48개의 거대한 성검이 되더니, 레긴레이브 주위를 위성처럼 원을 그리며 부유했다.

【카피】라는 무속성 마법은 사실 모른다. 하지만 어쩐 일인지 가능하다는 확신이 들었다. 저 녀석이 말한 【신기창조】라는 능력의 하나일까. 아무튼, 그게 뭐든 좋다.

레긴레이브의 오른팔이 하늘을 향해 똑바로 뻗었다. 그러자 48개에 달하는 성검의 칼끝이 일제히 사신 쪽을 향했다.

〈이, 이 자식! 그걸로 뭘 할 생각이냐?! 그만둬라! 그만둬라 그만둬라그만둬라그만둬라그만둬라그만둬라라그만————————!〉

"안 들리는걸? 【유성검람】."

48개의 거대 성검이 백금색 반짝임을 남기며 잇달아 사신을 향해 미사일처럼 날아갔다.

푹푹푹푹푹푹푹푹푹 하고 어깨에, 가슴에, 팔에, 다리에, 배에, 머리에, 백금색 검이 가차 없이 꽂혔다.

〈크갸아아아아아아————————————————————————————!!!〉

혼비백산하는 단말마를 울리며 사신의 몸에 무수히 많은 균열이 가기 시작했다. 그 위에도 잇달아 성검이 꽂혀 균열은 더욱 확대되었다.

극심한 통증 때문인지 온몸을 젖힌 사신은 그 방향 그대로 뒤로 크게 넘어졌다.

대자로 누운 사신에게 꽂힌 무수한 성검이 마치 무덤의 표식처럼 보였다.

〈나는, 신이다……. 위대한, 최고의…….〉

성검 중 하나가 12장의 수정판으로 돌아가 레긴레이브의 등 뒤로 귀환했다. 그와 동시에 사신에 박혔던 나머지 47개의 성검이 안개처럼 사라졌다.

그걸 시작으로 사신의 몸도 우르르르 무너져 무지갯빛의 모래가 되었다. 그리고 이윽고 그 무지갯빛 모래도 검은 연기를 내면서 용해되었다.

그 모습을 슬쩍 본 뒤, 나는 지면에 쓰러져 있는 전용기들^{발큐리아}에 손을 댔다.

"【딜리트^{삭 제}】."

모두의 기체에 흩뿌려졌던 암금색 가루가 솜사탕이 녹듯이 소멸되었고 이것으로 신마독도 모두 사라졌다.

"모두 괜찮아?"

〈네……. 조금 나른하긴 하지만 간신히……. 죄송해요, 결국 토야 오빠에게 의지하게 되어서…….〉

"괜찮아. 원래 이건 내 승진 시험이나 마찬가지였으니까."

유미나의 브륀힐데가 천천히 일어섰다. 그 모습에 반응해 다른 약혼자들의 기체도 잇달아 일어섰다. 아무래도 심한 손상은 없었던 듯하다. 다행이다.

"자, 다음은 뒤처리를 해야겠네."

나는 각 장소에 연락하기 위해 레긴레이브의 콘솔에 장착한 스마트폰을 조작해 '연락처' 어플을 손가락으로 스와이프했다.

◇ ◇ ◇

"말도 안 돼……! 신이 쓰러졌다고……? 대체 그 모치즈키 토야란 인간은 뭐냐?! 있을 수 없는 일이야! 이건 마치……!"

자신이 만들어 낸 고유 결계 '니플헤임' 에서 유라는 멍하니 있었다.

악몽이었다. 신의 힘을 손에 넣어 그걸 마음대로 조종하고, 자신의 세계를 넣는다. 그리고 그 힘을 이용해 자신의 고향인 결정계 프레이지아도 지배한다는 야망이었는데 모두 물거품이 되었다.

무엇을 잘못 계산한 거지? 신중히 조금씩 힘을 고치로 보내, 수많은 인간을 제물로 써서 만든 신이다. 그게 그토록 쉽게 사라지다니.

모치즈키 토야의 말대로 그 신은 역시 최하급 신이었던 건가……? 멍청하게도 그 신을 믿고 최강의 수단을 손에 넣었다고 혼자 들떠서 착각했던 건가?

그렇다면 꼴사나운 것도 정도를 넘어섰다. 유라는 자신의 한심한 모습에 분노해 장벽을 주먹으로 때렸다.

그런데 그 주먹이 갑자기 색을 잃었다.

"아니……?!"

온몸에서 신의 은혜가 사라져 갔다. 유라의 몸은 탁한 납 같은 색으로 뒤덮였다.

그와 함께 '니플헤임'도 무너져 사라졌다. 당연하다. 신의 힘을 지니지 못한 사사 신을 가두는 힘을 유지할 수 있을 리가 없다.

공간에 비친 각지의 변이종들도 마찬가지로 빛을 잃고 먹색 모습을 드러냈다.

"이것으로 내 계획이…………! 빌어먹을! 이렇게 된 이상 일단 결정계로 돌아가 어떻게든 젊은 '왕'을 꼭두각시로 세워서 재기를……."

"그런 짓을 하게 두지 않겠습니다."

"으어억?!"

갑자기 말을 거는 목소리를 듣고 돌아보니 그곳에는 일찍이 자신이 섬기던 주군이 있었다. 그 등 뒤에는 반목하면서도 오래도록 오월동주했던 지배종 두 명과 머플러를 두른 흰 머리카락 소년이 서 있었다.

" '왕' ……! 어떻게 여길……!"

"이세계의 친구가 가르쳐 줬습니다. 당신에 관해서."

메르는 가볍게 스마트폰을 들어 유라 앞에서 흔들었다. 이 공간을 전이하는 능력은 등 뒤에 있는 엔데라면 익숙한 일이었다. '니플헤임'^{봉신계}이 부서진 지금 신기를 다루는 엔데라면 그 위치의 감지 정도야 쉬운 일이었다.

"【프리즈마 로즈】."

메르는 오른손에서 수정 장미 줄기를 뻗어 도망치려는 유라를 구속해 그대로 들어 올려 바닥에 내리쳤다.

"크헉?!"

"이만 포기하세요. 이제는 빚을 청산할 때입니다. 유라."

그 말들은 차갑기 그지없었다. 유라는 '왕' 이 원래 지닌 얼음 같은 냉철함을 떠올리고 온몸을 떨었다.

"당신의 야심을 꿰뚫어 보지 못한 것은…… 저의 죄입니다. 아니요, 보려고 하지 않았으니 당연합니다……. 그 결과로 많은 세계가 혼란과 파괴를 겪었고, 이렇게까지 일이 커지고 말았지요. 거의 모두 토야 씨에게 맡기게 되었지만, 마지막 정도는 제 손으로 끝을 내겠습니다.”

유라를 제압한 장미 줄기의 반대쪽 팔에서 새로운 수정 장미 줄기가 위로 뻗었다. 그 끝에는 커다란 손도끼 같은 커다란 칼날이 번뜩였다.

유라는 온몸을 【극정무장】으로 단단하게 만들려고 했지만 신의 은혜도 프레이즈의 특성도 잃은 납색 몸은 아무런 반응을 보이지 않았다. ‘가치 없는 죽음’이 바로 옆에 존재한다는 사실을 뒤늦게 깨달은 유라는 공포에 몸을 떨었다.

“자, 잠깐만! ‘왕’이여! 부디 자비를 보여 주소서! 부디, 하다 못해 ‘결정계’에서 전통에 따라 명예롭게 죽을 수 있게……!”

“당신에게 명예 같은 건 없습니다. 보기 흉하군요. 마지막 정도는 아름답게 부서지세요.”

“기다려! 아냐! 난, 난 이런 곳에서!”

“【프리즈마 길로틴】.”

아래로 휘두른 손도끼 일격은 유라의 목을 완벽히 절단하는 동시에 그곳에 있던 핵도 산산조각으로 파괴했다.

유라의 몸이 와르르 부서지기 시작하더니 검은 연기를 내며 용해되었다.

“이, 럴 수가…… 나, 나, 나는…….”

일찍이 프레이즈를 이끌고 많은 세계를 파괴로 몰아가고, 자신의 야망을 위해 그 힘을 휘둘렀던 남자.

결국 그 남자는 그 어떤 세계도 아닌 어두운 차원의 틈새에서 그 생애를 마쳤다.

사신은 사라졌지만 전 세계에 나타난 변이종들은 사라지지 않았다. 사신의 은혜가 사라져 신기를 발하지 않게 되고 몸의 색깔이 납색으로 변화하였지만, 이 세계에 계속 존재했다.

변이종들은 유라나 사신의 지배에서 해방되었지만 '사람을 습격하라' 라는 명령은 각인되었는지 전투를 그만두지 않았다.

하지만 재생 능력을 잃고 몸의 경화 능력도 잃은 변이종은 평범한 스톤골렘과 다를 바가 없었다. 전 세계에 남아 있던 변이종들은 잇달아 각국의 기사들과 모험자들에게 토벌되었다.

우리도 세계를 돌며 여러 장소에 나타난 변이종들을 이 잡듯이 찾아 쓰러뜨렸다. 나중에는 그냥 작업에 가까운 일이 되어 버렸지만. 해충 구제 작업이라고 해야 하나?

변이종이 여러 군데에서 나타난 나라도 있고, 전혀 나타나지 않은 나라도 있었다. 변이종이 나타났지만 적은 피해로 끝난 나라도 있었고, 여러 마을이 괴멸된 나라도 있었다.

세계는 멸망하지 않았지만 피해가 전혀 없었던 것도 아니었다. 모두를 구하고 싶다는 마음은 단지 교만일 뿐이겠지만, 그래도 그런 생각이 들었다.

결국 이 세계에서 변이종이라는 이물질을 모두 제거하는 데 성공한 시점은 그로부터 이틀 후였다.

모든 일이 끝나고 브륀힐드에서 각국에 종식 선언을 보내, 세계에는 일단 평화가 찾아왔다.

그 뒤에는 성으로 돌아가 정신없이 잤다. 꿈조차 꾸지 않을 정도로.

"으음……?"

침대에서 눈을 떴지만 아직 어두웠다. 스마트폰으로 시간을 확인해 보니 오전 5시가 되기 전이었다.

배포됐던 '모치즈키 토야' 어플은 이미 서비스가 종료되었다. 이번에는 상당히 도움이 되었지만 바빌론의 마력 탱크는 거의 텅텅 비었다고 한다. 모두 마음껏 써버렸으니 당연하다. 물론 마구 쓴 덕분에 이렇게 빨리 종식된 거지만.

"으~음……."

침대 위에서 크게 기지개를 켜서 몸을 푼 다음, 코트를 걸치고 아무도 없는 발코니로 나갔다.

마침 아침 해가 떠오르기 시작해 하늘이 점점 하얗게 물들 즈음이었다.

나는 놓여 있는 둥근 테이블에 앉아 【스토리지】에서 커피가 들어간 포트와 머그컵을 꺼냈다.

그리고 김이 피어오르는 커피를 머그컵에 따라서 마셨다.
응, 맛있다.

"나도 한 잔 줄 수 있겠는가?"

"좋죠."

눈앞에 갑자기 나타난 세계신님에게 새로운 머그컵을 꺼내
커피를 따랐다. 그리고 설탕과 밀크는 취향에 맞추어 드시라
고 테이블 위에 작은 병을 올려 두었다.

"갑자기 나타났는데도 놀라지 않는구먼."

"얼추 알 수 있게 되었으니까요. 이것도 각성한 덕에 찾아온
변화일까요?"

"상대가 나였으니 그렇지. 자네는 내 권속으로 신기의 질이
같으니까. 아마 그래서 그럴 게야. 아마 연애의 신이라면 눈
치채지 못하지 않을까 하네만."

음. 이제 카렌 누나들의 신출귀몰한 등장에도 놀라지 않을
줄 알았는데, 생각이 짧았네.

"일단 축하한다고 해야 할까. 지상에 나타난 사신을 쓰러뜨
렸으니. 약속대로 자네를 신족의 일원으로 세계신인 내가 인
정하겠네. 신격은 상급신이지만 지위는 종속신보다 위, 하급
신의 한 단계 아래 정도일까."

"제일 말단부터 시작이네요."

"그야 당연하지. 권속이라고 노골적으로 편애하면 안 되는
게야. 물론 그거야 표면상 그렇다는 거지, 신들도 다 알고 있

으니 바로 정식 상급신이 되리라 생각하네만. 1만 년 정도 걸리려나?"

"참 느긋한 이야기네요……."

"2, 3천 년을 넘으면 그 이후는 금방이라네."

아아, '자네의 법칙'이라는 건가. 옛날에 TV에서 본 적이 있어.

어릴 때의 하루는 길게 느껴지는데, 어른이 되면 1년이 순식간에 지나간 것처럼 느껴진다는 법칙이다.

50살인 사람의 1년은 인생의 50분의 1. 5살짜리 사람에게 1년은 인생의 5분의 1에 해당한다. 즉, 50살인 사람의 감각으로는 10년이 5살의 1년에 해당한다는 거지?

경험이 적으면 뭘 하든 첫 경험이라 시간이 길게 느껴진다는 말이다. 그리고 경험이 쌓여 익숙해지면 빠르게 느껴진다는 거고. 단위가 천 년, 2천 년이라는 게 이상하지만.

"그럼 일단은 어떻게 하면 되나요?"

"흐음……. 일단 처음 백, 2백 년은 평범하게 지상에서 사람들과 지내게 될 테지. 그리고 적당한 때를 봐서 신계로 물러나, 한동안은 지상과 신계를 오가며 이 세계를 관리하면 될 걸세."

"관리라면 뭘 해야 하죠?"

이 작은 나라에서도 여러모로 힘든 일이 많은데, 과연 내가 세계를 관리할 수 있을까?

"기본적으론 아무것도 안 해도 되네. 다만 이 세계가 멸망하려고 한다든가, 잘못된 방향으로 나아간다고 생각되면 이런 저런 방법을 강구해야겠지."

"이런저런 방법이라니요?"

"지상의 누군가에게 성검을 수여해 세계를 구할 용사로 추대한다거나, 경건한 신관에게 신탁을 부여한다거나 방법이야 많지. 직접적인 간섭은 일단 규칙 위반이니까. 그렇지만 인간화해 관리하는 신 본인이 지상에 내려오는 편법도 있기야 하네."

기본적으로 아무것도 안 해도 되다니 다행이지만, 가능하면 용사가 나타날 필요가 없는 세계였으면 좋겠다.

"아무튼, 그건 또 얘기하기로 하고. 일단 이 세계는 토야에게 맡기게 될 게야. 그것과 동시에 전에도 얘기했지만 이 세계를 신들의 휴양지로 삼고 싶네. 여기서만 하는 얘기네만, 상당히 많은 희망자가 쇄도하고 있어. 다들 지상에서 아무런 얽매임 없이 편히 지내고 싶은 게지."

"정말 그래도 괜찮을까요? 이쪽에 와서 날뛰면 그것도 곤란한데요."

"그런 선별은 우리가 할 테니 괜찮을 게야. 인간화해서 내려오게 되니 세계가 파괴되는 일은 없지. 평범한…… 물론 조금은 평범하지 않을지도 모르지만 일반적인 사람으로 인생을 즐기고 싶어서 그런 게지. 그, 자네가 원래 있던 세계의 콘솔 게임처럼 유사 체험을 하고 싶은, 그런 게야."

아…….. 무슨 말을 하는지는 알겠다. RPG 게임을 하며 용사
가 되거나, 미소녀 게임을 해서 인기남이 되어 보거나, 어드
벤처 게임을 하며 명탐정이 되어 보거나……. 요컨대 다른 자
신을 체험해 보고 싶다는 얘기겠지. 신이라기엔 속된 생각이
지만.

 그건가. 카렌 누나들이 지상에서 즐겁게 지내는 모습을 보
고 부러워졌다든가?

 "연애신과 검신에게는 농경신 일행과 마찬가지로 지금처럼
자네의 보조와 지도를 맡길 생각이네. 자네도 그래야 더 든든
하지?"

 "상당히 편애하시는 듯한데, 아까랑 말씀이 다른 게 아닌
지……."

 "홀홀홀. 그런 얘긴 굳이 할 필요 없지. 나도 권속을 얻기는
몇억 년 만이라서. 아이를 생각하는 부모 마음…… 아니, 손자
를 생각하는 할아버지의 마음이라 해야 할지도 모르겠구먼."

 그건 아주 감사하지만, 그 보조를 해준다는 신들이 많은 문
제를 일으킬 것 같은 예감이 드는데 왜 그럴까.

 "그 외엔 또 차츰차츰 얘기하고, 마지막으로 하나. 이것만큼
은 기억해 주게. 어떤 세계든 언젠가는 끝이 오네. 이 세계도
영원하지는 않아. 물론 자네가 원래 있던 세계도 말일세. 중
요한 것은 세계가 어떻게 존재하고 있는가가 아닐까 하네. 이
세계가 끝났을 때, 멋진 세계였다고 다른 신들이 말할 수 있게

힘을 내주게. 부디 파괴신이 나서는 일이 없도록 말이야."

"그렇게 끝나는 것만큼은 제발 피하고 싶네요……."

"자네라면 그렇게 되지 않을 거라고 믿네. 그럼 또 보세."

안개가 사라지듯이 세계신님의 모습이 사라져 갔다. 이미 하늘에는 태양이 떠올라 눈부신 아침 햇살이 세계를 비추고 있었다.

세계의 관리자라……. 역시 아직 실감이 안 나네. 그래도 백 년 2백 년은 평범하게 지내도 된다니, 일단 임금님 업무를 열심히 해 나가자.

그럼 먼저————————.

◇ ◇ ◇

"역시 이쪽이 더 좋을까요……? 루 씨는 뭘 고르셨나요?"

"음~. 저로서는 더 프릴이 많은 쪽이 좋지만, 레굴루스의 색도 포함시키고 싶고……."

"우와, 굉장히 화려합니다……. 하지만 이 정도가 더 좋을까요?"

"야에 씨, 이쪽이 더 움직이기 편해 보여요. 그리고 보니 레스티아에도 비슷한 옷이 있었어요."

"너무 많아. 이렇게 많아선 결정하기 힘들어. 적당히……."

"사쿠라…… 평생에 한 번이니 잘 골라야 돼. 나중에 후회, 할걸?"

"폴라? 네가 입는 옷은 아니잖니."

"아~. 너무 어려워."

지금 내 약혼자들은 테이블 위에 늘어놓은 다양한 웨딩드레스 사진을 들고, 이래저래 비교하며 고민하고 있다.

평생에 한 번이다. 그건 잘 알지만, 이렇게까지 고민할 일인가 싶어 조금 기가 질린다. 하지만 나도 그런 말을 할 정도로 바보는 아니다.

"직감적으로 고르면 된다고 생각하는데 말이야. 너무 고민해 봐야 소용없는 일이라 생각하네만."

테이블에서 떨어져 있는 소파에 앉아 있는 내 옆에서 스우가 그렇게 직접적으로 말했다.

스우는 벌써 선택해서 그 디자인의 사진을 메이드장인 라피스 씨에게 건네주었다. 조금은 고민하라고 말하고도 싶지만, 이 결단력은 역시 스우답다.

"드디어 결혼하는구나~. 이제 우리도 공식적인 토야의 색시구먼. 참으로 기쁘네."

꼬옥~ 하고 나를 안는 이 소녀는 처음 만났을 때와 비교해 가장 많이 성장했다. 키는 아직 많이 크지 않았지만 그래도 여성 특유의 신체적 특징이 점점 선명히 드러나기 시작하고 있었다.

아직 어린아이라고 생각했는데 요즘엔 가끔 가슴이 두근거리릴 때도 있다.

원래 있던 세계로 따지면 나이가 중학생 정도이고, 이쪽 세계에서는 15세 정도면 어른으로 본다는 점을 고려하면, 어린 시절은 거의 끝날 무렵이긴 하다. 이런 말을 하는 나도 어른이라고 말하긴 힘들지만.

"나로서는 이렇게 빨리 스우를 아내로 맞이해서 오르트린데 공작님께 죄송스럽기도 하지만 말이야."

"상관없으이. 아버지, 어머니는 지금 에드에 푹 빠지셨으니까. 물론 나도 푹 빠졌네만."

에드. 에드워드 에르네스 오르트린데 군. 스우의 남동생이자, 오르트린데 공작 가문의 후계자다. 아직 만 1세도 되지 않았다. 그리고 내 처남이 될 아이다.

스우를 비롯한 약혼자들과 결혼하면 친척이 될 약혼자들의 오빠나 언니가 많은데, 연하는 에드와 유미나의 남동생인 야마토 왕자밖에 없다. 나중에 얘네 둘이 나를 '매형'이라고 부르게 될까?

언젠가는 에드가 벨파스트의 국왕이 될 야마토 왕자의 오른팔로 활약하길 기대한다. 그런데 야마토와 일본어로는 '에도'와 발음이 같은 에드. 둘 다 꽤 일본틱한 이름이 되었네. 그냥 우연이겠지만.

"결혼하면 계속 여기에 있을 수 있지 않은가. 토야와 아침부터 밤까지 계속 같이 있는 걸세. 토야도 무척 기쁘지?"

"그러게. 스우는 다른 약혼자들보다 같이 있는 시간이 적었으니까."

"집에서는 계속 신부 수업을 했었네. 요리도 재봉도 배웠지. 귀족에게는 필요 없다고 하지만 나는 내가 직접 만든 요리를 토야가 먹어 줬으면 하거든. 그리고 내가 만든 옷을 아이에게 입히고 싶으이. 그래서 노력했네."

스우는 한 번 결정하면 반드시 해낼 만큼 의지가 강하다. 정말 올곧은 아이다. 그런 마음이 나를 향해 있다는 점이 새삼 기쁜 나머지 나는 무심코 스우를 꼭 껴안았다.

"스우만 치사해."

사쿠라가 입을 삐죽이며 이쪽으로 다가왔다. 아무래도 사쿠라도 얼른 결정해 버렸나 보다.

"벌써 결정했어?"

"고민해 봐야 소용없으니까. 겉보기보다 마음이 중요해. 그보다 임금님, 나도."

양팔을 벌리고 내게 다가오는 사쿠라. 나는 쓴웃음을 지으면서 스우와 마찬가지로 사쿠라를 안아주었다.

사쿠라는 이렇게 응석을 부리고 싶어 하는 면이 있다. 사쿠라는 부정하겠지만 아무래도 '아버지에게 응석을 부리고 싶다'는 마음이 그 근본에 있지 않을까 하는 생각이 들었다.

사쿠라는 태생으로 인해 아버지를 모르고 자랐다. 그래서 아버지를 동경하는 마음이 있지 않을까 한다.

솔직히 말하면 웅석은 친아버지에게 부려야 할 거 같지만.
마왕 폐하가 가엾다.

사실은 파더 콤플렉스인데 그 호의를 아버지에게 보이지 않는다면 그걸 파더 콤플렉스라고 할 수 있을까?

물론 사쿠라가 날 생각하는 마음은 단지 그것만이 아니라는 것쯤은 잘 알고 있지만.

"사쿠라는 웅석쟁이구먼."

"연상의 남편에게 웅석을 부리는 건 잘못된 게 아니야. 당연한 권리지."

진지한 얼굴로 스우에게 그런 말을 하는 사쿠라. 사쿠라뿐만 아니라 린 이외에는 전부 연하입니다만.

야에와 힐다는 한 살 아래. 에르제, 린제는 두 살 아래. 사쿠라가 세 살 아래. 유미나, 루는 네 살 아래. 그리고 스우가 여섯 살 아래다.

저쪽 세계의 상식은 버리자고 결정했지만, 18세 남자가 12세 소녀를 아내를 맞아도 정말 괜찮은 걸까…….

물론 이쪽 세계는 1년이 기니 원래 세계의 달력으로 계산하면 스우는 16세가 되지만…… 아무리 봐도 16세로는 안 보인다. 이쪽 세계 사람들은 성장이 늦는 건지, 아니면 내 권속이 되어서 그런 건지 판단이 잘 안 된다.

덧붙이자면 내 권속이 된 약혼자들은 어느 일정한 젊은 모습으로 고정되어 늙지 않는다고 한다. 요정족인 린과 같아진다는 말이다. 정작 린은 아쉽게도 성장이 멈춰서 그대로이지만.

몇 년 뒤에는 외모만 따지면 린이 제일 어리게 보이고 그러려나?

"그래서 결혼식은 언제 해?"

"지금은 세계가 어수선하니까. 대략 반년 후가 아닐까? 꼭 해 둬야 할 일도 많으니까."

나는 팔에 안겨 있는 사쿠라를 보고 그렇게 대답했다.

결혼식 준비는 그사이에 조금씩 진행해 둘 생각이다. 하지만 아이젠가르드는 어떻게 하면 좋을까 싶어 심히 고민하고 있다.

그곳은 완전히 나라로서의 기능이 정지되어 유론 수준의 폐허가 되었다. 다행이라면…… 아니, 꼭 그렇지는 않지만 성목이 뿌리를 내렸다는 정도일까.

신마독 탓에 도망쳤던 정령들도 거대해진 성목에 이끌려 조금씩 돌아오고 있다. 언젠가는 예전보다도 정령이 많은 땅이 되지 않을까.

문제는 그 땅을 누가 다스릴 것인가인데…….

아직 아무런 일도 벌어지지 않았지만, 유론 때처럼 자신이 이 나라의 대표라고 나서는 자들이 난립하면 곤란하다. 그런 점에서 보면 그 마공왕에게 아이가 없어 다행이다.

주변의 세 대국. 라제 무왕국, 스트레인 왕국, 갈디오 제국이

엄중히 지켜보고 있는 한 이상한 일이 벌어지지는 않겠지만.

"음. 또 복잡한 생각을 하고 있는 모양일세. 토야는 이미 충분히 일했으니 다른 곳의 일은 그냥 내버려 두고 우리를 더 신경 써 주게."

"스우의 말에 동의. 더 관심을 가져줘."

신경 써 줘, 관심을 가져줘, 하고 연호하며 두 사람이 더욱 바짝 다가왔다. 기쁘기도 하고 힘들기도 하고……

확실히 많이 바쁜 나머지 같이 있을 시간이 적었던 건 사실이다.

사신 문제가 일단락된 이상, 나도 모두와 그렇게 지내고 싶지만…… 여러모로 문제가 산적해 있으니…….

"응, 그래도 오늘 정도는 괜찮겠지?"

지금부터 어딘가로 놀러 갈 수는 없으니, 나는 스마트폰을 꺼내 공중에 화면을 투영했다.

"저쪽 세계의 영화인가? 토야?"

"아직 좀 더 기다려야 할 것 같으니까. 뭐 보고 싶은 영화 있어?"

"무서운 영화는 싫어. 즐거운 영화가 좋아."

사쿠라가 그렇게 단언했다. 전에 호러 영화를 보여 줬더니 다들 공포에 떨었던 씁쓸한 기억이 떠올랐다. 진짜로 좀비나 레이스가 있는 세계의 사람들이 무서워하다니 뭔가 묘한 기분이지만.

"알기 쉬운 영화가 좋을까?"

하느님 사양의 신기이기도 한 스마트폰은 더빙판이라면 이쪽 세계의 언어로 변환해 준다. 언어 문제가 없더라도 원래 세계의 상식이 너무 동떨어져 있으면 이야기를 이해하기 어렵다.

약혼자들에게 월가의 머니게임을 그린 영화를 보여 주어도 아마 이해하지 못하겠지. 박사라면 나보다도 더 잘 이해하겠지만.

즐거운 영화라면 코미디인가? 그리고 단순한 스토리에 재미있는 영화라면……. 응, 이거면 되겠어.

사상 최초의 '양치기 돼지'가 되는 아기돼지가 주인공인 영화다. 훈훈하고 알기 쉽고, 그러면서도 좋은 이야기다.

"오오, 시작되는구먼."

"기대돼."

스우와 사쿠라 사이에 앉아 나도 오랜만에 느긋하게 영화를 감상했다. 좋네, 이렇게 지내는 것도.

이윽고 우리의 모습을 눈치챈 모두가 자신들도 보고 싶다고 해서 처음부터 다시 한번 보게 되었지만 그 정도는 모두를 위한 가벼운 서비스다.

후기

『이세계는 스마트폰과 함께.』제19권을 전해드렸습니다. 즐겁게 읽으셨나요?

　이번 권에서 겨우 사신과의 싸움도 결판이 났습니다. 길었 네요……. 저도 그렇게 생각합니다.

　하고 싶은 말이 정말 많지만 제대로 표현하기가 힘듭니다.

　처음부터 '라스트 배틀은 지금까지 등장했던 사람들이 주인 공 일행을 돕는 형태로 만들자'라고 결정했습니다.

　스마트폰으로 이이진 유대가 세계를 구한다는 이야기로 만 들고 싶었습니다. 그래서 제목도『이세계는 스마트폰과 함 께.』가 되었습니다.

　일단 소설을 쓰기 시작한 당초의 목적은 달성했기 때문에 저 로서는 만족합니다.

　라스트 배틀이라고 말했지만, 그렇다고 여기서 끝은 아니에 요. 지난 권에서도 후기에 적었지만 마지막 권이 아닙니다.

여러분 덕분에 아직 더 계속됩니다.

앞으로도 세계 융합 이후의 혼란이나, 결혼식, 신혼여행 등, 다 같이 떠들썩하게 보내는 이야기가 이어집니다. 부디 앞으로도 잘 부탁드립니다.

자.

이번 19권에는 특장판도 있습니다. 드라마CD 제2탄. 재미있게 들으셨나요?

제1탄이 호평을 받아 기쁘게도 재판이 된 덕분에, 이렇듯 제2탄도 나오게 되었습니다. 감사합니다.

이미 애니메이션이 끝난 지 2년이 지났지만, 또 이렇게 토야 일행의 목소리를 들을 수 있어 기쁩니다.

그리고 애니메이션에서는 출연 장면이 한 컷밖에 없어 목소리가 없었던 후발 그룹의 세 명도 드디어 목소리가 나옵니다!

모든 히로인이 등장해 더욱 떠들썩해졌습니다.

이번에는 이야기의 템포와 여운을 생각해 새로 쓴 이야기는 없습니다. 다음 권에서는 반드시……. 물론 시간이 없기도 했지만, 사실은 새로운 시리즈를 하나 시작하게 되었습니다.

『VRMMO는 토끼 머플러와 함께.』라는 제목의 작품으로,

이 19권과 동시에 발매됩니다.

　제목을 결정할 때, 『○○는 ○○와 함께.』라고 붙이면, 같은 작가라고 알아차리시겠지 싶어 단순하게 지었습니다. 게임과 현실 세계에서 벌어지는 조금 신기한 이야기입니다. 관심 있으시다면 부디 잘 부탁드립니다.

　이번에도 감사의 말씀을.

　일러스트를 담당해 주신 우사츠카 에이지 님. 겨우 여기까지 왔습니다. 긴 이야기에 함께해 주셔서 감사합니다. 앞으로도 잘 부탁드립니다.

　담당자 K 님, 하비재팬 편집부 여러분, 이 책을 출판하는 데 도움을 주신 여러분에게도 감사를 드립니다.

　그리고 항상 '소설가가 되자'와 이 단행본을 사 주시는 모든 독자 여러분께도 감사의 인사 올립니다.

후유하라 파토라

하지만 세계에는 아직도
수많은 소동의 불씨가 끊이지 않는데──.

이세계는 스마트

후유하라 파토라 illustration 우사츠카 에이지

드디어 사신을 물리치고
결혼 준비를 진행하는 토야 일행.

폰과 함께. 20

이세계는 스마트폰과 함께. 19

2020년 12월 10일 제1판 인쇄
2021년 01월 20일 2쇄 발행

지음 후유하라 파토라 | **일러스트** 우사츠카 에이지

옮김 문기업

발행 영상출판미디어(주)
등록번호 제 2002-000003호
주소 21311 인천광역시 부평구 평천로 132 (청천동)
전화 032-505-2973(代) | FAX 032-505-2982

ISBN 979-11-6625-390-4
ISBN 979-11-319-3897-3 (세트)

異世界はスマートフォンとともに。19
ⓒ Patora Fuyuhara
Originally published in Japan by HOBBY JAPAN Co., Ltd.

구매 시 파손된 도서는 구매처에서 교환하실 수 있습니다.
기타 불편사항, 문의사항이 있으신 독자님께서는 노블엔진 홈페이지
[http://novelengine.com] 에서 Q&A 게시판을 이용해 주시기 바랍니다.